가장 위대한 능력은 사랑입니다

삶을 다시 일으켜 세우는 낮고 잔잔한 불꽃들

가장 위대한 능력은
사랑입니다

삶을 다시 일으켜 세우는 낮고 잔잔한 불꽃들

송주성 지음

씨네스트

저자의 말

삶.
삶이라는 단어만 떠올려도 나는
까닭도 모르게 설레고 가슴이 뜁니다.
심장이 조용히 달아오릅니다.

살아온 날도
살아갈 날도
나를
흥분시킵니다.

삶은
지치고 두렵고 힘든 것
무언가 부족하고
아직 닿지 못하고
앞이 잘 보이지도 않는 것

그러면서도
한없이
간절한 소망을 안고 기다려지는 것
열렬한 꿈을 품고서
달려가고 싶은 것

가장 위대한 능력은 사랑입니다

그래서
마음을 졸이면서도 이마 높이 치켜들도록 만드는 것
한없이 거룩하면서도
가슴 아린 것
두려우면서 장엄한 것

오늘도 나는
삶을 생각합니다.

가슴 안쪽 기슭으로 불어오는 바람과
그 바람을 타고 잔잔히 일렁이는
천 개의 예감의 불꽃들과 함께.

2017년, 눈부신 연초록빛들 안에서
송 주 성

차례

가장 위대한 능력은 사랑입니다

II 감정의 폭군, 감정의 감옥, 감정의 형벌

III 슬픔과 희망의 평등을 위하여

IV 불안과 두려움의 검은 숲을 건너

V 당신의 아름다움이 나를 구원하리니 : 타자 안의 나, 내 안의 타자

가장 위대한 능력은 사랑입니다

VI 여기가 로도스다, 뛰어라! : 할 수 있는 것, 하고 싶은 것, 해야 하는 것

가장 위대한 능력은 사랑입니다

내 사랑하는

모든 그대들에게

I. 절망이여, 오라

1. 하루

도스토예프스키[1] 〈카라마조프가의 형제들〉

"단 하루면 충분한 걸요."

"어머니, 울지 마세요. 삶은 천국이고 우리는 모두 천국에 있는 것인데, 우리가 이걸 알려고 하지 않을 뿐이에요. (중략) 사랑스러운 여러분, 소중한 여러분, 내가 여러분에게 무엇을 했다고 나를 이렇게 사랑해 주시는 겁니까. 왜 이렇게 나 같은 놈을 사랑해 주시는 겁니까. 전에는 이걸 알지도 못했고 또 감사히 여길 줄도 몰랐으니."

---

1 Dostoevski, Feder Mikhailvicho 1821~1881
러시아의 대문호. 사제 집안의 아들로 태어나 1849년에는 혁명 가담 혐의로 체포되어 사형선고를 받고서 11년간에 걸쳐서 시베리아에서 유형 생활을 하였다. 인간존엄성에 대한 열렬한 옹호를 바탕으로 민중과 진보, 혁명과 종교에 깊이 몰두 하였고 《죄와 벌》, 《백치》, 《악령》, 《카라마조프가의 형제들》, 《지하생활자의 수기》 등 수많은 대작을 남겼다.

가장 위대한 능력은 사랑입니다

◆

우리의 삶이, 고결하게 빛나는 평화 속에서 아름다움과 더불어 거룩해지기 위해서는 얼마의 시간이 필요할까요?

도스토예프스키의 〈카라마조프가의 형제들〉에서, 병에 걸려 죽음을 선고받는 한 청년은 환희에 벅차올라 이렇게 외칩니다.

"하루면 충분한 걸요."

사랑하는 그대, 안녕? 오늘 하루는 어땠나요?

시간은 너무나 자주 무채색으로 흘러가버리곤 합니다. 저는 오늘 하루, 여느 날처럼 혼자 생각하고 누군가와 말을 하고, 테이블에 앉아 있다가 밖으로 나가서 어딘가로 걸었으며 다시 돌아왔습니다. 누군가의 전화를 받았고 또 누군가를 만났으며, 해야 할 일과 어제 다 하지 못한 일, 그리고 하고 싶은 일 사이를 이리저리 왔다갔다 하며 보냈습니다.

오후에 하늘은 흐렸고 작은 비가 잠시 오는가 싶더니 지금은 창밖으로 저녁노을이 엷게 번지고 있습니다.

2. 히말라야 산정에 휘날리는 찬란한 모래알들

어느 텔레비전 다큐멘터리[2]

히말라야 높은 산정(山頂)의 어느 언덕, 스무 명 정도의 티베트 불교 승려들이 커다란 천막을 치고 그 안에서 색을 입힌 모래로 바닥에 거대한 만다라 그림을 그리고 있었다. 가로세로 10미터는 되어 보이는 아주 큰 그림이었다.

승려들의 작업은 한 달 넘게 이어지는 고된 수행이었다. 색색이 물을 들인 모래알갱이들이 수십 개의 작은 유리병에 담겨 있었고, 그들은 그 유리병을 들고 까치발을 세워가면서 힘들게 손을 뻗어 그림을 그려야 했다. 이마와 등에 땀이 맺혀 옷은 금방 젖어들었다. 그렇다고 편한 복장으로 작업을 하는 것도 아니었다. 그 일은 하나의 수행이었으므로 승려들은 작업을 하기 전에 정식으로 옷을 차려 입고 만다라를 향해 염불을 외면서 수십 차례 절을 한 뒤에야 시작했다. 그렇게 한 달 넘는 시간이 이어졌다.

다시 어느 맑고 쾌청한 아침, 기나긴 고행이 끝나고 마침내 거대한 모래만다라 그림이 완성되었다. 너무나 아름다웠다. 승려들과 수백 명의 사람들이 높은 히말라야 산정 천막 안과 밖에 모여들었고, 시간이 되자 줄을 지어 절을 하며 완성된 만다라를 향해 예불을 드렸다. 그런데 예불의 절정에 달하는 순간, 승려들은 천막을 확 걷어버리는 것이 아닌가. 아, 바로 그때, 옴 마니 사바하, 옴 마니 파드메 홈……, 수많은 사람들이 큰 소리로 염불을 외는 동안 형형색색의 모래알갱이들이 거센 바람에 휘날려 만년설 하얗게 빛나는 히말라야 산정의 하늘로 하늘로, 찬란히 이륙해 날아올랐다.

눈물이 날 것만 같았다.

---

2 이것은 어느 날 텔레비전에서 보았던 어떤 다큐멘터리의 한 장면이다.

가장 위대한 능력은 사랑입니다

◆

무슨 말을 더 해야 할까요.
그저 장엄하다고 할밖에는.

삶이란 저 만다라 그림일 거예요.
산전수전 고생을 겪으며
온갖 정성을 기울여 그려내었다가
마지막에 푸른 하늘로
날려 보내는.

언젠가 나도, 당신도
저렇게 날아오르겠지요?

다만, 바라는 것은
그때 저 산정에 휘날리게 될
우리의 모래알들도
찬란히 아름답기를.

절망이여, 오라　19

3. 2백만 루블을 걷어차 버리다

안톤 체호프[3] 〈내기〉

어느 날 저녁. 여러 사람들이 사형제도에 대한 논란을 벌였다. 그 중 한 은행가와 젊은 변호사는 서로 논쟁을 벌이다 너무 격분한 나머지 어마어마한 내기를 걸기에 이른다. 젊은 변호사가 사형 제도를 반대하며 종신형을 주장하자 은행가는 "그렇지 않아요! 당신이 독방에 오 년 동안 들어가 있을 수 있다면 이백만 루블을 걸겠소."라고 말한다. 그러자 젊은 변호사는 "좋습니다! 당신은 이백만 루블을 거세요. 나는 내 자유를 걸겠습니다!" 그는 5년이 아니라 15년을 조건으로 내걸었다.

이리하여 그는 은행가의 정원 한쪽 장소에 감금되었다. 첫해에는 고독과 무료함에 괴로워하며 밤낮으로 피아노를 쳐댔고, 이듬해부터는 책들을 읽기 시작하더니 차츰 철학, 과학, 의학, 신학 등 거의 전 분야를 섭렵해갔다.

드디어 15년째가 되는 날 아침. 그런데 경비원이 파랗게 질려서 은행가에게 달려왔다. 어제까지 분명히 있었는데 감쪽같이 사라지고 없다는 것이다. 목격자를 찾아 알아 본 결과, 그는 단 하루를 남겨 놓고서, 창문을 통해 빠져나갔다고 했다. 그는 이런 편지를 남겨놓았다.

"십오 년 동안 나는 속세의 삶을 면밀하게 연구했다. (중략) 나는, 내가 한때 천국을 꿈꾸듯 갈망했으나 이제는 하찮게 보이는 이백만 루블을 거부하겠다. 그 돈에 대한 자신의 권리를 스스로 박탈하기 위해 나는 약속한 기한이 다 되기 다섯 시간 전에 여기에서 나갈 것이며 그럼으로써 스스로 계약을 위반하는 바이다……."

---

3 Anton Chekhov 1860~1904
   19세기말 러시아 사실주의를 대표하는 작가. 비극적 단편소설 〈지루한 이야기〉를 비롯하여 수많은 단편 걸작들을 남기며 러시아 단편문학의 거장으로 일컬어졌다.

가장 위대한 능력은 사랑입니다

◆

어느 초등학교에서 출제된 다음과 같은 문제를 보고 깜짝 놀랐던 적이 있습니다.

다음 중, 전쟁이 발발했을 때 세상에서 제일 불쌍한 사람은?
① 이 날이 결혼식인 사람　　② 로또 1등 당첨된 사람
③ 현역 군인　　　　　　　　④ 8년차 고시생
⑤ 국회의원

어떻습니까, 놀랍지 않나요? 아니, 초등학생에게 이렇게 어려운 문제를 내다니…….

정답이 뭘까요? 일단 ⑤번은 확실히 아니라는 것 정도는 분명한데, 나머지에 대해서는 의외로 좀 시간을 들여 생각해야만 합니다. 생각해 보니, ②번도 좀 아닌 것 같고……, 아마도 ①이나 ④ 둘 중 하나가 정답일 것 같습니다.

정답은 ①이라고 합시다(왜냐하면, 그래야 하니까요! 도덕적으로 볼 때, 다시 말해 인간의 삶에 대한 의리 차원에서 볼 때 그것이 가장 올바른 정답 선택이지 않겠습니까). 그런데 왜 나는, ④의 '8년차 고시생'에게 자꾸만 마음이 흐르는 것일까요. 가장 불쌍한지 어떤지는 몰라도 하여간 엄청 불쌍하기는 하잖아요? 마음이 정말 아플 것 같아요. 8년씩이나 노력하며 기다렸는데.

그런데 말입니다. 그럼에도 불구하고 저 '8년차 고시생'이, 분노도 없이, 비관적 체념에 빠져버리지도 않고, 소위 '쿨하게', '뭐, 어쩔 수 없지. 다 지난 일이야. 나중에 기회가 되면 다시 하도록 하고, 자, 그렇다면 이제 무엇부터 시작할까?'라면서 자리를 툴툴 털고 일어설 수는 없을까요?

만약 그가, '그 어떤 것도 나를 구속할 수 없어'라고 생각하는 이른바 자유로운 영혼의 소유자라면, 그렇게 좀 멋있는 사람이라면 말입니다.

4. '지금시간 Jetztzeit'

요한 볼프강 폰 괴테[4] 〈파우스트〉

"멈추어라!"

---

4   Johann Wolfgang von Goethe 1749~1832
    달리 설명이 필요 없을 정도 유명한 세계적인 대문호. 독일의 작가이고 철학자이며, 과학자로서 바이마르
    대공국에서 재상을 지내기도 하였다. 《파우스트》를 비롯하여 《빌헬름 마이스터의 수업시대》, 《서동시집》,
    《마리엔바트의 애가》, 그리고 자서전 《시와 진실》 등을 저술하였다.

◆

몇 년 전, 지금은 아주 훌륭한 청년이 된 어떤 청소년과 대화를 나누다가 내가 이런 말을 했던 적이 있습니다.

"생각해 봐. 네가 이 세상에 태어나서 보낸 시간이 기껏 십여 년밖에 더 돼? 요샌 100세 시대라고 하잖아? 그럼 앞으로 80년을 더 살아야 하는데, 겨우 그 십여 년까지의 데이터만으로 '나는 어떤 사람이다'라고 규정짓는 건, 좀 말이 안 되는 거 아냐? 그건 너 자신에게 너무나도 부당한 처사이고 굉장히 억울한 일이 아니냐 말이야."

당시 열여덟 살이었던 그 청년은, 자신에 대한 실망이 쌓여 깊은 좌절의 늪으로부터 헤쳐 나오지 못하고 있었습니다. 나는 계속해서 말했습니다.

"그러니까, 이제 '과거는 묻지 마세요!' 이렇게 외치는 거야. 이제까지의 나와는 단절하고 '새로운 나'로 업그레이드 해 보는 거지!"

내 말이 통했던 것인지, 얼마 안 지나서 그 청년은 정말로 싹 바뀌었습니다. 그는 무서울 정도로 치열하게 살기 시작했습니다. 그리고 몇 년 후, 모두들 부러워하는 목표를 그는 이루었습니다.

괴테의 〈파우스트〉에서 주인공은, 메피스토펠레스와의 내기로 인해 '멈추어라'라고 말할 경우, 그 순간 곧바로 자신이 죽게 되기로 약속되어 있음에도 불구하고 자신의 눈앞에 펼쳐진 현재를 향해 "멈추어라!"라고 외칩니다. 그때의 시간은 '수동적 기다림'으로서 정지된 시간'이 아니라 '능동적 선택과 주체적 결단으로서 자기를 결정하는 시간'이었습니다.

어느 독일 남자[5]는, 그래서, "자신의 혁명적 기회를 동반하지 않는 순간이란 없다"면서, "지금시간(Jetztzeit)" 즉, 언제나 혁명적 순간으로 "충만된 시간"인 지금 당장, 결단의 '비상브레이크'를 잡아당기라고 외쳤습니다.

---

5 독일의 현대 사상가 발터 벤야민(Walter Benjamin 1892~ 1940)을 말한다.

5. 도대체 왜!

공지영[6] 〈높고 푸른 사다리〉

"당신들의 신은 무엇이라고 합니까?
자기 아들마저 발가벗겨
지독한 모욕 속에서 철저히 죽여 버린
그 신은 대체 뭐라고 합니까?"

---

6 공지영 1963~

영화 《도가니》의 원작 소설 작가로도 유명한 한국의 소설가. 1980년대에 노동운동에 가담하기도 했고 민
주화 운동으로 투옥되기도 했다. 《고등어》, 《인간에 대한 예의》, 《무소의 뿔처럼 혼자서 가라》 세 권이 동시
에 베스트셀러 10위권에 오르면서 대한민국 최고의 베스트셀러 작가로 등극하면서 '공지영 신드롬'이라는
용어가 생겨나기도 했다. 《봉순이 언니》, 《높고 푸른 사다리》 등 독자들의 사랑을 받아온 많은 작품들을 창
작하였다.

가장 위대한 능력은 사랑입니다

◆

　2013년 말에 출간된 공지영의 소설 〈높고 푸른 사다리〉에서 인물들은 하나같이 "도대체 왜!"라고 절규합니다. 오늘날 우리들의 삶은 정말 어처구니없는 비극들로 가득합니다. 그리스도교 성서에서 욥은, 자신은 잘못한 일이 없는데도 도대체 왜 자기가 죄인들이나 받을 끔찍한 고통과 슬픔을 받아야 하느냐며 부당한 신의 처사에 항의하며 울부짖습니다. 〈높고 푸른 사다리〉에서 마카엘과 엔젤로도 그랬습니다.

　그들은 가톨릭 수도원에서 살아가는 수사들이었습니다. 미카엘은 이지적이면서도 열정적인 애정을 품고 있는 사람이며 안젤로는 지식과는 거리가 좀 멀지만 늘 웃고 다니는 천진난만하고 순박한, 꼭 착한 천사 같은 사람이었습니다. 두 사람은 가난하고 힘없는 노동자들의 비참하고 억울한 현실을 우연히 알게 된 후, 밤낮으로 그들을 돕고 헌신해 왔습니다. 그러나 어느 날 밤, 수도원 밖 노동자들을 돕고 밤늦게 빗속을 뚫고 차를 운전해 돌아오던 두 사람은 끔찍한 교통사고를 당해 차 안에서 불타 죽습니다. 미카엘이 세속에 있을 때 그를 열렬히 사랑했던 여자 친구는 비극적 소식을 듣고 수도원으로 달려와 눈물범벅이 되어 저렇게 절규합니다.

　대체 신은 왜 이러는 것일까요?

　한두 시간 후면 시작될 수학여행에 한껏 설레던 수백 명의 어린 학생들을, 대체 왜, 그 꽃다운 목숨들을 한 순간에 앗아가 버린단 말입니까? 송전탑을 반대하며 싸우던 밀양 할머니들이 대체 무슨 죄를 지었다고 벌거벗은 늙은 몸으로 울부짖으며 쫓겨나는 고통을 당하게 하며, '용산참사'에서 희생된 사람들은 또 무슨 죄를 지었다고 그 차가운 겨울 새벽에 건물 옥상에서 불타 죽도록 만든단 말입니까? 그뿐입니까. 지금도 이곳에서는 하루에도 몇 십 명씩 절망 속에서 목숨을 버리고 있습니다. 도대체 신은 왜, 저 선량한 사람들에게 이토록 끔찍한 고통을 안겨준단 말입니까.

6. 그런데 왜 지금 우리는

김영하[7] 〈퀴즈쇼〉

"우리는 단군 이래 가장 많이 공부하고, 제일 똑똑하고, 외국어에도 능통하고, 첨단전자제품도 레고블록 만지듯 다루는 세대야, 안 그래? 거의 모두 대학을 나왔고 토익 점수는 세계 최고 수준이고 자막 없이도 할리우드 액션영화 정도는 볼 수 있고 타이핑도 분당 300타는 우습고 평균 신장도 크지. 악기 하나쯤은 다룰 줄 알고, 맞아, 너도 피아노 치지 않아? 독서량도 우리 위 세대에 비하면 엄청나게 많아. 우리 부모세대에는 저 중에서 하나만 잘 해도, 아니 비슷하기만 해도 평생을 먹고 살 수 있었어. 그런데 왜 지금 우리는 다 놀고 있는 거야? 왜 모두 실업자야? 도대체 우리가 뭘 잘못한 거지?"

---

7 김영하 1968~
   한국의 소설가. 단편집 《엘리베이터에 낀 그 남자는 어떻게 되었나》, 《오빠가 돌아왔다》와 장편 《아랑은 왜》, 《검은 꽃》, 《빛의 제국》, 《퀴즈쇼》, 《살인자의 기억법》 등을 발표하였고 산문집 《보다》, 《말하다》, 《읽다》를 출간하였다.

◆

오늘날 세상은 마치 하나의 거대한 부조리 예술작품처럼 보입니다.

죄를 지은 자가 그에 따른 형벌을 받고, 선량하고 의로운 이가 상을 받아야 하겠지만 현실에서는 이것이 정반대로 뒤집히는 일들을 우리는 너무나 자주 목격하게 됩니다. 착하고 성실하게 살아 온 사람들은 고통 속으로 던져지고, 부도덕하게 이기적으로 살아온 권력자들이나 가진 자들은 오히려 더 떵떵거리며 잘만 살아가고 있습니다.

이런 사태 앞에서, 신의 은총과 처벌을 윤리적 보상으로 연결 지으려 시도하느라 수많은 신학전문가들은 절망적이게 됩니다. 세계적으로 유명한 신학자[8]조차 이렇게 말합니다. "경건한 자를 괴롭히는 문제는 고난 자체가 아니라 의인의 고난이다. 고난은 죄인들에 대한 하나님의 벌로 이해할 수 있다. 그런데 그렇다면 왜 의인도 고난을 받아야 하는가? 또한 왜 수많은 악인들은 잘 사는가?"

물론 우리가 도덕적으로 완전무결한 존재라는 것은 아닙니다. 살아가며 이래저래 소소한 잘못을 저지르고 있는 것을 부인할 순 없습니다. 하지만 그렇다고 해서 이토록 엄청난 고통을 당해야만 할까요? 너무 심하지 않습니까? 열심히 공부하고 부모님 말 잘 듣고 취업준비도 성실히 했건만 왜 이 시대의 수많은 젊은이들은 '백수'로 전락해서 자신의 꿈을 펼치기는커녕 생계마저 꾸리지 못하게 되고 눈앞이 막막한 무기력과 절망 속에서 고통 받아야 합니까?

정말로, 신의 심판은 어딘가 심하게 고장이 난 게 아닐까요?

---

8 독일의 신학자 루돌프 불트만(Rudolf Karl Bultmann, 1884~1976)을 말한다.

7. 헛되고 헛되며 헛되니

코헬렛[9] 〈전도서〉

헛되고 헛되며 헛되고 헛되니 모든 것이 헛되도다! (중략) 내가 돌이켜 해 아래서 행하는 모든 학대를 보았도다. 오호라 학대받은 자가 눈물을 흘리되, 저희에게 위로자가 없도다. 저희를 학대하는 자의 손에는 권세가 있으나 저희에게는 위로자가 없도다.

그러므로 나는 살아 있는 산 자보다 죽은 지 오랜 죽은 자를 복되다 하였으며 이 둘보다는 출생하지 아니하여 해 아래서 행하는 악을 보지 못한 자가 더욱 낫다 하였노라. (중략)

세상에 행하는 헛된 일이 있나니 곧 악인의 행위대로 받는 의인도 있고 의인의 행위대로 받는 악인도 있는 것이라. (중략)

사람이 먹고 마시며 그의 수고에서 즐기는 것 외에는 (중략) 너는 기쁨으로 네 식물을 먹고

즐거운 마음으로 네 포도주를 마실지어다…… 네 의복을 항상 희게 하며 네 머리에 향기름을 그치지 않게 할지니라. 해 아래서 네게 주신 모든 헛된 날에 사랑하는 아내와 함께 즐겁게 살지어다.

---

9 히브리명 תלהק BC 250년 무렵의 인물로 추정

그리스도교 구약성경에 실려 있는 《전도서》의 저자로 추정된다. 《전도서》의 몇 군데에는 솔로몬 왕이 저자라고 쓰여 있지만 다수의 다른 문맥에서는 코헬렛이 말한다고 쓰여 있다. 오늘날의 학계에서는, 당시 유대인 사회에서는 높은 지위의 사람의 권위를 빌려 새로운 저술에 무게를 싣는 것이 관행이었다는 점에서 저자가 솔로몬이 아니라 예루살렘 사원 근처에 살던 지식인이었을 것으로 본다.

가장 위대한 능력은 사랑입니다

◆

보세요, 저 사람은 지금 신이란 정의도 도덕도 알지 못하는 자라고 말합니다. 신은 악인과 선량한 사람을 구별할 줄 모르는 눈 뜬 장님이거나, 인간보다 높은 초월적 존재이므로 사람의 도덕과 정의로는 신의 처분을 판단할 수 없다고 말합니다. 그러므로 우리는 신의 정의로운 심판이나 의로움 따위에는 체념하는 것이 가장 유익하며, 각자에게 주어진 현실에서 최대한 즐겁게 살다가는 것이 최선이라고 말합니다.

하지만 저 말이 맞다고 하더라도 그것은 현실에서 즐길 것을 가지고 있는 몇몇 사람들에게나 해당되는 말일 것입니다. 가난과 절망 속에 고통 받는 사람들은 어디서 현실의 쾌락을 찾을 수 있습니까? 게다가 위험하기 짝이 없는 생각이기도 합니다. 더 이상 정의를 믿지 말고 신이나 세상의 정의 따위는 일찌감치 포기하고 단념하라는 것은 불의와 모순, 부조리, 가난, 비인간적인 상황이 아무리 심각해도 그저 체념하라는 말이 될 것이기 때문입니다.

더 심각한 것은, 저 사람의 말은 사람들을 도덕의식이나 죄의식으로부터 해방시켜 줄 것이며 현실의 쾌락을 위해서라면 무슨 짓을 해도 된다는 생각을 막을 수 없게 될 것이라는 점입니다.

문제는 또 있어요. 그 어떤 도피성 쾌락도 결코 우리를 만족시켜 주지는 못합니다. 마음속 깊은 곳이 비관적 절망의 물결로 가득 차 있는데 그 위로 향기로운 쾌락의 술을 아무리 부은들 결코 즐거워지지는 않는 법이니까요.

8. 모든 것을 지배하겠다는 생각은

소포클레스[10] 〈오이디푸스 왕〉

크레온: 그럼 이리 오십시오. 애들의 손은 놓으십시오

오이디푸스: 아니야, 애들은 내게서 떼어놓지 말게.

크레온: 모든 것을 지배하겠다는 생각은 버리십시오. 왕께서 장악했던 권
세조차도 평생 동안 누리지는 못하셨지요.

코러스: 조국 테베의 사람들이여, 보라. 이 분이 오이디푸스다. 우리 눈
이 그 마지막 날들을 보기 전에는 인간 어느 누구도 행복하다고
일컫지 말라. 삶이 저편으로 건너가 고통에서 풀려날 때까지는.

---

10 Sophoklēs BC 497~406년
   고대 그리스 아테네의 비극 시인. 아이스킬로스 · 에우리피데스와 함께 그리스의 3대 비극 시인으로 꼽힌
   다. 《트라키스 여인들》, 《아이아스》, 《안티고네》, 《오이디푸스 왕》, 《엘렉트라》 등의 작품을 남겼다.

가장 위대한 능력은 사랑입니다

◆

　자신에게 닥칠 비극적 운명을 모른 채 왕으로서 군림하던 오이디푸스는 결국 자신의 눈을 스스로 파내어버리고 방랑의 길을 떠나게 됩니다. 가련한 오이디푸스가 딸들의 손을 잡고 떠나려 하자 크레온은 딸들을 떼어 놓으며 "모든 것을 지배하겠다는 생각은 버리십시오"라고 말합니다. 주어지는 대로, 닥치는 대로 자신을 온전히 내맡기지 못하는 오이디푸스의 불안을 지적하는 말이지만, 모든 것을 자신의 계획대로, 자신의 의지대로 지배하지 못하면 불안해 마지 않는 인간의 주체성 속에 숨은 나약함을 찌르는 말이기도 합니다.

　사람들은, 삶은 끝나봐야 아는 것, 끝에 웃는 사람이 진짜 웃는 사람이다, 인생이 그 최후에 이르기까지는 그 누구도 행복과 불행을 결론지을 수 없다, 내일 무슨 일이 일어날지 우리는 아무것도 모른다, 이렇게들 말하곤 합니다. 이탈리아 베네치아의 어떤 현자[11]도 꽤 멋진 표현을 써서 "도래하는 존재는 임의적 존재이다"라고 말하기도 했지요.

　닥쳐오는 바람에, 발길 닿는 대지에 자신을 맡겨두는 열린 주체성이, 미지의 내일을 설렘의 시간으로 만듭니다.

11　이탈리아 베네치아건축대학 교수인 철학자 조르조 아감벤(Giorgio Agamben, 1942~)을 말한다.

9. 절망이여, 오라!

L. A. 세네카[12] 〈오이디푸스〉

보라, 나는 가고 있다. 나는 너희를 떠나고 있다.
병으로 지친 자들아, 살아갈 의욕을 잃은 사람들아,
고개를 들어라, 내가 사라지면, 이곳엔
더 밝은 하늘이 있을 것이다. 병상에 누워
간신히 숨 붙어 있는 자들아, 더 신선한 공기를 호흡할 것이다.
가라, 친구들아, 가서 죽음 앞에 엎드린 자들을 구하라,
내가 너희로부터 사라질 때, 나는
이 땅을 집어 삼킨 모든 역병들을 함께 데려갈 것이다.
오라, 가혹한 운명의 여신들아,
오라, 모든 질병의 음침한 혼령들아, 검은 역병아,
썩은 것들아, 미친 절망아!
나와 함께 가자! 너희 같은 길잡이들과 동행한다면,
더 할 수 없이 즐겁겠구나!

---

12 Lucius Annaeus Seneca BC 47~AC 67
　　고대 로마 제국의 정치인, 사상가. 네로 황제의 유년기 가정교사였고 국가법무관을 지냈으며 네로가 황제
　　오르자 섭정이 되었다. 스토아 사상의 대표적인 인물로서 여러 저술들을 남겼다. 그는 당대의 걸출한 비극
　　작가이기도 했다. 《페드라》, 《아가멤논》, 《페니키아의 여인들》, 《헤라클레스의 광기》, 《오이디푸스》 등의
　　작품이 있다.

가장 위대한 능력은 사랑입니다

◆

똑같은 오이디푸스 이야기지만, 마지막 장면에서 주인공의 자세와 태도는 완전히 달라졌습니다.

바로 앞 장에서 소포클레스는 오이디푸스 왕을 운명적 비극에 희생되는 가련한 인간의 모습으로 그렸습니다. 물론 세네카의 작품에서도 결말에 이르러 오이디푸스가 스스로 눈먼 사람이 되어 어둠의 대지로 걸어 나가는 스토리는 변하지 않았습니다.

하지만 오이디푸스는, 자신의 비극 앞에서 결코 비굴하거나 억울해 하지 않으며 절망에 빠져 절규하지 않습니다. 욥처럼 '왜 나에게 이런 형벌을!'라며 신에 따지며 대들지도 않아요. 그렇다고 해서 체념에 빠지거나 운명에 맹목적으로 순종하지도 않습니다. 대신에 그는 자신의 비극을 짊어지고 가겠노라고 용감하게 나서며, 나아가 세상의 모든 고통과 불행마저 자신이 짊어지고 가겠노라고, 불행과 고통 앞에서도 당당한 '고결한 인간'의 모습을 보여줍니다. 그는 외칩니다.

오라, 가혹한 운명의 여신들아,
오라, 모든 질병의 음침한 혼령들아, 검은 역병아,
썩은 것들아, 미친 절망아!
나와 함께 가자!

세네카는 삶의 숭고함을 노래하던 스토아학파의 대표적 인물입니다. 그에게 고통은 절망의 힘이 아니라 공동체와 벗들과 형제들을 구원해 나서라고 하늘이 인간에게 내리는 요청으로 바뀌었습니다. 그리고 이렇게 이야기가 달라지는 데에 무려 4백년이나 걸렸습니다.[13]

---

13 소포클레스는 BC 497~406, 세네카는 BC 4~ AC 65의 시대를 살았다.

10. 얕은 곳과 깊은 곳

도스토예프스키[14] 〈카라마조프가의 형제들〉

"누군가가 이것에
죄가 있다면, 그 절반은
우리 자신의 죄입니다."

---

14   Dostoevski, Feder Mikhailvicho 1821~1881
이 책 맨 앞에서 소개된 러시아의 작가. 인용한 부분은 ≪카라마조프가의 형제들≫에 등장하는 성자 조시마
장로의 말이다.

가장 위대한 능력은 사랑입니다

◆

　이 세상에 누군가 고통을 받고 있다면 그것은 또 다른 누군가가 죄를 짓고 있다는 말일 것입니다. 이 세상에 누군가 죄를 짓고 있다면 그것은 또 다른 누군가 혹은 우리 모두가 그것을 내버려두었다는 말일 것입니다. 사랑하는 그대. 나는 오늘까지 그대에게 얼마나 많은 고통을 주었을까요.

　김길태라는 이름이 기억납니다. 길에서 태어났다고 이름도 '길태'였던 그 가련한 사람 혹은 무시무시한 흉악범 말입니다. 여중생을 납치해 성폭행하고 살해한 그는 사형을 선고받았지요. 그는 아주 어려서부터 가족도 없이 사회로부터 버림받은 채 자라왔으며 온갖 냉대와 소외 속에서 정상적으로 성장하지 못했습니다. 만일 그가 누군가의 보호와 사랑의 손길을 한 번이라도 제대로 받았더라면, 아, 그랬더라면 얼마나 좋았을까요?
　얕게 보면 죄는 한 명의 개인이 짓지만, 깊게 보면 그 죄가 범해지기까지에는 우리들 모두와 이 사회가 공동으로 참여하게 된다는 사실을 김길태 사건은 우리에게 말해줍니다. 우리가 시급히 강화해야 할 것은 사형과 같은 극단적 형벌이 아니라 더 많은 온정을 이웃과 사회에 나누는 사랑의 실천이라는 것을 그 가련한 죄인이 우리에게 알려줍니다.

　구원이 창조보다 선행합니다. 창조가 있고 그 뒤에 타락과 구원이 이어지는 것이 아니라 구원이 맨 처음입니다. 성서에서 구원자 예수는 자신이 창조 이전부터 있었다고 분명히 말합니다. 이탈리아의 어떤 현자[15]는 그것을 정확히 알고 있었습니다. "창조는 구원에 앞서나 사실은 구원을 뒤따르며, 마찬가지로 구원은 창조를 따르나 사실은 창조에 선행한다."

15　앞에서 등장했던 조르조 아감벤을 말한다.

11. 만약 지금 내가, 행복하다면

이와이 슌지[16] 〈러브레터〉

"잘 지내시나요!
저는 잘 지내요!"[17]

(오겡끼 데스카 와타시와 겡키데스 お元気ですか, 私は元気です!)

---

16 岩井俊二 1963~
　　일본의 영화감독, 시나리오작가, 영화제작자이다. 뮤직1990년대 말 한국과 일본에서 열렬한 인기를 끌었던 영화 〈러브레터〉의 감독. 베를린국제영화제 넷펙상, 몬트리올국제영화제 관객상, 상하이국제영화제 심사위원특별상 등을 수상하였다.

17 오랫동안 사람들 사이에서 유명했던 이 대사는 영화에서 이츠키의 약혼녀인 히로코가(그는 그녀를 남기고 먼저 세상을 떠났다) 눈 덮인 설원에서 그를 향해 외치는 장면에서 등장한다. 히로코는 이츠키가 중학교 때 짝사랑했던 그녀(여자 이츠키)와 자신이 꼭 빼닮았다는 것을 알게 되면서, 그가 정말로 사랑했던 사람이 그녀 이츠키였다고 생각하게 된다. 설원에서 히로코가 이렇게 외치는 것은 '나를 이렇게 사랑하도록 만들어 놓고는 …… 이제 어쩌란 말이냐'는 말로 들린다.

가장 위대한 능력은 사랑입니다

◆

　나의 삶은 내가 설계하고 노력하고 실행한 것들의 총합이 아닙니다. 내가 만약 무엇을 이루어냈다면 거기에는 내가 알지 못하는 사이에 나를 돕고 나를 위해 애를 썼을지 모를 수많은 이들의 노고가 포함되어 있을 것입니다.

　누군가 나 몰래 얼마나 내 곁을 서성거렸을까요. 2천 년 전 나사렛의 위대한 분[18]은 이렇게 말했습니다. "사실 수고는 다른 이가 하였는데, 너희가 그 열매를 거두는 것이다."

　영화 〈러브레터〉에서 후지이 이츠키는, 중학교 때 자신을 열렬히 짝사랑했던 남학생이 있었다는 사실을 전혀 모르고 살아가고 있었습니다. 그런데 그의 이름도 이츠키였죠. 그가 자신과 이름이 똑같았다는 것만 기억하고 있던 그녀는 세월이 한참 흐른 뒤 우연히 그 사실을 우연히 알게 됩니다. 옛 중학교를 다시 찾아가게 된 그녀는 거기에 봉인되어 있던 행복을 뒤늦게 발견합니다. 자신을 몰래 짝사랑했던 그 사랑의 흔적들이 학교 곳곳에 아직도 고스란히 남아 그녀를 기다리고 있었습니다. 학교 도서관에서, 그녀는 그 남학생이 남긴 사랑의 흔적들(예컨대 도서관의 어느 책 뒤에 대출목록에서 그녀의 이름과 그의 이름이 잇달아 기록되어 있었습니다)을 하나 둘 발견하게 되면서, 무언가 가슴 가득 행복의 빛이 번져오는 것을 느낍니다.

　자신이 누군가에게 얼마나 아름답고 사랑스러운 사람이었는지, 자신이 얼마나 행복한 사람이었는지를 까맣게 모르고 있던 그녀는 그제야 그것을 알게 됩니다. 누군가가 자신을 위해서 열렬히 기도하고 있었고 누군가가 자신의 행복을 눈물겹도록 빌어주고 있었으며 누군가가 자신을 그토록 아름다운 눈으로 바라보고 있었다니……

　과거의 어느 시간으로부터 밀려오는 감격. 별 의미도 없었고 큰 추억도 없었던 지난 한 시절의 아름다움이 망각의 어둠 속에서 빛을 내며 다가왔습니다. 먼지 쌓여 있던 과거의 어느 시간이, 그렇게, 환하게 구원되었습니다.

18　예수를 말한다. (〈요한복음서〉 4:37~38)

12. 고통에 대한 예의 – 하나

아우구스티누스[19] 〈고백록〉

"내게는 긍휼이 필요하나이다. 땅에서 사람의 삶은 시련이 아니옵니까? 성가신 것 까다로운 것을 원하는 자는 누구이옵니까? (중략) 역경 가운데서 나는 순경을 원하며, 순경 가운데서 역경을 두려워하나이다. 그러므로 이 둘 가운데서 무슨 중간지대가 있겠으며, 인간의 삶이 시련이 아닌 곳은 어디옵나이까?"

---

19 Sanctus Aurelius Augustinus 354 ～ 430
    4세기 알제리 및 이탈리아에서 활동한 기독교 신학자이자 주교로, 로마 가톨릭교회 등 서방 기독교에서 교부로 존경하는 사람이다. 기독교 신학은 물론 서양 철학사에도 지대한 영향을 미친 인물로서 바오로에 버금가는 것으로 평가되고 로마 가톨릭교회와 성공회에서 성인으로 공경되고 있다.

가장 위대한 능력은 사랑입니다

◆

약 1600년 전에 아우구스티누스는 저렇게 토로했지요.

과연 이 세상은 아우구스티누스의 말대로 시련밖에 없는 것일까요? 그의 말대로 우리는 순경을 원하고 역경을 두려워해야만 하는 것일까요? 만약 신이 있다면, 그의 말대로 신은 이 삶의 고통스러운 것들을 참고 견디라고 명하지 시련과 고난을 사랑하라고 명령하지는 않는 것일까요?

모르긴 몰라도 신이 만약 이런 이야기를 듣는다면 꽤나 섭섭할 것 같습니다. '내가 너희에게 얼마나 많은 축복을 주었는데, 그렇게 말하다니……'라고 말입니다. 당장 이 자연과 우주만 해도 얼마나 아름답습니까? 신은 인간에게 생의 향기와 아름다움으로 가득 찬 이 우주를 주었습니다. 아름다운 꽃은 우리 눈을 즐겁게 하고 향기로운 바람은 우리의 마음을 위로하며 푸른 강물은 우리의 곡식을 살찌웁니다.

이런 문제라면, 동양적 사고방식이 한 수 가르쳐 줄 수 있을 것입니다. 미국의 어떤 사람[20]도 인정했듯이 동양적 사고의 좋은 점 중에 하나는 이 세상을 이분법적으로 딱 갈라서 바라보지 않는다는 것입니다. 동양사상의 뿌리가 되는 〈역경(易經)〉에 의하면 이 우주는 이미 온통 대립물로 구성되어 있습니다. '하루'는 낮과 밤으로 구성되지 낮일뿐이거나 온통 밤만 이어지는 경우는 없습니다. 이 지구에는 극지방도 있지만 반대로 적도지방도 있으며 맑은 날이 있으면 궂은 날도 있는 법. 음과 양, 그 대립적 쌍으로만 이 우주는 존재합니다. 사람의 성격도, 동전이 앞면과 뒷면을 지니듯이 좋은 점과 나쁜 점을 동시에 가지고 있습니다. 또 새옹지마라는 말은 어떤 일이 불행인 것 같지만 거기엔 행복의 씨앗이 함께 들어 있다는 것을 의미하잖아요?

---

20 미국 미시간대학교 석좌교수 리처드 니스벳(Richard E, Nisbet)을 말한다.

13. 고통에 대한 예의 - 둘

조지훈[21] 〈병에게〉

어딜 가서 까맣게 소식을 끊고 지내다가도
내가 오래 시달리던 일손을 떼고 마악 안도의 숨을 돌리려고 할 때면
그때 자네는 어김없이 나를 찾아오네.

자네는 언제나 우울한 방문객
어두운 음계(音階)를 밟으며 불길한 그림자를 이끌고 오지만
자네는 나의 오랜 친구이기에 나는 자네를
잊어버리고 있었던 그 동안을 뉘우치게 되네.

자네는 나에게 휴식을 권하고 생(生)의 외경(畏敬)을 가르치네.
그러나 자네가 내 귀에 속삭이는 것은 마냥 허무
나는 지그시 눈을 감고, 자네의
그 나직하고 무거운 음성을 듣는 것이 더없이 흐뭇하네.

내 뜨거운 이마를 짚어 주는 자네의 손은 내 손보다 뜨겁네.
자네 여윈 이마의 주름살은 내 이마보다도 눈물겨웁네.
나는 자네에게서 젊은 날의 초췌한 내 모습을 보고
좀 더 성실하게, 성실하게 하던
그 날의 메아리를 듣는 것일세.

---

21 趙芝薰 1920 ~ 1968
　　중·고등학교 때 청록파 시인이라고 배웠던 시인. 한국의 대표 시인 중 한 사람. 본명은 조동탁(趙東卓).
　　〈고풍의상〉을 비롯하여, 〈승무〉, 〈봉황수〉 등 많은 작품들을 남겼다. 또한 '지조론'이라는 위대한 수필을
　　남겼으며 이승만 정권 및 정치인들을 꾸짖기도 한, 대쪽 같이 곧은 선비다운 인품의 소유자였다.

　　가장 위대한 능력은 사랑입니다

생에의 집착과 미련은 없어도 이 생은 그지없이 아름답고
지옥의 형벌이야 있다손 치더라도
죽는 것 그다지 두렵지 않노라면
자네는 몹시 화를 내었지.

자네는 나의 정다운 벗, 그리고 내가 공경하는 친구
자네는 무슨 일을 해도 나는 노하지 않네.
그렇지만 자네는 좀 이상한 성밀세.
언짢은 표정이나 서운한 말, 뜻이 서로 맞지 않을 때는
자네는 몇 날 몇 달을 쉬지 않고 나를 설복하려 들다가도
내가 가슴을 헤치고 자네에게 경도(傾倒)하면
그때사 자네는 나를 뿌리치고 떠나가네.

잘 가게 이 친구
생각 내키거든 언제든지 찾아 주게나.
차를 끓여 마시며 우린 다시 인생을 얘기해 보세그려.

◆

위 시에서 화자는 '병(病)'을 친구라고 부릅니다. 그는 자신에게 '병'이 찾아올까봐 두려워 벌벌 떨지 않습니다. 녹용, 인삼, 사슴피, 곰쓸개, 하여간 온갖 보약들을 목구멍으로 쏟아 넣으며 전전긍긍해 하지 않습니다. '나의 안전'을 해치는 그 사악한 무리들이 쳐들어올세라 단단히 문 걸어 잠그고 밤낮으로 지키며 노심초사해 하지 않습니다. 그럼에도 대체 어느 틈으로 들어왔는지 병이란 놈이 들어오면, "어째, 나에게 이런 불행이!"라고 절규하며 비통해마지 않거나 땅이 꺼져라 장탄식을 터트리지도 않습니다.

자신에게 '병(病)'이 찾아오자 그는 '어서 오게나, 친구. 어째 또 왔는가?'라며 아픈 얼굴에도 힘겨운 웃음을 짓습니다. 넉넉하면서도 웃음을 잃지 않는 겸손과 여유, 그의 크고 높은 인품이 애잔히 가슴을 물들이며 느껴집니다.

참 멋있지요?

대체 저런 멋은 어디서 나오는 것일까요?

마음의 역설은, 마음을 한없이 높은 곳으로 드높이되 또한 동시에 저 밑바닥으로 한없이 낮추어야 한다는 것입니다. 바이올린 현이 팽팽히 당겨야 비로소 그 아름다운 소리를 내는 것과 같지요.

이 세상의 그 무언가를 터억 내려놓지 않고서는 저런 멋이 나오지는 않을 것입니다. 무언가를 손아귀에 쥐고 발발 떠는 이에게서는 기대하기 어려운 것이 저런 멋입니다. 그렇다고 자포자기의 마음이나 '에라, 모르겠다. 그저 될 대로 되라'는 마음, 좌절과 실의에 빠져 마냥 울고 싶은 마음으로서는 저런 멋을 보여주기가 어려울 것입니다. 의지와 소망은 높고 열정은 뜨거우면서도 그렇다고 해서 그것을 욕망하여 집착하지도 않고 자신을 저 밑으로 내려놓을 수 있는 겸손을 지닌 사람, 자기감정의 노예로 사로잡히지 않는 자유로운 정신을 지닌 사람, 그런 사람에게서 저런 멋이 나오겠지요.

가장 위대한 능력은 사랑입니다

앞에서 아우구스티누스는 이 세상에 역경이거나 아니면 순경이지 무슨 중간지대가 있겠느냐고 말했습니다. 그러나 그런 생각이야말로 '중간'을 추상화할 줄 모르는 전형적인 서양인의 생각이라고 하지 않을 수 없습니다.

아우구스티누스는 그리스도교의 존경 받는 성자라는데요, 나는 그 분에게 이런 질문이 있어요. 예수는 불과 몇 시간 후면 닥쳐 올 십자가를 앞두고 마지막 기도를 올립니다. 그때 예수는 괴로웠습니까? 아니면 행복했습니까? 예수는 그 상황을 순경이라고 생각했을까요, 역경이라고 생각했을까요? 사람인 한 예수에게도 그 상황은 괴로운 고통의 시간이었을 것입니다. 하지만 동시에 예수에게 십자가는 '아버지'와 하나가 되는 것이었으며 그 행복한 만남을 앞둔 시간이기도 했습니다. 윤동주 시인은 〈십자가〉라는 시에서는 이렇게 노래했습니다. "괴로웠던 사나이, 행복한 예수 그리스도에게/ 처럼/ 십자가가 허락된다면"

이 세상 모든 부모들도 그렇습니다. 그들은 사랑하는 식구들을 위해 온 몸으로 세상을 헤쳐 나가며 살아갑니다. 새벽부터 밤늦도록 온갖 수고를 다해야 하고 세상이 주는 이런저런 수모와 괴로움을 당하기도 합니다. 하지만 그 괴로움은 아이들과 식구들을 생각하면 한 순간에 행복으로 바뀝니다. 몸은 힘들고 지치지만 사랑하는 이들을 생각하면 그 괴로움마저 행복입니다.

누군가를 사랑하는 이에게 이 세상의 고난은 행복한 고난이겠지만, 이 세상을 사랑하지 않는 외로운 이에게는 그저 괴롭기만 한, 역경뿐인 세상일지 모릅니다. 프랑스 교육부 장관까지 지낸 한 철학자[22]는 여기에 맞장구를 치며 아예 이렇게 단언했습니다.

"좋은 삶이란 행복, 불행을 따지기 이전에 일단 사랑이 있는 삶입니다."

---

22 파리7대학 교수를 역임한 정치철학자 뤽 페리(Luc Ferry 1951~)를 말한다.

14. 부정적인 것과 함께 머물기

G. W. F 헤겔[23] 〈정신현상학〉

죽음을 회피하고 황폐함을 모면하려는 생명이 아니라 죽음을 무릅 쓰고 그 안에서 자기를 유지해나가는 생명이 바로 정신의 생명이다. (중략)

정신은 부정적인 것에서 눈길을 돌려 긍정적인 쪽으로 쏠림으로써 힘을 발휘하는 것이 아니다. (중략) 참으로 정신이 힘을 발휘하는 이유는 바로 부정적인 것을 직시하며 그 곁에 머물러 있기 때문이다. 그것을 따돌리지 않고 그 곁에 함께 머무르는 바로 그때, 여기에 부정적인 것을 존재로 전환되게 하는 마력(魔力)이 생겨나는 것이다.

---

23 Georg Wilhelm Friedrich Hegel, 1770 ~ 1831
현대철학의 기둥이라 할 수 있는 독일의 철학자. 칸트의 이원론을 극복하여 일원화하고, 정신이 변증법적 과정을 거쳐 자연 · 역사 · 사회 · 국가 등의 현실로 되어 자기의 발전을 이룩해가는 체계를 종합 정리하였다. 《정신현상학》, 《대논리학》, 《철학강요》, 《법철학》, 《종교철학》, 《역사철학강의》 등 방대한 저술을 남겼다.

가장 위대한 능력은 사랑입니다

◆

예전에 누구한테서 들은 이야기입니다. 어떤 사람이 면접을 보러 갔는데 이런 질문이 던져졌답니다.

"만약, 기숙사 방을 함께 쓰는 룸메이트가 방을 너무나 지저분하게 쓰고 청소도 하지 않아서 골머리를 앓게 된다면 어떻게 하겠는가?"

그래서 대답했답니다. "그 친구를 잘 설득해서 함께 청소를 하자고 말하겠습니다." 그러자 다시 질문이 이어졌습니다. "그렇지만 그래도 그 친구가 청소를 하지 않고 여전히 지저분하게 군다면?" 그래서 "그러면 내가 먼저 솔선수범을 보여서 그 친구 몫까지 깨끗이 청소를 해서 친구가 변하도록 유도하겠습니다"라고 대답했답니다. 그런데도 추궁하듯 같은 말을 반복하며 다시 묻더랍니다. "그래도 안 한다면?" 속에서 무언가 화가 치밀었지만 그래도 꾹 참고 웃으며 한 번 더, 정성어린 노력을 기울이겠다는 식의 대답을 했답니다. 그런데도 또다시 "그래도 안하다면?"라고 물었고 그 사람은 결국 참지 못하고 화를 억누르지 못한 목소리로 말했습니다. "그런 친구라면 절대로 함께 살지 않겠습니다! 방을 바꿔달라고 요청하겠습니다!"

그 사람은, 솔직히 말하지 않았을 뿐이지 처음부터 그런 룸메이트와는 방을 함께 쓰지 않겠다는 결론을 품고 있었을 것입니다. 애써 참고 견디며 그러한 결론을 보류했을 뿐, 부정적인 것과 함께 머물겠다는 마음은 애초부터 없었을지 모릅니다. 참는다는 것은 언젠가는 폭발한다는 것을 뜻합니다. 참는 것과 사랑하는 것은 다릅니다. 속으로 미움과 분노를 품은 채 단지 겉으로 드러내지 않고 참으면서 누군가를 자신의 생각대로 바꿔보겠다고 나서는 것은 애초부터 전쟁터를 향해 길을 잡은 것이나 다를 바 없습니다.

그런 마음을 버리고 그를 좋아하려는 마음으로, 그를 사랑할 마음으로 다가가면 의외로 문제는 아주 쉽게 해결될 수 있습니다. 사람들은 누가 자기를 사랑하는지 그렇지 않은지, 정말 기가 막히게 잘 알아차린다니까요.

15. 문제가 어렵고 힘겨울 땐, 사랑!

헨리 나우웬[24] 〈탕자의 귀향〉

자주색 망토를 넉넉하게 걸친 남자가 남루한 차림으로 무릎을 꿇은 소년의 어깨를 부드럽게 어루만지는 그림이었습니다. 눈을 뗄 수가 없었습니다. 두 사람 사이에 흐르는 뜨거운 친밀감, 붉은 망토의 온화한 톤, 소년의 겉옷에서 반사되는 황금빛, 그리고 양쪽을 한꺼번에 휘감고 있는 신비로운 광채에 빨려들어 가는 느낌이었습니다. 하지만 일찍이 느낀 적이 없는 감동을 주었던 건 무엇보다도 소년의 어깨를 감싸 쥔 노인의 두 손이었습니다. (…)

〈탕자의 귀향〉을 처음 봤을 때, 저는 미국 전역을 누비는 고단한 순회강연을 마치고 막 돌아왔을 즈음이었습니다. (…) 죽을 만큼 피곤했습니다. 얼마나 힘들었던지 걷는 것조차 버거울 정도였습니다. 불안하고, 외롭고, 초조하고, 말할 수 없을 만큼 갈급했습니다. (…) 일정이 다 끝나자 엄마 치마폭에 매달려 엉엉 울고 싶어 하는 어린아이처럼 한없이 나약해졌습니다. 환호하거나 악담을 퍼붓는 청중들이 사라지기가 무섭게 엄청난 외로움이 밀려들었습니다.

---

24 Henri J. M. Nouwen 1932~1996
네덜란드 태생의 예수회 신부이자 교수. 그리스도교의 존경 받는 영적 스승이다. 사제 서품을 받은 뒤 신학과 심리학을 공부했고 노트르담 대학교와 예일 대학교, 하버드대학교에서 가르쳤다. 또한 그는 페루의 빈민가에서 민중들과 함께 지냈으며 1986년부터는 정신지체장애인공동체인 '라르쉬 데이브레이크'에서 활동하였으며 그곳에서 생을 마감하였다.

가장 위대한 능력은 사랑입니다

사랑하는 그대.

당신은 요즘 많이 힘들어 하고 있습니다. 당신의 마음이 지금 아주 복잡하다는 것을 압니다. 먼저 당신은 지금 당신의 잘못 때문에 괴로워하고 있습니다. 자신에게 깊이 실망하면서 당신의 못난 점, 그리고 그 때문에 다른 사람에게 고통을 주었다는 사실, 그렇지만 다른 사람들에 대한 서운함 등 복잡하게 얽혀버린 사정들로 당신은 자신도 밉고 다른 사람들도 밉고 사는 것이 갑자기 허무해지고, 그런다는 것을 압니다.

사랑하는 그대, 내가 좋은 방법 하나를 알려줄까요? 내가 써보는 방법인데 썩 괜찮아요. 그럴 땐 말입니다, 아무리 애를 쓰도 문제가 잘 안 풀리고 무언가 마음이 복잡하고 어려우며 힘겹기만 할 때는, 문제를 해결해보겠다는 생각을 접어버리고 그냥 사랑을 선택하는 겁니다. 사람들을, 세상을 그냥 사랑해버리는 거예요. 뭐가 이러니저러니 따지지 말고, 눈 딱 감고 그냥 사랑해버리는 겁니다. 신기하게도, 그러면 문제가 싹 사라져버리는 것을 곧바로 느낄 것입니다.

렘브란트의 그림 〈탕자의 귀향〉에서, 아들은 아직 멀쩡이 살아 있는 아버지에게 '유산'을 달라고 해서 가져가서는 온갖 방탕한 짓으로 탕진해버린 뒤 거지가 되어 돌아옵니다. 그러나 아들을 보는 순간 아버지는 따뜻하게 아들의 어깨를 안습니다. 그리고는 기쁨에 들뜬 목소리로 "죽었던 우리 아들이 살아 돌아왔다!"면서 하인들에게 시켜 소를 잡고 잔치를 열라고 합니다. 다른 사람들은 탕자 아들의 잘못을 따지려 들지만, 아버지는 사랑하는 아들이 돌아온 기쁨에 겨워서 사랑의 잔치를 여는 데에 신이 납니다. 아들은 비로소 자신의 잘못을 크게 후회하며 그순간 새로운 사람으로 거듭납니다.

16. 햇살은 분할되지 않는다

맛타이오스[25] 〈복음서〉 / 호메로스[26] 〈일리아드〉

그분께서는
악인에게나 선인에게나
당신의 해가 떠오르게 하시고,
의로운 이에게나 불의한 이에게나
비를 내려 주십니다.

– 맛타이오스

관직이나 명예는
선인이나 악인에게도 모두 동일하다.

– 호메로스

---

25 Matthaeumire 1세기 초의 사람으로 추정됨
예수 그리스도의 열두 제자 가운데 한 사람이다. 전통적으로 기독교에서는 마태오 복음서를 쓴 저자로 인식
되고 있다. 레위 지파의 후손인 알패오의 아들로서, 처음에는 로마 제국을 위해 같은 유대인들로부터 세금
을 걷는 세리로 일하였다. 이후 예수의 부름을 받고 그의 제자가 되어 인생이 바뀌게 되었다. 나중에는 동
방으로 가서 선교하였고 에티오피아 혹은 페르시아에서 순교했다고 전해진다.

26 Homeros 기원전 약 750년경 사람으로 추정됨
고대 그리스의 이오니아 지방에서 활동하던 이른바 유랑시인으로 현존하는 고대 그리스어로 쓰인 가장 오
래된 서사시 《일리아스》와 《오디세이아》 및 그밖에 여러 시의 작가이며, 맹인 시인으로 알려졌다. 고대 그
리스의 전설적인 음유 시인 오르페우스의 후손이라고 전해지지만, 그의 가계에 대해 알려진 바는 없다.

◆

고등학교 때의 일입니다.

1학년 때 담임선생님은 우리들끼리의 별명으로 '불곰'이라 불리는 분이었는데 체격이 아주 크고 과묵하시며 대체로 엄하신 분이었습니다. 한 번은 우리 반 아이들이 자습 시간에 시끄럽게 떠드는 바람에 반 전체가 이른바 '단체기합'을 받았습니다. 그런데 용감하게도(?) 몇몇이 '공정한 정의'와 관련된 문제를 제기했습니다. 간단히 말해서, 자기들은 떠들지 않고 정말 열심히 공부했음에도 불구하고 이렇게 똑같이 벌을 받는 것은 부당하다는 주장이었습니다. 순간, 불곰의 눈빛과 얼굴빛이 심각하게 붉어졌습니다. 그리고는 거의 3층까지 다 들릴 목소리로 포효하면서(우리는 1층 교실이었습니다) 이렇게 외쳤습니다. "요런 이기적인 놈들을 봤나! 느그는 친구들이 공부 안 하고 떠드는데도 그걸 못 본 체 했다는 거 아이가? 느그들도 똑같이 잘못한 기야! 마, 친구들이 잘못된 길을 가면 말려야지 그걸 방관한 건 더 나쁜 기야!" 그 '정의로운 친구들'이 가뜩이나 불난 불곰의 기세를 펄펄 돋운 덕분에 우리는 훨씬 더 고된 벌을 받아야 했습니다.

그런데 대관절 무슨 사나운 팔자인지, 똑같은 일을 3학년 때 또 겪어야 했습니다. 레퍼토리도 그대로. 아니나 다를까, 단체로 벌을 받기 직전 우리의 '정의의 사도'들이 또 나섰습니다. 그런데 이번에는 아이들이 아니라 담임선생님이 먼저 그들을 찾았습니다. 반장을 증인으로 해서 열 명 남짓의 '정의로운 아이들'이 앞으로 불려나갔습니다. 아마 그들을 '열외'시켜주려는가 보다, 라고 생각하는 순간, 담임선생님의 '위대한 말씀'이 흘러나오기 시작했습니다.

"이노무 자슥들! 느그들은 바로 이 훌륭한 친구들 덕분에 살아나는 거다! 내가 야들 때문에 느그들 전부를 용서해 준다! 알겠나! 그러니까, 앞으로 야들을 존경하며 다 같이 열씨미 해라! 알겠나?" 우리는 감격해마지 않으며 한 목소리로 우렁차게 대답했습니다. "예! 쌤!"

17. 세 개의 동그라미 – 하나. 양떼들

빅터 프랭클[27] 〈죽음의 수용소에서〉

그들은 끊임없이 고함을 치고, 발길질과 주먹질을 해대며 무리를 뒤에서 앞으로 몰아간다. 양떼인 우리들은 오로지 두 가지 생각만 한다. 어떻게 하면 저 무서운 개들을 피할까 그리고 어떻게 하면 음식을 먹을 수 있을까 하는 생각 말이다.

떼를 지어 무리 한 복판으로 슬금슬금 들어가려는 양떼들과 마찬가지로 우리 모두는 대오의 한 가운데로 들어가려고 애를 썼다. 그러면 행렬의 양 옆과 앞뒤에 있는 감시병들의 주먹질을 피할 수 있는 여지가 그만큼 많아지기 때문이다. 게다가 행렬의 한 가운데에서는 매서운 바람을 덜 맞을 수 있다는 추가적 이점도 있다. 따라서 자신의 목숨을 구하기 위해 우리는 글자 그대로 군중 속에 자기 자신을 파묻으려고 애를 썼다.

---

27 Viktore E. Frankl 1905 ~ 1997
   빅터 프랭클은 나치 하의 강제수용소에서 살아남아 세계에 그곳의 삶을 증언한 여러 유대인 가운데 한 사람
   이다. 빈 의과대학의 신경정신과 교수이며 미국 인터내셔널 대학에서 로고테라피를 가르쳤다. 오스트리아
   의 빈에서 태어났고, 빈 대학에서 의학박사와 철학박사 학위를 받았다. 제2차 세계대전 당시 3년 동안 다
   카우와 다른 강제수용소가 있는 아우슈비츠에서 보냈다.

가장 위대한 능력은 사랑입니다

◆

이 세상에는, 고난과 사랑의 관련을 보여주는 세 개의 동그라미가 있습니다. 그 첫 번째는 나치 강제수용소의 증언자인 위의 작가 플랭클이 스스로 고백하는 '무리 속으로 파고드는 양떼들'의 동그라미입니다.

양떼들은 외부에서 날아오는 채찍으로부터 자신의 몸을 보호하기 위해 자신들의 동료와 이웃을 방패막이로 삼습니다. 그들은 오로지 자신의 생존을 위한 행동 외에 다른 어떤 것에도 관심을 두지 않습니다. 무리의 맨 바깥쪽에 세워진 것은 채찍에 맞설 만한 가장 힘 있는 양이 아니라 정반대로 가장 약하고 가장 불쌍한 양들입니다. 무리 속으로 파고드는 데에 여념이 없는 양떼들은 바깥쪽에 내몰린 동료들의 불행과 고통, 슬픔을 보며 분노하는 대신에 저 비극적 고통과 불행으로부터 자신이 무사한 것에 안도할 뿐입니다. 동그라미의 맨 바깥쪽에서 채찍을 맞으며 울고 있는 약자들의 고통과 슬픔이 실상 내가 그들을 방패막이로 삼아 바깥으로 밀어낸 결과이기도 하다는 것을 그들은 인정하지도 반성하려 들지도 않습니다. '불편한 죄책감'은 그저 외면하는 것이 좋다는 것일까요. 그러나 그것이 바로 저 양떼들이 채찍을 영원히 이길 수 없는 이유일 것입니다.

저 야만적인 채찍의 폭력은 특정 누군가를 향하지 않습니다. 그것은 공동체 전체를 향해 무차별적으로 가해집니다. 하지만 그것에 대한 양떼들의 대응은 정반대로 개별적입니다. 이것이 양떼들이 저 야만적 지배를 이기지 못하는 또 하나의 이유일 것입니다.

김영하의 소설 〈퀴즈쇼〉의 한 젊은이는 '단군 이래 최고의 스펙을 가지고도 우리는 왜 놀고 있지? 우리가 뭘 잘못한 거야?'라고 말했었지요(앞의 〈6. 그런데 왜 지금 우리는〉). 질문 속에 답이 있을지 모릅니다. 각자 자신들의 스펙을 쌓는 것 말고, 하나의 거대한 '집합적 신체'의 동그라미로 뭉쳐 이 혹독한 현실에 맞서는 '아름다운 기적'은 정말 불가능한 일인가요?

18. 세 개의 동그라미 – 둘. 동심원

김용택[28] 〈사랑〉

이제 생각해보면
당신도 이 세상 하고많은 사람들 중의
한 사람이었습니다.
당신을 잊으려 노력한
지난 몇 개월 동안
아픔은 컸으나
참된 아픔으로
세상이 더 넓어져
세상만사가 다 보이고
사람들의 몸짓 하나하나가 다 이뻐 보이고
소중하게 다가오며
내가 많이도
세상을 살아낸
어른이 된 것 같습니다.
당신과 만남으로 하여
세상에 벌어지는 일들이
모두 나와 무관하지 않다는 것을
이 세상에 태어난 것을
고맙게 배웠습니다.
당신의 마음을 애틋이 사랑하듯
사람 사는 세상을 사랑합니다.

---

[28] 金龍澤 1948 ~
〈섬진강 연작〉으로 유명하여 '섬진강 시인'이라고도 불리는 한국의 시인, 수필가. 시집으로 《꺼지지 않는 횃불》, 《섬진강》, 《맑은 날》, 《그리운 꽃편지》, 《그대, 거침없는 사랑》, 《그 여자네 집》, 《연애시집》 등이 있다.

가장 위대한 능력은 사랑입니다

◆

2500년 전부터 서양철학의 왕좌에 올라 앉아 지금까지도 내려오고 있지 않다는 한 사나이[29]는, 사랑이란 어떤 이상적인 정신(혹은 관념)을 향해 위로 올라가는 상승운동체라고 주장했지만, 글쎄요, 아무래도 나는, 실제에 있어서 우리들의 사랑은 옆으로 퍼져나가는 운동, 말하자면 호수의 수면에 퍼져나가는 동심원과 같은 운동을 하는 것이 아닌가 생각됩니다.

몇 년 전에 한 신문기사에서 읽은 내용인데요, 어느 젊은 주부 이야기입니다. 갓난아기가 있는 그녀는 사회활동가나 뭐 그런 사람이 전혀 아닌, 그냥 평범한 주부였습니다. 어느 날 텔레비전 화면에서 생명이 위태로울 정도로 굶주려 있는 아프리카의 아기들과 어린이들의 모습을 보는 순간, 도저히 참을 수 없이 눈물이 흐르고 가슴이 미어졌답니다. 이때부터 그녀는 마치 하늘의 절대적 명령을 받은 사람이라도 된 것처럼 당장 무언가를 하지 않으면 안 되겠다며 나섭니다. 우선 자기가 사는 동네에서 바자회라도 열어야겠다 싶어 인터넷에 올려 사람들을 모았습니다. 그런데 어디서 나타났는지 많은 사람들이 동참했고, 바자회는 횟수를 늘려가게 되었습니다. 미국에 사는 해외동포가 기부금을 보내오기도 하고 누군가는 밭을 일군 농작물을 보내오기도 하는 등 대대적인 성공을 거뒀습니다. 그녀는 인터뷰에서 이렇게 말했습니다. "정말 신기하게도 그 굶주린 아이들이 제 젖먹이 아이와 조금도 다르게 생각되지 않았어요. 저 자신도 놀라운 게, 그냥 제가 그 아이들 엄마로 생각되는 거예요."

우리 모두가 잊고 있지만, 마르크스의 평생 친구였던 한 독일 남자[30]는 어느 미국인 고대사회학자를 칭송하면서, 인류가 최초의 사회를 구성하게 된 것도 바로 사랑 때문이었음을 강조했습니다. 사랑의 동심원이 인류의 출발이자 인류를 하나의 동그라미로 완성시키는 힘이라는 말이지요.

---

29 서양 고대 철학자 플라톤(Plátōn BC 428~348)을 말한다.

30 프리드리히 엥겔스(Friedrich AngelsEngels 1820~1895)를 말한다. 저서에 《가족, 사적 소유, 국가의 기원》 등이 있다.

19. 세 개의 동그라미 – 셋. 남극 펭귄들

MBC 다큐멘터리[31] 〈남극의 눈물〉

영하 60도가 넘는 죽음의 혹한,
시속 100km의 광풍,
휘몰아치는 새하얀 눈보라 속
수천 마리의 펭귄들이
거대한 원형을 이룬 채
꼼짝도 않고 서 있었다.
등은 바깥으로, 가슴은 무리의 안쪽으로 향하여
서로의 체온을 조금이라도 나누며,
안쪽과 바깥쪽으로
서로의 자리를 바꿔가며
눕지도 앉지도 않고 꼿꼿이 서서
장장 60여 일 동안이나
거룩한 원형을 흩트리지 않고
눈보라에 맞섰다.

---

31 2011년 12월 23일 첫해 프롤로그부터 2012년 8월 17일 에필로그까지 모두 6회에 걸쳐 방영된 MBC 창사 50주년 특집 다큐멘터리.

가장 위대한 능력은 사랑입니다

◆

　1990년대 말, 어느 영국인 여성 탐사여행가[32]는 시베리아를 여행하다가 동북단의 한 지역에서 놀라운 이야기를 듣게 됩니다. 스탈린 치하의 악명 높은 '굴락'(Gulag: 강제노동수용소, 스탈린 시대 담당 기관의 명칭이었으나 강제노동수용소를 일컫는 말로 바뀌었다. 500개에 달하는 수용소가 있었으며 적어도 2천만 명이 희생됐을 것이라고 전해진다.) 가운데 하나였던 '보르쿠타 29광산 수용소의 기적'에 대한 이야기였습니다.

　1953년 스탈린이 죽고 몇 달 후, 시베리아 노동 수용소 전역에서는 최소한의 인간다운 대접을 요구하는 수용자들의 반항과 파업이 일어났습니다. 하지만 모스크바 당국의 위협에 수용소들은 하나 둘 굴복하거나 거짓 약속에 속아 백기를 들었고 결국 '보르쿠타 29 수용소'만 남았습니다. 마침내 2개 사단과 탱크들이 몰려와 수용소를 포위했습니다.

　수 천 명의 사람들은 그 안에서 커다란 원형으로 모여 서로 팔을 끼거나 부둥켜안고서 목소리 높여 노래를 부르며 저항하고 있었지요. 모두들 불안과 두려움에 떨었습니다. 이제 곧 닥칠 비극적 사태를 예감하는 비장하고도 구슬픈, 그러나 격렬한 노랫소리가 차가운 하늘에 울려 퍼졌습니다.

　드디어 탱크가 수용소 문을 부수고 쳐들어오며 기관총이 불을 뿜기 시작했습니다. 그러나 놀랍게도 사람들은 조금도 흩어지지 않고 꼿꼿이 선 채 그대로 있었습니다. 그들의 울음 섞인 노래를 멈추지 않았고 산 자들은 죽은 자들을 일으켜 안았습니다. 1분 정도의 총격이 계속되었고 수백 명이 쓰러졌지만 아무도 도망치지 않았습니다. 총탄 속에서도 원형의 밀집대오는 그대로 동그라미였습니다.

　사람들은 그때를 '불멸의 순간'이라고 불렀습니다. 생존이라는 자연적 법칙마저 압도해버리는 숭고한 인간의 시간이 마치 영원히 정지된 순간처럼 장엄하게 흐르고 있었습니다.

---

32 《순수와 구원의 대지 시베리아》의 저자, 콜린 더브런(Colin Thubron 1939~) 을 말한다.

Ⅱ. 감정의 폭군, 감정의 감옥, 감정의 형벌

20. 오늘은 어떤 감정을 입고 나가지?

스티브 미슨[1] 〈마음의 선사학(先史學)〉

학자들은 마음을 스위스 주머니칼에 비유한다. 스위스 주머니칼이라니? 칼이라고 불리지만 칼 외에도 작은 가위와 톱, 핀셋 등과 같은 여러 가지 장치를 갖춘 조그마한 그것 말이다. 스위스 주머니칼이 포함하고 있는 장치들은 각각 특수한 문제를 처리하기 위해 고안된 것이다. (…) 마음이 스위스 주머니칼이라면 그 속에는 얼마나 많은 장치가 들어 있을까? 또 그 장치들은 어떤 문제를 해결하기 위해 고안되었으며, 어떻게 그렇게 만들어졌을까? (…) 코스미데스와 투비는 인간의 마음이 고도로 특화된 많은 장치를 가진 스위스 주머니칼과 같다고 주장한다. 다시 말해, 마음이 다수의 지적 모듈(module)로 구성되어 있다는 것이다. (…) 가령 이런 것들이다. 얼굴을 알아보는 모듈, 공간 관계의 모듈, 아이 보살핌의 모듈, 우정의 모듈, 언어 사용의 모듈 등.

---

1   Steven Mithen
    진화심리학자. 영국 리딩 대학 고고학과에서 강의하고 있다.

◆

감정에 대한 가장 오래되고 가장 굳건한 오해는 아마도 다음과 같은 것이 아닐까 싶어요. '나의 감정은 내가 일부로 만들어낸 것이 아니라 자연발생적인 것, 즉 내가 억지로 자아내는 것이 아니라 나의 내부로부터 저절로 생겨나는 것으로서 나로서는 어쩔 수 없는 것이다.'

어느 유대인 여성 학자[2]는, 불의와 비윤리적인 것에 대하여 분노가 폭발하는 것은 '인간적인 것'으로서 그것을 억누르는 것은 비인간적인 처사라고까지 말합니다. 하지만 그런 '정의로운 분노'를 포함해서 우리가 '보편적인 인간 감정'이라고 부르는 감정조차도, 사실은 내가 혹은 우리가 의식적으로든 무의식적으로든 '어떤 상황에 대응하여 선택하게 되는 대응조치 중 하나'로서의 감정 표출이라고 말한다면, 그것을 완벽히 부정할 수 있는 근거를 찾기란 결코 쉽지 않습니다.

그래서 생각해 보았습니다. 내가 그때 그런 감정을 품었던 것은, 도저히 다른 감정을 지니는 것이 불가능한 불가항력적인 것이었고 또 정말로 그런 감정을 품는 것 말고는 다른 선택이 없었던가? 아닙니다. 새삼스레 다시 생생히 기억난 것이지만, 나는 사실 그때 그 순간에, 전혀 다른 감정을 놓고 슬쩍 갈등했었던 것이 또렷이 기억났습니다.

그래서 나는 시도해 보았습니다. 슬퍼할까, 화를 낼까, 우울한 표정을 지을까, 아니면 미친 척하고 쾌활하게 웃을까, 따뜻하게 사랑을 할까, 등등을 고민하는 그 아주 짧은 순간, 내가 나의 감정들 몇 개를 놓고 고민하는 그 순간, 나는 그 중 가장 좋다고 생각되는 것, 사랑하기를 선택했습니다. 그랬더니, ……, 놀랍게도 나는, 나의 감정은 정말로 밝아지면서, 가슴 어디쯤에서부터 환하고 따뜻한 기운이 빠르게 퍼져나가기 시작하는 것이었습니다.

---

2 한나 아렌트(Hannah Arendt 1906~1975)를 말한다.

21. 나의 감정 선택에 개입하는 것들

수전 블랙모어[3] 〈밈〉

우리가 누군가를 모방하면, 그 사람으로부터 내게로 무언가가 전달된다. 그 '무언가'는 또 다른 사람에게 전달될 수 있고, 거기에서 또 다른 사람에게 전달될 수 있다. 이렇게 계속 전달되면서 저만의 생명을 지닐 수 있다. 그것을 발상이라고 부를 수도 있고, 지침, 행동, 정보라고 부를 수도 있겠지만 그것을 연구하고자 한다면 우선 이름을 통일할 필요가 있다. 다행스럽게도 이미 이름이 있다. 바로 '밈'(meme)이다.

'밈'이라는 용어는 1976년 리처드 도킨스의 이기적 유전자에서 처음 등장했다. (…) "새 복제자에게는 이름이 필요하다. 문화 전달의 단위, 혹은 모방의 단위라는 개념을 함축하고 있는 명사 이름이 필요하다. 그리스어 어원을 제대로 살리자면 '미메메'(mimeme)라고 해야겠지만, 나는 '진'(gene, 유전자)과 발음이 비슷한 한 음절의 단어를 원한다. 그래서 미메메를 밈(meme)으로 줄이려 하니, 고전학자들의 관용을 바란다."(…)

데닛에 따르면, 우리의 마음과 자아는 밈들의 상호작용에 의해 탄생한다. 밈은 유전자와 비슷한 복제자이고, 인간의 의식 자체도 밈의 산물이다. 그는 밈들이 우리 뇌에 들어오려고 서로 경쟁을 벌이는 과정에서 인간이라는 독특한 생물체가 탄생한다고 주장했다.

---

3 Susan Blackmore
   영국의 심리학자이자 과학 저술가. 대중들을 위한 과학 지식 교양을 전하는 활동을 해 오고 있다.

가장 위대한 능력은 사랑입니다

◆

자기의 감정을 절대적인 것으로 오해함으로써 스스로의 감정을 지배하는 데에 실패하게 됩니다. 그리하여 감정이 마음대로 날뛰는 대로 몸도 마음도 따라 춤추게 되어, 나중에 돌아보면 스스로도 낯이 뜨거워지곤 하지요.

한 사람이 어떤 감정을 갖게 되는 데에는 여러 가지가 개입합니다. 먼저 그가 태어나서 살아가고 있는 한 사회의 문화가 개입합니다. 한국인에게는 슬픈 일이 일본인에게는 그렇지 않을 수 있고, 영국인에게는 기분 나쁜 말이 프랑스인에게는 그렇지 않을 수 있지요. 예컨대, 가을에 대한 동서양의 정서적 태도 차이가 그렇습니다. 오스트리아의 아름다운 시인[4]이 "주여, 때가 왔습니다. / 당신의 그림자를 해시계 위에 얹으시고 들녘엔 바람을 풀어놓아 주소서 / 마지막 과일들이 무르익도록 명하소서 / 과일들의 완성을 재촉하시고, / 독한 포도주에는 / 마지막 단맛이 스미게 하소서"라고 노래했듯이, 서양에서 대체로 가을은 황금빛 햇살로 들판의 곡식과 열매들이 완전히 성숙하게 되는 계절, 숭고한 기쁨의 시간입니다. 그러나 한국이나 중국과 같은 동양의 시와 노래에서 가을은 이별, 쇠락, 소멸, 허무, 쓸쓸함의 계절입니다. 혹자는 그 까닭이, 가을만 되면 북쪽의 오랑캐들이 약탈을 위해 쳐들어와 전쟁이나 난리가 일어났고 그런 일이 수천 년 동안 반복되었기 때문이라고도 합니다.

두 번째로 개입하는 것은, 그 사람의 개성이나 인격, 혹은 영혼, 삶에 대한 기본적인 태도나 관점 등입니다. 누구도 감정을 초월할 수 없지만 무엇 때문에 그렇게 기뻐하며 슬퍼하는가에 따라 그 사람의 영혼과 인격, 세계관이 드러납니다. 돈을 잃은 백만장자 구두쇠에게도 슬픔은 슬픔이지요.

질풍노도였던 날들, 내 안에 감정의 폭군을 날마다 살찌워서 천하를 지배하는 황제로 등극시키고 나는 그의 충실하고도 가련한 노예가 되었던 기억들이 부끄럽게 떠오릅니다.

---

4 라이너 마리아 릴케(Rainer Maria Rilk 1875~1926)를 말한다.

22. 타인의 감정을 자기가 결정하기

에픽테토스[5] 〈새벽 3시 : 에픽테토스 잠언집〉

누가 당신을 욕하고, 당신을 모욕한다 해도,
그것을 모욕으로 보느냐 안 보느냐는
늘 당신의 선택입니다.

누가 당신의 화를 돋울 때, 당신을 화나게 하는 것은
당신 자신의 반응일 뿐입니다.

누가 자꾸 당신을 자극하는 것처럼 보일 때
당신을 자극하는 것은
그 사건에 대한 당신의 판단뿐이라는 점을
잊지 마십시오.

---

5 Epictetus 55~135
　고대 그리스 스토아학파의 대표적인 철학자이다. 소아시아 노예로 태어나 고문을 받아 절름발이가 되었고
　이때 스토아 철학을 배웠다. 이후 노예에서 해방된 그는 젊은이들에게 철학을 가르쳤다. 그는 아무런 저서
　도 쓰지 않았으나 제자인 아리아노스가 그의 강의를 간추려 쓴 《어록》, 《제요》가 남아 있다. 그의 잠언집
　《새벽 3시》는 미국의 저술가 샤론 르벨(Sharon Lebell)이 엮은 《삶의 기술(The Art of Living)》(1995)
　의 한국어판 제목이다.

　가장 위대한 능력은 사랑입니다

◆

　자기감정이 자기를 어떻게 움직이고 있는지 잠시라도 놓치고 있으면, 이 감정이란 것은, 마치 독수리가 토끼의 목덜미를 낚아채 가듯이, 곧바로 우리들의 마음과 정신을 포획하여 어디 이상한 곳으로 데려가 버리곤 합니다.

　내가 목격했던, 서로 사귀는 사이에 있는 어느 두 남녀의 이야기가 그랬습니다. 나는 남자와 함께 커피를 마시고 있었습니다. 잠시 후 여자로부터 남자에게 전화가 왔습니다. 내가 볼 때 그냥 일상적인 대화처럼 보였습니다. 그런데 통화 중에 잠시, 아마 여자가 무슨 일을 잘못 처리했던 것 같은데, 남자가 아주 희미하게 볼멘 목소리로 말을 했습니다, 정말로 아주 살짝, 시간으로 치자면 3초, 길어야 5초 정도, 조금 언짢은 말투로 이야기를 하는 듯했습니다. 하지만 그게 다였습니다. 통화는 여느 남녀들처럼 그냥 그렇게 마무리되었고, 남자와 나는 다시 대화를 이어갔지요.

　다음날 나는 남자로부터 뜻밖의 이야기를 들었습니다. 남자는 여자와 다투었다는 겁니다. 여자는 남자를 만나자마자, 왜 자기에게 그렇게 심하게 화를 냈냐면서, 어떻게 그럴 수 있냐면서 눈물까지 보이더라는 겁니다. 남자는 무척 당혹스럽고 억울해 하면서, 아니다, 절대 그렇지 않다, 내가 언제 그랬느냐, 자신의 '감정의 진실(?)'을 아무리 설명해도 여자는 결코 믿지 않으려 했다는 것입니다.

　누가 자신을 깎아내릴까봐, 자신이 조금이라도 모욕당할까봐
　늘 노심초사하는 마음, 그 마음의 폭군에게 지배를 받다보면
　타인의 애매한 미소는 자신을 조롱하는 것으로만 보이고
　타인의 건조한 말투는 자신을 미워하는 표현으로만 보이며
　타인의 지친 눈은 자신을 불쌍히 여기는 시선으로만 보입니다.

23. 사랑하는 부러움과 미워하는 부러움

사이먼 M. 레이험[6] 〈죄라고 불리는 유익한 것들〉

우리는 질투가 두 가지 뜻을 갖고 있음을 알 수 있다. 하나는, 질투를 하는 사람은 다른 사람이 갖고 있는 것을 갖고 있지 않으며 그것을 갖고 싶어 한다는 것이다. 어떤 사나이가 페라리 199GTB를 타고서는, 신호대기에 기다리고 있는 당신 차 옆에 갖다 대면, 당신은 "야, 그 차 한번 끝내 주네. 저 차 가져봤으면 좋겠다"하고 생각한다. (…) 두 번째 의미에는, 질투를 하는 사람이 다른 사람이 갖고 있는 것을 안 갖고 있으며 상대방이 그걸 안 갖기를 바란다는 것이다. 마치, "야, 그 차 한번 끝내 주네. 트레일러가 와서 그 뒤를 꽉 들이받아 버리면 정말 좋지 않을까?" 이러는 것이다. 첫 번째 종류의 질투는 좋은 것이며 심리학자들은 그것을 온화한 질투(benign envy), 부러움이라고 부른다. 두 번째 종류의 질투는 분개의 사촌쯤 되는 것으로, 별로 기분 좋은 종류는 아닌데 심리학자들은 악의적 질투(malicious envy)라고 부른다.

6　Simon M. Laham
　　호주의 사회심리학자. 호주 멜번대학교 심리학부 교수. 도덕성에 관한 심리와 감정에 대하여 많은 학술논문을 출간하여 큰 방향을 일으켰다. 《죄라고 불리는 유익한 것들》은 그의 첫 저서이다.

　가장 위대한 능력은 사랑입니다

◆

17세기 영국의 어떤 남자[7]는 "기형인 사람들과 환관들과 노인들과 사생아들은 질투를 한다"라고 거침없이 말했습니다. 위의 글쓴이도 "사람들은 자신의 능력이나 태도에 대해서 확신이 없을 경우 자신을 다른 사람들과 비교한다"고 말합니다.

예컨대 1987년 미국 프로골프연맹의 챔피언십에서는, 시즌 말 토너먼트에 참여하는 자격을 상위 30명의 골퍼들에게만 부여하기로 하였습니다. 그러자 각 골퍼들은 자신이 다음 세 그룹 중 하나일 것으로 판단하게 됩니다.

1그룹: 챔피언십에 이미 자리가 확보되어 있는 사람들
2그룹: 챔피언십에 진출할 가능성이 어느 정도 있는 사람들
3그룹: 챔피언십에 진출할 가능성이 거의 없는 사람들

누가 봐도, 여기서 2그룹의 사람들이 가장 큰 변화를 겪을 것임을 예상할 수 있습니다. 그런데 아마 2그룹에는 다시 두 종류의 사람들로 나뉠 것입니다. 첫째, 1그룹을 부러워하면서 자신도 그렇게 될 수 있다고 믿으며 열심히 노력하려는 사람. 둘째, 자신은 1그룹이 될 수 없으리라는 암울한 생각 하면서 1그룹을 시기하고 질투하는 사람. 어떻습니까? 어느 쪽이 1그룹으로 올라설지는 물어보나마나 뻔히 알 수 있는 일이 아니겠습니까?

문제는 종이 한 장 차이, 마음먹기에 달렸습니다. 더 높은 것과 나를 동일시하고 '더 높은 곳의 타인들'을 사랑하는 마음을 먹을 것인가, 아니면 나는 거기에 이르지 못할 것이라고 미리 단정하고서 그렇게 '못난 나'를 미워하면서 더 높은 것들을 증오하는 마음을 계속 이어갈 것인가.

---

7 '아는 것이 힘이다'라는 말로 유명한 프란시스 베이컨(Francis Bacon 1561~1626)을 말한다.

24. 궁지에서 드러나는 맨 얼굴

공자[8] 〈논어〉

군자는 궁지에 처하면 더욱 굳건해지지만
소인배는 궁지에 몰리면 차마 할 수 없는 일이 없어진다.

君子固窮 小人窮斯濫

8   孔子 BC 551년 ~ BC 479
     유학의 시조(始祖). 고대 중국 춘추시대의 정치가 · 사상가. 공자는 인간이 취하여야 할 궁극적 지향점
     은 인(仁)에 있다고 가르쳤으며, 인(仁)을 지향하고 예(禮)에 정진, 실천하는 군자를 이상적 인간으로 제
     시하였다.

가장 위대한 능력은 사랑입니다

◆

  '어려울 때 친구가 진짜 친구'라는 말이 있습니다. 내가 보잘 것 없는 신세가 되었을 때, 진정한 친구는 나를 떠나지 않겠지만 그렇지 않은 '가짜 친구'들은 나를 버릴 것이라는 말입니다. 평소에는 잘 드러나지 않던 사람의 진심이 혹은, 그와 나의 진짜 관계가 그렇게 드러납니다.

  남녀 사이에서도 마찬가지인 것 같아요. 그 사람이 얼마나 좋은 사람이었는지는 헤어질 때 나타납니다. 서로 좋아하며 지낼 때는 상냥하게 말하고 행동하던 사람이, 이제 더 이상은 서로 볼 일이 없어졌다 싶으면, 말 그대로 '안면몰수'하고 언제 그랬냐는 듯이 아주 마음대로 말하고 조금의 거리낌도 없이 제 하고 싶은 대로 실컷 나쁘게 행동합니다.

  감정이 격해질 수밖에 없는 궁지, 삶은 그런 궁지를 피하지 못합니다.
  사업이 실패할 수 있고, 사랑하던 사람끼리 헤어질 수도 있고
  학업 성적이 곤두박질 칠 수도 있고, 시험에 불합격할 수도 있고
  천만 뜻밖의 부당한 일을 당하거나, 억울한 오해나 모함을 받을 때도 있을 것입니다.
  바로 그런 때에, 감정에 겨워 미친 듯이 울부짖는지
  죽여 버릴 듯이 사납고도 악독하게 구는지
  '지금 내 처지가 이러니 눈앞에 보이는 것이 없다'며
  슬픔을 이유로 자기에게 인간성의 예외상태를 부여하고 맘대로 구는지
  자기 연민에 빠져 엉망이 되어버리기를 조금도 두려워하지 않는지

  내가 매서운 눈으로 나를 지켜보지 않으면,
  세상은 끝내 나를 버릴 것입니다.

25. 슬퍼도 울지 않기

김소월[9] 〈진달래꽃〉

나 보기가 역겨워
가실 때에는
말없이 고이 보내 드리우리다

영변에 약산
진달래꽃
아름 따다 가실 길에 뿌리우리다

가시는 걸음걸음
놓인 그 꽃을
사뿐히 즈려 밟고 가시옵소서

나 보기가 역겨워
가실 때에는
죽어도 아니 눈물 흘리우리다

9 　金素月 1902~1934
　　달리 소개할 필요조차 없이 한국인이라면 누구다 다 아는 시인. 서구문학이 유입, 범람하고 일제강점 하에
　　있던 1920년대에 시대에 민족 고유의 정서에 기반을 둔 시를 쓴 민족 시인으로 잘 알려져 있다.

　　가장 위대한 능력은 사랑입니다

◆

고백건대,
당신은 그때 무척 슬펐지만
나는 당신에게
그만 매혹되고 말았었습니다.

아름다운 당신이
끓어오르는 슬픔을 견디며
오히려 애써 웃으려 할 때
나는 그만,
당신의 매혹에 빠져
벗어날 수 없게 되고 말았습니다.

흐트러지지 않으려 애쓰는 당신의 얼굴에서
당신의 견딜 수 없는 슬픔이 전해지고
온 마음을 다해 짓는 당신의 군세고도 희미한 미소는
누군가의 도움과 보호가 필요한 당신의 연약함을
내 마음 저 깊은 곳으로 번지게 만들었습니다.
당신은 높고, 눈이 부시게
슬프고도 아름다웠습니다.

애이불비(哀而不悲)
슬퍼도 울지 않기

딩신은
가슴을 아리는 한 송이의 매혹이었습니다.

26. '아임 인터레스티드'의 세계

장석남[10] 〈배를 배며〉

아무 소리도 없이 말도 없이
등 뒤로 털썩
밧줄이 날아와 나는
뛰어가 밧줄을 잡아다 배를 맨다
아주 천천히 그리고 조용히
배는 멀리서부터 닿는다

사랑은,
호젓한 부둣가에 우연히,
별 그럴 일도 없으면서 넋 놓고 앉았다가
배가 들어와
던져지는 밧줄을 받는 것
그래서 어찌할 수 없이
배를 매게 되는 것

---

10 張錫南, 1965 ~
  한국의 시인. 1987년 《경향신문》 신춘문예로 등단한 뒤 《새떼들에게로의 망명》, 《지금은 간신히 아무도 그
  립지 않을 무렵》, 《젖은 눈》, 《왼쪽 가슴 아래께에 온 통증》, 《고요는 도망가지 말아라》 등 여러 권의 시집을
  냈고 김수영문학상, 현대문학상, 미당문학상 등을 수상했다.

가장 위대한 능력은 사랑입니다

◆

　중고등학교 때 영어 공부를 하다가, 영어는 우리말과는 참 많이도 다르구나, 하는 생각을 했던 적이 있습니다. 그 중 가장 이상하게 생각되었던 것 가운데 하나는 이런 문장이었습니다. "I'm interested in this book."

　직역하면, '나는 이 책으로부터 관심을 느끼게 된다.'는 말입니다. 그런데 이상한 것은 이때 '관심을 가지다'라는 단어 'interest'에 '피동적 의미'를 지니는 '-ed'를 붙인다는 점입니다. 즉, 영어의 세계관, 그 사고방식으로는 '내가 이 책에 관심을 가진다.'가 아니라 '이 책이 나에게 관심을 불러일으킨다.'라고 생각하는 것입니다. 인간이 자기감정의 능동적 주체가 되는 것이 아니라 정반대로 사물이 주체가 되고 인간이 그것의 피동적 대상으로 전락하는 거지요. 나는 굉장히 마음에 들지 않았습니다.

　이후에도 내내 그런 불만과 비판적 생각은 떠나지 않았습니다. '아니, 자기의 감정이 마치 무엇에 의해서 우연히, 어쩔 수 없이 그렇게 생겨나게 되었다고 말하는 것이 과연 맞는 것일까?'라는 의문이 좀처럼 사라지지 않았던 게죠. 뭐랄까, 무언가 좀, 요행을 바라는 심리 같기도 하고, 가만히 있어도 저절로 얻어지는 무엇을 바라는 마음처럼 느껴지기도 하고, 어디선가 굴러오는 호박넝쿨을 기다리는 생각 같기도 하고, 인생에 모종의 황홀한 기적이 일어나기를 바라는 신비주의적 발상 같기도 하고, 자신의 감정이 빚어내는 어떤 사태에 대하여 책임을 미리 회피하는 일종의 심리적 알리바이 형성 같기도 하고, 어딘지 모르게 좀 비열한 느낌마저 들고, 무엇보다도 무엇을 절절히 바라면서 온갖 애를 써가며 그것을 얻기 위해 혼신의 노력을 다하는 사람들의 눈에는 어떻게 비춰질까 하는 생각을 떨쳐버리기가 쉽지 않았습니다.

　그러다보니 나는 언제부터인지도 모르게, '아니, 아임 인터레스티드'라니, 세상에 그런 공짜가 어디 있어? 라며, 남들은 알아듣지 못할 불만을 혼자서 구시렁거리는 버릇이 생기고 말았습니다.

27. 분노의 반대는 무엇?

헨리 나우웬[11] 〈두려움에서 사랑으로〉

인간에 대하여 알면 알수록 나는 두려움의 부정적 위력에 압도된다. 두려움이 없는 삶이 어떤 기분일지 더는 모를 정도로 두려움이 우리 삶의 모든 부분에 배어든 것처럼 보일 때가 많다. 두려움은 우리 개인의 몸과 공동체에 두루 퍼진다. (…)

두려워할 일은 항상 있는 것 같다. 우리 안에도 있고 주변에도 있다. 가까운 데도 있고 먼 데도 있다. 눈에 보이는 것도 있고 보이지 않는 것도 있다. (…) 두려움은 어디에나 존재하는 힘이어서 떨칠 수 없다. 흔히 두려움은 우리 자아에 아주 깊숙이 침투하여 우리가 알든 모르든 대부분의 선택과 결정을 지배한다. 두려움을 내버려 두면 그것은 우리를 손아귀에 넣어, 두려움의 집에서 인질로 살게 하는 잔인한 폭군이 될 수 있다. (…) 힘과 권세를 가진 사람들은 흔히 두려움을 이용하여 내면에 긴장을 조성하고 우리를 분열시킨다. (…) 두려움에 갇혀 있는 한 우리는 말과 행동은 물론 생각까지 노예처럼 변할 수 있다.

---

11 Henri J. M. Nouwen 1932~1996
　　앞에서 소개되었던 네덜란드 태생의 예수회 신부이자 교수. 세계적으로 존경 받는 영적 스승.

　　가장 위대한 능력은 사랑입니다

◆

동양의 고전세계에도 매우 발달한 심리학이 존재합니다. 유학의 사단칠정론(四端七情論)이 그렇습니다. 이에 따르면 사람은 모두 일곱 가지의 감정들을 가지는데요, 욕심을 제외한 여섯 가지 감정들은 모두 서로 대립적이면서도 동시에 상호 의존하는 대칭적 짝을 이룹니다. 이를테면 기쁨의 반대는 슬픔입니다. 하지만 기쁨이 있어야 슬픔도 있지요. 또 사랑의 반대는 미움입니다. 그래서 헤어진 남녀가 여전히 서로를 미워한다면 그것은 아직 서로 사랑한다는 말입니다. 자, 그렇다면 분노의 반대는 무엇일까요?

힌트를 주자면, 만약 당신이 동물원에 놀러 가서 원숭이들에게 과자를 주려고 하는데 그 원숭이가 과자를 건네는 당신의 손을 '탁'하고 친다면 당신은 분노하겠습니까? 아마 당신은 황당한 얼굴로 웃을 뿐, 원숭이에게 분노나 증오를 퍼붓진 않을 것입니다. 하지만 만약 반대로 당신이 원숭이의 손을 쳐 버린다면 아마 그 원숭이는 길길이 날뛰며 당신에게 분노를 퍼부을지 모릅니다. 그 이유가 무엇일까요? 그것은, 당신은 분노의 반대 감정인 '이것'을 원숭이에게 가지고 있지 않지만 반대로 원숭이는 당신에게 '이것'을 느끼기 때문입니다.

힌트가 좀 되었나요? 그래도 부족하다면 이런 예는 어떤가요? 어떤 학생이 아무리 공부해도 수학 성적이 오르지 않고 번번이 자신에게 실패를 안겨줄 때 그 학생은 자신에 대해서 혹은 수학에 대해서 분노와 증오의 감정을 갖게 될 것입니다. 이 경우에 그는 수학에 대해서 '이것'을 가지고 있기 때문입니다. 어떻습니까? '이것'이 무엇인지 감이 좀 잡혔나요?

그렇습니다. 정답은 바로 두려움입니다. 당신은 원숭이를 두려워하지 않기 때문에 원숭이에게 분노의 감정을 갖지 않지만, 원숭이는 당신을 두려워하기 때문에 당신에게 분노를 표출합니다.

분노하는 자는 두려워하는 자입니다. 분노의 정치, 원한의 종교, 증오하는 정의, 분노를 가르치는 교육 등이 위험한 것은 바로 이런 까닭입니다.

28. 문제는 '그'가 아니라 '나'일지도 모른다

아잔 브람[12] 〈명상론〉

나는 풋내기 승려였을 때 가끔
아잔 차에게서도 흠을 찾아내곤 했다.
훗날 그런 내가 참으로 어리석게 여겨졌다.
내가 만난 사람 중에서
가장 지혜롭고 사심 없던 그분에게서
흠을 찾을 수 있었다면
문제는 아잔 차에게 있는 것이 아니라
내게 있었음이 분명하다.

---

12 Ajahn Brahmavamso Mahathera 1951~
영국 태생의 불교 승려. 흔히 '파란 눈의 세계적인 명상 스승', '스님'이 된 케임브리지 대학 물리학도'로 불린
다. 영국에서 태어난 그는 독실한 기독교 신자였으나 우연히 불교서적을 읽고 새로운 인식에 눈을 든 적이
있던 그는 케임브리지 대학에서 장학생으로 물리학을 전공하며 공부하던 어느 날 현대물리학으로는 자신과
인간, 세상과 삶의 이치를 설명할 수 없다는 결론을 내리고 태국으로 건너가 수행승이 되었고 이후 호주 남
반구 최초의 불교 사찰을 세운 호부 불교의 개척자가 되었.다. 그의 명상록과 여러 저술들이 세계적으로 널
리 읽히고 있다.

가장 위대한 능력은 사랑입니다

◆

아직도 나는, 나도 모르는 사이에
누군가를 헐뜯을 마음이
불쑥 생겨나곤 합니다.

그럴 때면 늘,
재빨리 저 구절이 생각나서
그만 두곤 합니다.

또 그럴 때면
예전에 내가 당신 앞에서,
또는 여러 사람들 앞에서
누구를 비난했던
내 모습이 생생히 떠오르면서
혼자서도 얼굴이
화끈해지고 식은땀이
이마에 배어나곤 해요.
그 때,
내 속에서 누가 이렇게 말하지요.
"뭣 눈에는 뭣만 보인다더니……."

29. 인간적인 것? 단단히 각오하라는 뜻이죠

빌리발트. 라이어제더[13] 외 〈예수 수난, 그 여정의 인물들〉

'사람이 사는 곳에는 인간적인 면이 있다'는 격언이 있다. 사람이면 누구에게나 약점과 모순이 있다는 말이다. 이 말은 보통 사람들과 교제를 할 경우 먼저 많은 것을, 아니 가능한 한 모든 것을 각오해야 한다는 뜻으로 사용된다. 그러나 그런 각오는 나보다는 다른 사람이 갖추어야 할 태도라고 생각하기 십상이다. 말하자면 그런 말을 자신에게 적용시키기를 원하지 않는다는 것이다.

베드로는 (…) 어디에나 항상 예수와 함께 하였다. 그는 예수의 친구였으며, 예수의 신뢰를 받는 사람이었다. (…) 이런 베드로가 어려운 순간이 닥치자 예수를 모른다고 부인했다. 그렇다면 도대체 예수께서는 무엇 때문에 베드로와 관계를 맺으신 것일까? 왜 예수께서는 그런 비겁하기 짝이 없는 베드로를 수제자로 택하셨을까? (…)

예수께서는 베드로에게서 우리가 소위 '인간적인 것'이라 부르는 그것을 허용하신다. 베드로는 약한 사람이었고 예수와 함께 길을 가는 것을 두려워했다. (…)

자신에게 물어보자. 우리는 타인에게 마지막까지 기회를 준 적이 있는가?

---

13 • Willibald Leierseder 1930~
　　독일의 가톨릭 방송 언론인, 신학자. 독일 바이에른 주교회의에서 라디오와 텔레비전 방송사목자로 임명되어 활동하였고 독일 가톨릭방송인 협회 회장, 잡지 발행인 등을 역임하였다.

◆

자주 버릇처럼 떠올리게 되는 말 중에, '발전 속도의 불균등성'이라는 말이 있습니다.

사람은 누구나 인격적으로든, 능력으로든 궁극적으로는 '인간 보편의 최고 높이'에 도달한다고 나는 확신합니다. 모든 사람은 마지막에 가서 결국엔, 사람이라면 누구나 본래적으로 가지고 있는 최고의 인격과 최고의 능력에 도달합니다. 다만, 거기에 이르는 속도가 사람마다 다를 뿐입니다. 특정 시간에서만 보면 누가 앞서 있고 누가 뒤처져 있지만, 더 긴 시간 혹은 시간 전체를 놓고 보면 결국 우리는 모두 동일한 목표지점에 도달합니다. 그리고 동일한 사람일지라도 평생에 걸쳐 달리는 속도도 다릅니다. 지금은 내가 앞서 나가고 있지만 또 다른 시간엔 내가 뒤처져 있기도 합니다. 마라톤에 비유하면 딱 맞아요. 출발 시간대에 앞서 있는 사람도 있지만 중간에 앞서 있는 사람도 있습니다. 최종 목표지점에 누가 먼저 도달하는가의 차이는 있겠지만 결국 모든 마라톤 선수는 결승라인에 도착합니다.

인생에서 정말로 중요한 것은 속도보다도 끝까지 완주하는 것입니다. 각자에게 주어진 생애의 시간 안에 도달하느냐 아니냐가 문제죠. 주어진 시간이 너무나 짧아서 최종 지점에 도달하지 못할 수도 있고, 반대로 주어진 시간은 충분하나 속도를 내는 데 너무 신경을 안 쓴 경우도 있을 겁니다.

우리는 모두 '인간적인 것'에서 출발해서 '인간적인 것 너머' 혹은 '신적인 것'을 향해 갑니다. 그런데 나는 아직도, 자주 돌아봐야만 합니다. 당신의 더딘 속도가 곧 당신의 인격이라고 마음대로 생각하지 않았는지……. 또한 내게는 '인간적인 것'을 적용하고 당신에게는 '신적인 것'을 요구하지 않았는지, 내게는 '허술한 인간'임을 허용하고 당신에게는 '완벽한 존재'이기를 요구하지 않았는지, 내게 쉽게 허용되는 인간적인 모순과 유약함을 당신에게는 결코 허용하지 않았거나 아주 깐깐하게만 허용하지 않았는지…….

감정의 폭군, 감정의 감옥, 감정의 형벌   75

30. 한 사람을 미워하는 것은 모두를 미워하는 것

J. P. 사르트르[14] 〈존재와 무〉

증오는 모든 타인에 대한 증오가 단 한 사람의 타인 속에 모인 것이다.

내가 증오하는 타자는 사실상 모든 타자를 대표한다.

그래서 증오는 하나의 '검은 감정'이다. 다시 말하면 증오는 한 사람의 타인을 말살하려는 감정인 동시에, 의식적으로 타인들의 비난에 대항하여 시도되는 감정이다.

---

14 Jean-Paul Sartre 1905~1980
    20세기의 대표적인 실존주의 사상가이며 작가이다. 1964년에 노벨 문학상 수상자로 결정되었으나 수상을 거부하였다. 어린 시절 사르트르는, 노벨 평화상을 받게 되는 알베르트 슈바이처의 백부이자 소르본 대학교의 독문학 교수였던 외할아버지의 엄격한 교육을 받으며 자랐는데 외할아버지의 깊은 교양은 그의 학문적 탐구심을 크게 자극하였다. 그는 인간은 하나의 실존의 존재라고 주장하면서 '존재는 본질에 앞선다'는 유명한 문구를 남겼다. 또한 인간의 의식과 자유의 구조를 밝히고 실존의 결단과 행동과 책임과 연대성을 강조하였다. 《존재와 무》, 《실존주의는 휴머니즘이다》, 《변증법적 이성 비판》 등의 철학서와 〈구토〉, 〈벽〉 등의 소설과 〈닫힌 방〉, 〈무덤 없는 사자〉, 〈악마와 신〉 등의 희곡, 그 외의 많은 비평문들을 저술하였다.

가장 위대한 능력은 사랑입니다

◆

나는 어쩌면 착각하고 있었는지도 모르겠습니다.
'나는 이 세상 모든 사람을, 아니 모두는 아닐지라도
거의 대부분의 사람을 사랑한다.
내가 미워하는 사람은 오직 한 두 사람에 지나지 않는다.'
라고 생각했으니까요.

하지만, 지금 저 사람은
'한 사람을 증오하는 것은 모두를 증오하는 것'이라고 말합니다.
'사실은 모든 사람을 증오하는 것인데, 그것이 한 사람에게로 모아졌을
뿐이다'라고 말합니다.
가만히 생각건대, 나는 그 말이 틀렸다고 부인하지 못합니다.

차마 모든 사람을 미워할 용기(?)가 없어서 그랬던 것이지,
내가 누군가를 미워할 때 그것은 모든 사람에 대한 미움을
한 사람에게 집중해서 퍼붓는 것이었을지 모른다는 것을,
알고 보면 좀 비열한 일이었음을
전적으로 부인하기는 어려울 것 같아요.

그런데 또 생각해 보니, 내가 누군가를 미워할 때
정말로 힘든 사람은 '미움 받는' 그 사람이 아니라
정작 '미워하는' 나 자신이었습니다.
그 이유를 이제야 조금 알 것 같습니다. 그것은 아마도
내가 그를 미워할 때 그것은 모든 사람을, 이 세상 전부를
미워하는 일이었기 때문에,
그토록 엄청난 무게의 증오를 스스로 짊어졌기 때문이었던 것 같아요.

31. 밀폐된 병 속의 불건전한 분비물

A. 카뮈[15] 〈반항하는 인간〉

원한이란 (…) 자기중독이요
밀폐된 병 속에서 무력감이 계속됨으로써 생겨난
불건전한 분비물이다.

---

15 Albert Camus 1913~1960

프랑스의 작가, 철학자. 40대에 노벨문학상을 수상. 역대 수상자 중에서 두 번째로 어린 나이에 수상했다.
〈페스트〉, 〈이방인〉, 〈시지프스 신화〉 등 여러 소설과 철학적 저술들을 남겼다.

가장 위대한 능력은 사랑입니다

◆

한 나라를 최대한 빠르게 멸망시키는 가장 좋은 방법은
원한과 복수심, 증오와 분노, 피해의식, 정신적 상처,
타인에 대한 공포, 적개심 등으로 똘똘 뭉친
어느 병든 영혼의 소유자를 왕으로 뽑아
그에게 나라를 맡기는 방법일 것입니다.

원한은 중독됩니다. 원한이라는 파괴 충동에 중독된 그는
왕으로서의 모든 활동과 권력을
오직 그 원한을 공격하는 데에 다 쏟아 부을 테지요.

한 기업을 가장 빠르게 파산하도록 만드는 방법도,
한 집안을 가장 빠르게 비탄 속으로 몰아넣는 방법도,
기업의 경영자 자리에, 집안의 가부장 자리에
그 병든 영혼의 소유자를 앉히는 일일 것입니다.

한 사람의 삶을 최대한 빠르게 파괴하는 가장 좋은 방법도
마찬가지,
그 병든 영혼에게 자기의 삶을 내맡기는 것입니다.

그가 자신의 모든 원한의 원천이
자신의 무력함에 대한 자기 증오였음을 깨닫는다 해도,
최근 감옥에 갇힌 어느 왕이 보여주듯이
그때는 이미
자신의 모든 재능과 재산, 그리고 자신에게 주어진 모든 시간을
증오와 원한과 복수, 질투, 적개심의 불길 속으로 내던져
깡그리 불태워버린 뒤일 것이니까요.

32. 자기를 미워하는 자가 남을 미워한다

파스칼[16] 〈팡세〉

그는 위대하기를 원하지만 불행한 자신을 본다.
그는 완전하기를 원하지만 불완전으로 가득 찬 자신을 본다.
그는 뭇사람의 사랑과 존경의 대상이 되기를 원하지만
자신의 결함이 그들의 혐오와 경멸만을 받아 마땅하다는 것을 안다.

이렇듯 궁지에 빠진 인간의 마음속에서는
상상할 수 있는 한 가장 의롭지 못하고 가장 죄악적인 정념이 태어난다.
자기를 책망하고 자기의 결함을 인정하게 하는
이 진실에 대해
극도의 증오심을 품게 되는 것이다.

---

16 Blaise Pascal 1623~1662
프랑스의 근대 철학자이자 수학자이자 철학자. 그는 유명한 저서 《팡세》에서 '인간은 생각하는 갈대'라는 명언을 남겼고, 수학에서는 '파스칼의 삼각형' 공식을 남겼다.

가장 위대한 능력은 사랑입니다

나는 다음과 같은 사실을 발견했습니다.

이제까지 존재했던 거의 모든 심리학자들과 철학자들이, 그들이 서로 의견을 교환하거나 서로의 견해를 일치시키기 위해 만나서 대화를 한 적이 결코 없음에도 불구하고, 인간의 '미워하는 마음'에 대하여 놀라울 정도로 일치된 결론에 도달했다는 사실이 그것입니다.

그들의 일치된 결론은 이렇습니다.

'타인에 대한 미움과 증오의 뿌리를 찾아 거슬러 가면, 거기서 자기에 대한 미움과 증오, 자기경멸을 발견할 수 있다.'

자기를 미워함, 자신의 능력이 부족한 것에 대한 슬픈 실망, 자신의 비도덕적인 잘못에 대한 스스로의 경멸, 자신의 어리석음에 대한 스스로의 탄식, 후회들이 높다랗게 쌓여 있는 지난 생애를 되돌아보면서 느끼는 비참함, 자기가 좋아하거나 부러워하는 자들과 스스로를 비교했을 때 몰려오는 초라함, ……, 이런 생각들에 이어서 일어나는 일들, 자신의 뺨을 후려치는 자신의 손, 자신의 얼굴에 침을 뱉어대며 욕을 퍼붓는 자신의 입, 자신의 몸을 벌거벗겨 놓고 채찍을 수없이 가하고 손가락질로 조롱하는 자기 자신, ……, 그러면서 내면에 흘러내리기 시작하고 어딘지 깊은 곳에서 차오르기 시작하는 자기에 대한 연민, 자기슬픔을 위로하는 자기애의 따뜻함, ……, 바로 그 순간, 안쪽을 향해 있던 모든 채찍과 손찌검과 조롱들과 뱉어대던 침과 욕설들이 일제히 바깥쪽으로 돌려지고, ……, 이런 과정이 자신도 눈치 채지 못하는 자신만의 어둡고 침침한 '밀폐된 병 속'에서 한 달이나 두 달쯤, 때로는 한 1년쯤 반복된 뒤,

마침내 그는,

그 어떤 것으로도 마을 수 없는 무자비하고 잔인한 증오를 품고서,

세상을 향한 문을 열고 나갑니다.

33. 죽일 것이냐, 죽을 것이냐

마이클 샌델[17] 〈정의란 무엇인가〉

2005년 6월 미 해군 특수부대 실(SEAL)소속의 마커스 루트렐 하사와 병사 세 명이 파키스탄 국경과 가까운 아프가니스탄에서 비밀 정찰 임무를 수행하고 있었다. 오사마 빈 라덴의 측근인 탈레반 지도자를 찾기 위해서였다. 정보기관의 보고에 따르면 이들이 찾는 인물은 140~150명의 중무장 세력을 지휘하면서 험한 산악지대의 어느 마을에 머물고 있었다.

특수부대 팀이 그 마을이 내려다보이는 산등성이에 자리 잡은 직후, 아프가니스탄 농부 2명이 약 100마리의 염소를 몰고 나타났다. 일행에는 열네 살가량의 남자아이도 끼어 있었다. 모두 무장하지 않은 사람들이었다. 미군은 이들에게 총을 겨누고, 땅에 앉으라는 시늉을 한 다음 어떻게 처리할지 의논했다. 염소치기들은 비무장 민간인이었다. 하지만 이들을 놓아주면 미군의 소재를 탈레반에게 알려줄 위험이 있었다.

미군은 몇 가지 선택을 놓고 고민했는데, 밧줄이 없어서 이 염소치기들을 묶어놓고 다른 은신처를 찾을 수도 없었다. 유일한 선택은 이들을 죽이든가 풀어주든가, 둘 중 하나였다. "우리는 상관의 지시로 적의 전선 후방에서 임무를 수행중입니다. 우리 목숨을 지키기 위해서라면 어떤 일도 할 수 있는 권리가 있습니다. 군의 결정은 자명합니다. 저들을 놓아주는 것은 잘못입니다." 루트렐은 갈등했다. 마음속으로는 그가 옳다고 생각했다. 그들을 풀어줄 수는 없다. 하지만 문제는 루트렐의 마음속에 또 다른 '나'가 있다는 사실이었다. 양심으로서의 나였다. 마음속의 저편에서 줄곧 속삭여왔다. 무장하지 않은 저들을 냉정하게 죽이는 것은 잘못이라고.

---

17 **Michael J. Sandel** 1953~
   베스트셀러 《정의란 무엇인가》의 저자, 미국의 정치철학자. 하버드 대학 교수로 재임 중이며 미국 예술 및 과학 아카데미(the American Academy of Arts and Sciences)의 특별 연구원으로 선출되어 활동하고 있다.

◆

사랑, 윤리, 도덕
그것은 싸구려가 아닐 것입니다.
길을 가다가 아무 때나 가벼운 마음으로 살 수 있는
그런 싸구려는 분명 아닐 것입니다.

내 이익을 다 채우고, 내 행복을 다 돌본 뒤
그러고도 시간이 좀 나면, 삶을 장식할 몇 가지 근사한 것을 찾는
그런 마음으로 살 수 있는 것이 아닐 것입니다.
내 혀를 감미로운 음식으로 충분히 물들인 뒤,
내 허기진 배를 일단 채운 뒤, 내 호주머니를 먼저 좀 두둑이 한 뒤
그러고도 여유가 좀 있으면,
그러고도 삶이 어딘지 무료하다 싶으면
자기를 드높일 뭔가 좀 근사한 찾아나서는 그런 마음으로
얻을 수 있는 것이 아닐 것입니다.

내 목숨이 보장되고 내 이익이 보장되고 내 행복의 유지가 보장되고, 내
게 어떤 손해나 피해도 없음이 보장되고 내게 어떤 상처나 슬픔도 일어나지
않을 것임이 보장되고, 하여간 나에게 눈곱만치의 고통도 없을 것이 확실
히 보장된 다음에야 선택할 수 있는 것이 윤리, 도덕, 사랑이라면

그곳이 바로, 싸움으로 해가 뜨고 싸움으로 해가 지는 아수라(阿修羅) 지
옥일 것입니다.

34. 아니, 저토록 사악한 자를 사랑하라고요?

도스토예프스키[18] 〈카라마조프가의 형제들〉

　"행랑채의 소년이, 고작해야 여덟 살 된 어린 소년이 돌을 갖고 놀다가 어쩌다가 그만 돌을 잘못 던져서 장군이 애지중지하는 사냥개의 다리에 상처를 냈어. '내가 애지중지하는 사냥개가 왜 다리를 절게 됐나?' 하고 장군이 물었어. 그러자 소년이 개에게 돌을 던져서 다리에 상처를 냈노라고 말을 했지. 장군은 아이를 쳐다보고는 "네가 그랬냐? 이 놈을 잡아라!'라고 말했어. 아이를 잡아왔어, 아이를 엄마의 품에서 뺏어왔어, 그리고 밤새도록 유치장에 가둬 놓았어. 날이 밝자 장군은 사냥 나갈 채비를 완전히 갖추고 나와서 말에 올랐으며 그의 주위로 식객들, 개들, 사냥지기들, 몰이꾼들이 모두 말을 타고 서 있었어. 따끔한 본보기를 보여 주기 위해 행랑채 사람들을 전부 모아 놓았고, 그 맨 앞에는 죄를 지은 소년의 어머니가 서 있었어. 소년이 유치장에서 끌려나왔어. 소년은 완전히 벌거숭이가 되어 공포에 떨다가 거의 실성하다시피 됐기 때문에 찍소리도 못 내고 있었지……, '저 놈을 내몰아라!' 장군이 명령해. 소년은 뛰는 거야. 그러자 장군은 '달려들어!'라고 고함을 지르면서 소년을 향해 사냥개 무리를 전부 풀어버렸어. 어머니 눈앞에서, 아이를 수캐들이 아이를 물어 죽인 거야, 아주 갈기갈기 찢어버렸지……! 자, 그래…… 이런 놈을 어떻게 해야 할까? 총살? 도덕적 감정을 만족시키기 위해서라도 총살시켜야 할까? 말해 봐, 알료쉬카!"

　"총살시켜야 해!" 알료샤가 형을 향해 시선을 든 뒤 조용히 말했다.

　"브라보!" 이반은 어쩐지 환희에 넘쳐 고함을 질렀다.

18　Dostoevski, Feder Mikhailvicho 1821~1881
　　앞에서 소개되었던, 러시아의 대문호. ≪죄와 벌≫, ≪백치≫, ≪악령≫ 등 수많은 대작을 남겼다.

가장 위대한 능력은 사랑입니다

◆

어떤 일을 벌여 나가던 사람이 다음과 같이 말하는 것을 나는 종종 목격합니다. "이야, 이거 장난이 아니군!"

무슨 일을 하든, 그것을 시작하는 처음에는 대체로 그 길로 들어서지 않으면 못 견디도록 만드는 어떤 강력한 힘에 이끌려 시작됩니다. 그것은, 욕망일 수도 있고 강한 사명감일 수도 있고 순수한 의지일 수도 있겠지요. 그런데……, 그 무엇으로 시작되었든 모든 일은 그 절정에 이르러서는 항상, 그 최후의 지점에서는 늘, 나의 전부를 내놓으라고 요구합니다.

사람을 사랑하는 일도 마찬가지인 것 같아요. 왜냐하면 사람을 사랑하고 용서하는 일이란 결국 우리가 삶의 아름다움을 사랑하는 일이기 때문일 것입니다. 그런데 그것은 때로 우리에게 전부를 내놓으라고 요구합니다.

윤동주 시인은 〈십자가〉라는 시에서, "쫓아오던 햇빛인데 / 지금 교회당 꼭대기 / 십자가에 걸리었습니다."라고 말합니다. 내가 어딜 가든지 햇빛은 자동으로 혹은 공짜로 나를 따라다니며 비추어 주었는데, 이제는 그것이 '십자가에 걸려' 있습니다. 이제 나더러 십자가를 지라고 요청합니다. 나에게 사랑의 희생을 요구하는 것이지요. 그때 우리는 "이야, 이거 장난이 아니구나……"라는 것을 깨닫습니다. 그리고는 '인간적' 갈등에 빠집니다. 시의 화자는 "첨탑이 저렇게도 높은데 / 어떻게 올라갈 수 있을까요."라고 토로하지요. 물론 시에서 화자는 결국 십자가 위로 오릅니다.

삶에는 희생을 피할 수 없는 때가 있습니다. 사랑하는 당신을 위해, 사랑하는 사람들을 위해, 그리고 나 스스로가 사람답게 아름다운 살아가기 위해서는 다른 길이 없는 때가 있습니다.

사랑하는 그대……. 고백건대 나는 내가, 당신을 사랑하는 길 위에 세워진 내 십자가 앞에서 너무나 자주 서성거렸음을 잘 압니다. 거짓말하지 않겠습니다. 내가 당신의 잘못을 용서하지 않는 것은, 사실은, 내가 내 십자가를 짊어지기 싫어서였음을……, 나는 지금 알고 있습니다…….

감정의 폭군, 감정의 감옥, 감정의 형벌

85

35. 호모 엑스쿠탄스와 순교자

볼테르[19] 〈관용론〉

어떤 사람들이 우리와 견해가 다르다고 해서 이 짧은 생애를 사는 동안 그들을 박해하는 것은 참으로 잔인하다. 뿐만 아니라 그들에게 영원한 벌을 선고해 지옥에 떨어뜨리는 것은 정말 뻔뻔한 일이 아닐까 싶다.

조물주가 내려야 할 판결을 이 땅에 잠시 머물렀다 사라질 티끌과도 같은 존재인 우리 인간이 이처럼 미리 가로챌 권한은 없을 것이다.

당신이 예수 그리스도를 닮고자 한다면
처형자가 아닌 순교자가 돼라.

---

19 Voltaire 1694~1778
   18세기 프랑스 계몽기의 대표적인 사상가. 볼테르는 필명이고 본명은 프랑수아 마리 아루에(François Marie Arouet). 종교적 광신주의에 맞서서 평생 투쟁했던 그는 관용 정신이 없이는 인류의 발전도 문명의 진보도 있을 수 없다고 판단하고 당시 강력한 지배계급이었던 교회의 부패와 부도덕을 비판했다. 또 《관용론》에서 칼라스 사건으로 처형된 장 칼라스를 적극 옹호하며 종교적 광신을 고발하였다. 대표작으로 《관용론》, 《캉디드》, 《철학서한》 등이 있다.

가장 위대한 능력은 사랑입니다

◆

호모 엑세쿠탄스(Homo Executans), 즉 '인간을 징벌하는 인간'은 우리의 가장 오래되고 가장 오만한 오해와 착각일 것입니다.

2002년에 월드컵 4강에 올랐던 어느 축구 감독[20]은 "체벌은 수준이 좀 낮은 사람들의 짓이다"라고 말했던 적이 있습니다. 하지만 많은 사람들은, 잘못한 이를 증오와 분노의 폭력으로 응징하는 것은 정당하다고 믿습니다.

그러나 이 세상의 모든 생물종들 가운데에서 유일하게 인간만이 자신의 동료를 징벌합니다. 사자도 호랑이도 개미도 벌도, 독수리도 고래도, 그 어떤 생명체도 자기 종족 내의 다른 생명체를 벌하지 않습니다.

이것은 인간만이 오직 윤리와 도덕을 아는 존재이기 때문일까요? 하지만 윤리와 도덕이 정말로 타인에게 가하는 심판을 정당화하는 근거일 수 있을까요? 달리 말하면, '잘못한 사람'에게 벌을 주는 것이 정말로 윤리일까요? 잘못을 한 사람에게 무엇이 잘못이고, 왜 잘못이며, 어떻게 하는 것이 옳고 좋은지를 말해주거나 설득하거나 요구하는 것은 당연히 필요할 것입니다. 그런 것 말고 그를 때리거나 죽이는 등의 징벌을 가해야만 하는 이유가 정말로 있을까요? 잘못한 사람을 때려야 한다거나 고통을 줘야 한다는 우리의 근거 없는 믿음은, 타인에 대한 잔인한 폭력의 충동을 숨기고 있는 것이 아닐까요? 그것을 숨기기 위해 윤리와 도덕을 끌어들이는 것이 아닐까요?

윤리와 도덕은 결코 타인에게 위해를 가하라고 명령하지 않습니다. 윤리는 윤리이지 폭력의 정당화 수단일 수 없습니다. 윤리의 이름으로 폭력의 잔인함을 정당화하려는 모든 시도는 윤리의 탈을 쓴 악의 유혹일 것입니다. '잘못한 이에 대한 응징'이라는 인간의 착각과 오만이 만들어낸 '그릇된 윤리'는 결국, 이 세상에서 사람의 순박함과 인간다움이 깡그리 남아 있지 않을 때까지 하나 둘 추방해버리게 될 것입니다.

---

20 거스 히딩크(Guus Hiddink 1946~)감독을 말한다.

36. 용서하고 사랑하는 사람들

버락 오바마 외

"난 어머니로서 그를 용서했다. 그의 그치지 않는 증오심이 날 슬프게 한다. 그는 잘못된 감정을 갖고 있다. 우리 역시 그를 미워한다. 그러나 이는 증오만이 이어지게 할 뿐이다. 우리는 이를 끝낼 필요가 있다."

— 2015년 3월, IS에 참수된 미국 기자 제임스 폴리의 어머니

"내 몸에 있는 살 오라기 하나하나가 다 아프고 나는 예전처럼 살아가지 못하겠지만 하나님께서 네게 자비를 베풀기를 기도하겠다."

— 2015년 6월 미국 사우스캐롤라이나에서 9명의 흑인들에게 총기를 난사한 백인 청년 딜런에게. 희생자 어머니인 펠리시아 샌더스의 법정 진술

"살인자들의 황폐한 영혼은 안타깝지만 우리 가족은 관대한 처분이 내려져 이들이 새 삶을 이어가기 바랍니다."

— 1960년대 초 미국 필라델피아에서 불량배들에게 살해된 한국인 유학생의 아버지 (범인들이 석방된 뒤 사회에 잘 적응하도록 쓰라고 5백 달러를 보내며)

"미국 국민이 어떻게 악과 테러에 맞서는지 알고 싶은가. 우리는 사심이 없고, 자애롭고, 두려움이 없다. (중략) 이번 주를 보내면서 우리가 기억하고 앞으로도 길이 남을 것은 영웅적 행동, 친절, 결의, 유연성, 너그러움, 사랑의 이야기이다."

— 2013년 4월 미국 '보스턴 마라톤 대회 폭탄테러' 직후 버락 오바마 미 대통령의 라디오 · 인터넷 주례연설

가장 위대한 능력은 사랑입니다

◆

용서(容恕)라는 말을 생각해 봅니다.

'용(容)'은 '받아들이다'라는 뜻이고 '서(恕)'는 '마음이 같다[같을 '여(如)+ 마음 '심(心)']라는 뜻입니다. 나의 마음은 특별히 두 번째 글자인 '서(恕)'에 자꾸만 머물러, 한참 동안 떠나지 못합니다.

저 분들은 어찌 저럴 수 있을까요.

자신의 아들을 잃은 슬픔 속에서도, 대체 무슨 연유로 어떻게 하여서, 그 아들을 죽인 자를 용서할 수 있단 말입니까. 심지어 그 사람을 위해서 기도 하고, 그 사람이 새로운 삶을 살기를 바라고, 그 사람이 재기할 수 있도록 돈을 보내주기까지 하는 일이, 대체 어떻게 가능합니까.

나는 알지 못합니다.

저들이 겪은 고통과 슬픔, 그리고 저 장엄한 용서와 사랑이, 그런 기적 같은 일이 대체 어떻게 해서 사람에게서 일어날 수 있는지, 내가 알 수 있는 범위를 훨씬 넘어섭니다.

오로지 나는 저 '용서'라는 단어의 두 번째 글자, '서(恕)'를 생각하고 또 생각해 볼 뿐입니다.

III. 슬픔과 희망의 평등을 위하여

37. 안개 속의 풍경

테오도로스 앙겔로풀로스[1] 감독 〈안개 속의 풍경〉

"아빠,
우리는 낙엽처럼
여행하고 있어요."

1　Theodoros Angelopoulos 1935~2012
　　그리스가 낳은 세계적인 영화감독. 1964년부터 1967년까지 영화 비평을 하다가 장편 영화 감독이 되었
　　다. 칸영화제에서 황금종려상과 베니스영화제에서 은사자상을 수상했다. 〈더스트 오브 타임〉, 〈그들 각자
　　의 영화관〉, 〈눈물 흘리는 초원〉, 〈영원과 하루〉 등의 작품이 있다.

가장 위대한 능력은 사랑입니다

◆

영화 〈안개속의 풍경〉에서, 태어나 한 번도 본 적이 없는 아버지를 찾아 무작정 길을 나선 어린 남매 볼라와 알렉산더는 몰래 올라 탄 기차 바닥에 쭈그려 앉아 흔들리며, 어딘지 모를 낯선 풍경 속으로 가고 있습니다.

동생을 곁에 잘 챙겨 가면서, 어린 누나는 아버지에게 위의 문장으로 시작하는 편지를 씁니다. 그저 아버지가 보고 싶어서 가는 거라고, 아버지를 귀찮게 하지는 않을 거라고…….

그러나 사실 어린 남매는 아버지의 주소를 모릅니다.
아니, 정말로 아버지가 거기 있다는 확신도 없어요. 아버지 없는 애들이라며 놀림과 구박을 받아 오던 남매는 그저 어머니나 할머니가 '아버지는 독일에 있다'는 말만 되풀이 말하는 것을 오랫동안 들어왔을 뿐이거든요. 어쩌면 이 세상에 아버지는 아예 없는지도 모릅니다.
그래도……, 그래서……, 어린 남매는 가고 있습니다.

희망은 근거가 없는 것입니다.
만약 희망에 근거를 들이댄다면 그것은 예상이지 희망이 아닐 것입니다. 근거 없이 미래를 찾아 가는 것, 그것이 진짜 희망입니다. 희망은 소망의 극단, 안개 속 풍경입니다.

38. 슬픔의 힘

허수경[2] 〈탈상〉

슬픔만한 거름이
어디 있으랴

---

2 許秀卿 1964년 ~

한국의 시인. 1987년 《실천문학》에 〈땡볕〉외 4편의 시를 발표하면서 등단한 뒤, 《슬픔만한 거름이 어디 있
으랴》, 《혼자 가는 먼 집》, 《내 영혼은 오래되었으나》, 《청동의 시간 감자의 시간》, 《빌어먹을, 차가운 심
장》 등 여러 권의 시집을 냈다.

가장 위대한 능력은 사랑입니다

◆

얼마 전 당신에게 있었던 일을 전해 들었습니다. 당신의 인생을 좌우할지도 모를 매우 중요한 일을 치르면서 너무 긴장하는 바람에 그만 일을 그르치고 말았다더군요. 우리는 누구나 다 그럴 수 있지요. 인생이 걸린 일이라고 생각하게 되면 흥분과 긴장으로 몸을 주체할 수 없을 정도로 몹시 떨리게 되지요.

나는 이 세상 모든 것이 '대립 관계를 통한 균형'으로 이뤄진다고 믿습니다. 들숨이 있으면 날숨이 있고, 잃는 것이 있으면 얻는 것도 있습니다. 봄이면 만물의 생명은 발산하고 가을이면 다시 수축하지요. 우리 몸의 근육도 수축과 이완을 반복하면서 힘이 세집니다. 마음도 마찬가지인 것 같아요. 마음의 근육도 수축과 이완이라는 두 대립되는 힘의 균형이 필요합니다. 한 쪽이 무너지면 다른 쪽도 무너집니다.

인생의 중요한 일을 앞두고 있을 때 우리의 마음은 오로지 그것에만 집중합니다. 이처럼 마음이 지나치게 가까이에 있는 것에만 집중할 때, 멀고 먼, 아득한 것을 생각하는 것도 한 방법입니다. 인생의 내비게이션을 한 번 켜보는 거죠. 나는 왜 태어났는가, 나는 어디서 와서 어디로 갈 것이며 지금 어디로 가고 있구나, 이런 생각을 더듬어보는 겁니다. 또는 아득한 밤하늘 별들을 바라보며, 아, 우리는 얼마나 작은가, 이 거대한 우주에서 나는 얼마나 작은가, 이런 생각도 해 보는 겁니다.

또 한 가지는 마음을 낮추는 것입니다. 떨림과 긴장과 흥분, 이런 것은 마음이 거의 임계점에 닿을 정도로 높아졌다는 것을 의미합니다. 이럴 때 마음을 낮추는 가장 좋은 방법 가운데 하나는, 슬픔입니다. 슬펐던 일을 생각하고, 인생의 근원적인 슬픔, 이 모든 것이 얼마나 슬픈 일인지를 생각하며, 마음 깊은 밑바닥에 차분하고도 거대한 슬픔을 까는 것입니다. 그 밑바닥에 가만히 가라앉아 있는 슬픔은 우리 눈을 밝게 하고 초점을 또렷하게 하며 마음을 깨끗이 씻어내어 굳세게 합니다. 슬픔은 힘이 셉니다.

39. 슬픔이 이긴다

노자[3] 〈도덕경〉

무기로 서로 칠 때
서러워하는 자가 이긴다

故抗兵相加
哀者勝矣

---

3   老子 생몰연대 미상
   춘추시대 초나라의 철학자로 전해지고 있다. 중국에서 우주의 만물에 대하여 생각한 최초의 사람으로, 그
   가 발견한 우주의 진리를 '도'(道)라고 이름 지었다. 그의 사상은 그의 저서 《도덕경》 속에 잘 나타나 있는데
   한 마디로 '무위 자연'이라는 말로 압축할 수 있다. 즉, 자연의 이치에 따라 인위적인 것을 버리고 살아가는
   삶, 사람의 가장 순수한 양심에 따라 인간 본래의 모습을 지키며 살아갈 때 비로소 도에 이를 수 있다는 것
   이다.

가장 위대한 능력은 사랑입니다

◈

몇 년 전, 프랑스 레지스탕스 출신의 한 노(老) 신사[4]가 불평등과 불의로 가득 찬 현실에 맞서 "분노하라!"고 외쳤을 때 전 세계 청년들과 민중들은 열광했습니다. 그러나 분노가 우리에게 새로운 세상을 가져다줄까요?

노자는 전혀 다르게 말합니다. 전쟁에서 서로 맞서 싸울 때 분노와 적개심에 불타는 사람이 아니라 슬퍼하는 사람, "서러워하는 자"가 이긴다고 말입니다. 아마 그 이유는 이럴 것입니다.

우선 분노는 전염되기가 어렵지만 슬픔은 삽시간에 세계를 물들입니다. 누군가의 분노하는 모습은 우리로 하여금 오히려 거리를 두게 만들지만, 서러워하는 자의 모습은 우리의 가슴을 함께 미어지게 만듭니다. 분노나 적개심은 한 때의 격렬한 감정의 폭발이어서 하루는커녕 한두 시간조차 지속되기가 어렵습니다. 그러나 슬픔은 인간 내부의 저 깊숙한 곳에서 차오르는 것으로서 그 자신과 이 세상에 대해 새로운 눈을 뜨게 만듭니다. 분노는 자기 보존과 상대의 파괴를 추구하지만 슬픔은 자기 자신마저도 비워버리게 만듭니다. 한바탕 울음은 우리의 내부를 텅 비우고 거기에 존재와 세계의 원래 모습인 '텅 빈 충만'으로 가득 차게 하지요. 슬픔이 우리로 하여금 아무것도 두렵지 않게 만들어버리는 까닭은 이 때문입니다.

그러나 가장 중요한 것은, 분노나 적개심은 상대방을 향해서만 일어나는 감정이지만, 싸움 속에서 서러워하는 자는 싸움에 빠진 인간의 비극적 상황 전체를 서러워하는 자라는 사실입니다. 그의 젖은 시선은 비극의 전체와 그 근원을 응시합니다. 누가 그를 이기겠습니까? 들라크루아의 유명한 그림 〈자유의 여신〉에서 대혁명의 민중들을 선두에서 이끄는 그녀는, 진압군에 의해 사랑하는 가족을 잃고 슬픔과 비탄에 빠졌던 사람이지요. 그녀의 표정은 분노가 아니라, 자신을 송두리째 비워버린, 인간 비극의 깊은 근원을 응시하는 한없이 처연한 눈길, 단호한 슬픔의 얼굴입니다.

---

4 전 세계적으로 2백만 부가 팔린 〈분노하라〉의 저자, 스테판 에셀(Stephane Hessel 1917~2013)을 말한다.

40. 운명을 제쳐놓고 삶에 몰입하는 자

스티븐 스필버그[5] 〈캐치 미 이프 유 캔〉

"두 마리의 생쥐가 크림 통에 빠졌습니다. 한 마리는 빨리 포기하고 익사했지만, 다른 한 마리는 살기 위해 끝까지 발버둥 쳤습니다. 그러자 크림은 버터가 되었고 쥐는 기어 나올 수 있었습니다. 여러분, 이 순간 저는 그 다른 한 마리의 생쥐입니다."

---

5 Steven Allan Spielberg 1946~
    미국의 영화감독, 각본가, 영화 프로듀서이다. 〈쉰들러 리스트〉, 〈라이언 일병 구하기〉 등 세계적으로 큰 인기를 끈 유명 영화들을 많이 만들었고 아카데미상 감독상을 수상하였다. 타임지는 그를 '20세기의 가장 중요한 인물 100인'에 올렸다.

가장 위대한 능력은 사랑입니다

◆

영화 〈캐치 미 이프 유 캔〉에서 주인공 프랭크(디카프리오 분)는 어느 날 갑자기 아버지로부터 청천벽력 같은 소식을 듣습니다. 아버지의 사업은 망해버렸으며 고등학생에 불과한 그는 이제 혼자서 살아남아야 한다는 것입니다. 프랭크는 졸지에 집도, 돈도, 가족도 없는 신세가 되고 맙니다.

인생의 중요한 갈림길에서 어떤 마음을 먹느냐는 것이 결정적일 때가 많습니다. 프랭크의 두 손에는 두 개의 마음이 놓여 있습니다. 하나는 하루아침에 비참한 신세가 되고 만 자신의 운명을 저주하고 세상을 증오하는 원한의 마음이고, 또 하나는 자신에 대한 긍정적인 생각을 바탕으로 모든 것을 한번 즐겁게 대처해보자는 마음입니다. 프랭크는 집안이 쫄딱 망해버린 상황에서 지독한 저주와 질투, 원한에 빠졌을까요?

하늘이 프랭크에게 내려 준 가장 위대한 은총은 그가 철이 좀 없는, 대단히 천진난만한 성격의 소유자라는 것이었습니다. 우울해하기는커녕 오히려 그 상황을 즐거운 놀이쯤으로 받아들인 그는, 살기 위해 이리저리 머리를 짜내다가 한 번 슬쩍 돈과 신분증 따위를 위조하게 되는데, 그는 그게 너무 재밌어서 점점 빠져들어 갑니다. 어떤 것에든 흥미와 열정을 가지고 빠져들 줄 아는 사람이라면 그것이 무엇이든 하여간 모든 삶이 재미있게 마련이지요. 그는 돈이 필요해서가 아니라 '위조 놀이'가 너무 재미있어서 점점 더 거기에 몰입하게 되는데, 일은 점점 더 커지죠. 마침내 연방수사국까지 나서게 되고, 결국 체포됩니다. 그런데 연방수사국에서 놀라운 제의를 해옵니다. 당신이 '위조 분야'에서는 최고이니, 위조 수사팀을 만들어 맡아달라는 겁니다. 그렇게 해서 그는 미국 연방수사국 위조수사국의 기원이 됩니다.

프랭크는 '연방수사국 입사'를 목표로 무슨 노력을 하지 않았습니다. 단지 그는 현실을 즐겼죠. 어떤 위대한 목표가 우리를 인도하는 것이 아니라, 현재의 삶에 즐겁게 몰입하는 삶이 우리를 거기로 이끌고 갑니다.

41. B급 축구팀의 유쾌한 반란

　아무도 기대하지 않았다. 도박사들은 이들의 우승확률이 겨우 0.02% 라고 보았다. 이들은 1부 리그 강등권과 2부 리그를 오가는 말 그대로 B급 수준의 팀. 1884년 창단 이후 이들의 최고 성적은 거의 1백 년 전인 1928~1929년에 리그 2위를 차지한 것이 전부다.

　감독도 B급. 언론은 이 팀의 감독을 '땜장이(Tinker)'라는 별명으로 불렀다. 선발선수 명단 뜯어고치기, 3명을 한꺼번에 교체하기 등 어설프게 팀을 땜질한다며 그렇게 조롱하였다. 선수들도 B급. 주전 선수 11명의 이적료를 다 합쳐도 손흥민 선수 한 명의 이적료와 비슷하고, 전체 선수단의 이적료 합계도 리그 4위의 팀인 맨체스터시티의 8분의 1에 지나지 않았다. 이 팀의 선수들은 대부분 2부나 3부 리그에서 전전하거나 외국 리그에서 합류한 선수들이었다.

　그랬던 이들이, 깜짝 놀라 뒤로 자빠질 만한 기적을 이루었다. 바로 2015~2016년 영국 축구 프리미어 리그에서 15승 8무 3패의 성적으로 리그 1위에 굳건히 올라선 것이다.

　이 팀의 이름은 '레스터시티 FC'이다.

　가장 위대한 능력은 사랑입니다

◆

어떻습니까? 오랜만에 신나는 소식, 살맛나는 소식 아닙니까?

대체 이 놀라운 '레스터시티의 반란'은 어떻게 가능했던 것일까요? 이유는 의외로 단순합니다. 먼저, 그들은 성공이나 출세를 위해서가 아니라 오로지 축구를 사랑해서 미친 듯이 뛰는 사람들이었습니다. 예컨대 천문학적 금액을 받는 세계적 수준의 쟁쟁한 선수들을 제치고 19골로 득점 1위에 오른 제이미 바디는, 낮에는 치료용 부목 공장에서 일하는 노동자로서 밤에 8부 리그에서 뛰던 아마추어 선수였습니다. 그는 "공장 일을 마친 뒤 훈련장으로 가는 길에 햄버거를 사 먹으며 축구를 했다. 늘 배 고팠지만 축구를 할 수 있어 행복했다"고 말했습니다. 비록 하위 팀의 이름 없는 선수들이지만 자신의 일(축구)을 미친 듯이 사랑하는 순수성의 차원에서는 세계 최고의 선수들임이 분명했습니다.

또 하나. 그들은 돈에 별로 관심이 없다는 것입니다. 아니 오히려 이들은 돈이 지배하는 세상에 반기를 치켜들고서, 세상에는 돈 말고도 중요한 것이 얼마든지 많다는 로맨틱한 반란, 모종의 혁명을 꿈꿉니다. 이 팀의 멋진 감독[6]은 이렇게 멋지게 말합니다. "돈은 중요치 않다. 단지 23명의 선수들과 뭔가 만들고 싶다. 우승할 수 있느냐는 질문을 받는 것만으로 짜릿하다. 돈이면 뭐든 다 되는 지금 세상에 모두 한 줄기 희망이 되고 싶다." 영국 BBC의 해설가 게리 리네커도 "레스터의 돌풍은 축구가 거대자본에 의해 하나의 산업이 되기 전 우리에게 선사하던 로맨스를 진하게 느끼게 한다"라며 극찬했습니다.

'중이 염불에는 관심 없고 잿밥에만 관심을 둔다'는 말처럼, 모든 것이 그 원래의 가치를 잃고 돈과 출세를 위한 수단이 되어버린 현대 사회에서 이들은 '순수한 것이 끝내 이긴다'는 것을 유쾌하게, 통쾌하게, 그리고 아주 로맨틱하게 증명해내고 있습니다.

---

6 이탈리아 출신의 클라우디오 라니에리(Claudio Ranieri 1951~) 감독을 말한다.

42. 울보, 마음이 늘 최고조인 사람

박지원[7] 〈열하일기(熱河日記)〉

나는 오늘에서야 비로소 사람이란 본디 어디 붙어 의지할 데 없이 그저 하늘을 이고 땅을 밟은 채 다니는 존재임을 알았다. 말을 멈추고 사방을 돌아보다가 나도 모르게 손을 이마에 대고 말했다.

"좋은 울음터로다! 한바탕 통곡할 만한 자리로구나!"

그러자 정 진사가 말했다.

"이 천지간에 이런 넓은 곳을 만나서는 갑자기 울고 싶다니 그 무슨 말씀이오?"

내가 말하기를,

"갓난아이를 생각해 보시오. 아이가 어미 태속에 자리 잡고 있을 때는 어둡고 갑갑하고 얽매이고 비좁게 지내다가 하루아침에 탁 트인 넓은 곳으로 빠져 나오자 팔을 펴고 다리를 뻗어 정신이 시원하게 될 터이니, 어찌 한번 감정이 다하도록 참된 소리를 질러 보지 않을 수 있으리오!

오늘 요동 벌판에 이르러 이로부터 산해관(山海關) 일천이백 리에 이르기까지 사방에 도무지 한 점 산을 볼 수 없고 하늘가와 땅 끝이 풀로 붙인 듯, 실로 꿰맨 듯, 수만 년 전부터 불어대던 비바람만이 거세게 불 뿐이니, 여기가 바로 크게 한번 통곡할 만한 자리가 아니겠소."

---

7 朴趾源, 1737~ · 1805

조선 후기 실학사상가, 홍대용, 박제가 등과 함께 청나라의 우수한 점을 배워야 한다며 상공업을 중요하게 생각하는 중상주의를 주장하였다. 박제가, 유득공, 이덕무 등이 그의 제자이다. 《열하일기》, 《과동소초》, 《연암집》 등의 문집 외에 〈허생전〉, 〈양반전〉, 〈호질〉, 〈민옹전〉, 〈광문자전〉 등 여러 소설들을 남겼다.

가장 위대한 능력은 사랑입니다

◆

눈물이란 참 신기한 것 같아요. 슬플 때만이 아니라, 기쁨이 극에 이르러도 눈물이 나고, 고마움이 사무칠 때도 눈물이 나고, 누가 너무너무 그리워도 눈물이 나고, 억울하고 분해도, 심지어 너무너무 즐거워도, 또는 누구를 너무나 사랑해도 눈물이 나지요. 눈물은 모든 감정이 극에 달할 때 흘러내립니다. 눈물은 하나의 감정이 아니라 모든 마음의 최고조를 나타냅니다.

이것은 눈물에 대한 오래고 흔한 오해들을 씻어 줍니다. 사람들은 흔히 약한 사람이 눈물을 흘린다고 합니다. 그러나 보다시피 눈물이 많은 사람은 약한 사람이 아니라 정반대로 아주 강한 사람일 가능성이 높습니다. 시도 때도 없이 눈물이 난다는 것은 그만큼 마음이 늘 최고조의 충만한 상태에 있다는 것, 그만큼 삶을 강렬한 열정 속에서 살아가고 있다는 것, 그만큼 높은 곳에 마음을 올려놓고 있다는 것, 그만큼 뜨겁고 깊은 속을 지니고 있다는 것을 의미할 것입니다. 누구보다도 마음의 울림판이 큰 이 사람들은 세상의 고통을 누구보다도 아파하고 인간의 기쁨을 그 누구보다도 강렬하게 옹호하는 사람들, 말 그대로 세상의 빛과 소금이요 이웃의 등불이며 시대의 횃불이 되는 사람들이지요.

이름만 대면 다 아는 우리나라의 대표적인 작가인 어떤 사람은 이야기를 너무 잘해서 '국보급 구라'라고도 불리지만, 주변에서는 그를 툭하면 울음보를 터트리는 사람, 때로는 무슨 얘기를 하다가도 대성통곡을 해서 사람들을 난처하게 만드는 사람이라고들 말합니다. 나는 그 얘기를 듣고, 그래서 저렇게 훌륭한 작가가 되는구나, 라고 생각했답니다.

눈물을 흘리고 나면 가슴이 뻥 뚫리고 눈에 두려움과 욕망이 사라지고 마음은 새로운 문턱을 넘어서고 세계는 서늘하게 또렷해지면서도 동시에 크게 확장되는 것을 경험했을 것입니다. 인간이 가장 진실해지는 순간, 우리가 이 삶과 존재와 세계의 진리에 가닿는 순간, 인간의 가장 위대한 순간은 바로, 그 때일 것입니다.

43. 위대한 것은 인간의 일들이니

프랑시스 잠[8] 〈새벽 삼종에서 저녁 삼종까지〉

위대한 것은 인간의 일들이니
나무병에 우유를 담는 일,
꼿꼿하고 살갗을 찌르는 밀 이삭들을 따는 일,
암소들을 신선한 오리나무들 옆에서
떠나지 않게 하는 일,
숲의 자작나무들을 베는 일,
경쾌하게 흘러가는 시내 옆에서 버들가지를 꼬는 일,
어두운 벽난로와, 옴 오른 늙은 고양이와, 잠든 티티새와,
즐겁게 노는 어린 아이들 옆에서 낡은 구두를 수선하는 일,
한밤중 귀뚜라미들이 날카롭게 울 때
처지는 소리를 내며 베틀을 짜는 일,
빵을 만들고 포도주를 만드는 일,
정원에 양배추와 마늘의 씨앗을 뿌리는 일,
그리고 따뜻한 달걀을 거두어들이는 일.

---

8 Francis Jammes 1868-1938
은유, 순박, 겸손의 상징과 같은 짐승인 나귀를 사랑하였던 프랑스의 국민시인. 프랑시스 잠은 일생동안 남
프랑스의 피레네 산록에서 살면서 자연과 동물과 농민, 그리고 신을 노래하였다. 소박한 농부들의 삶과 자
연의 장엄함, 그 속에 빛나는 신의 자애로움, 그는 이처럼 고결하고 아름다운 삶과 자연 속에서 착하고 순
하게 살아가는 인간의 위대한 삶을 노래하였다. 우리나라 백석 시인이 아주 존경하고 좋아하였던 시인으로
도 잘 알려져 있다.

가장 위대한 능력은 사랑입니다

◆

언젠가 내가 당신에게 우리말 '살림'이라는 말에 대해서 이야기했던 것 기억나나요? 몇 년 전 어느 날, 문득 살림이라는 말이 내게로 다가와 마음 속에 꽂혔습니다. 나는 한 동안 그 말을 음미하느라 시간가는 줄도 몰랐지요. 그리고는 그 위대한 말에 무릎을 쳤습니다.

나는 '살림'이 '살리다'와 명백히 관련이 있다고 생각합니다. 이 위대한 단어는, 우리가 집안일이라고도 부르는 혹은 남자와 여자가 가정을 꾸려 살아가는 그 일이 사실은 '살려내는 일'이라는 것을 말해주고 있습니다.

설거지를 하는 것은 그릇을 다시 살리는 일이었고, 바닥을 쓸고 아이들의 옷가지들을 정리하며 책들을 가지런히 제 자리에 놓으면 방은 다시 예쁘게 살아나곤 하지요(물론 우리는 자주 이런 일들에 치여서 골치를 앓곤 하지만 말입니다). 더러워진 옷을 빨아서 하얗게 널어놓는 것은 옷들의 부활을 기념하는 성찬식이었을까요? 고장 난 전등을 고치는 일, 막힌 하수구를 뚫는 일, 못과 망치로 흔들리는 나무의자를 다시 굳건히 세우는 일······.

일을 뜻하는 한자 '사(事)'는 '섬기다'라는 뜻도 가지고 있습니다. 일은 섬기는 것입니다. 여기에서 동양인들의 높은 생각이 드러납니다. 일을 그저 생계수단으로만 보거나, 자아실현의 수단으로 여기는 수준을 훨씬 넘어섭니다. 일은 나와 타인과 세계를 더 아름답게, 더 윤택하게, 더 생명에 가깝게 살려내고 그것을 드높이 섬기는 위대한 사람의 일이라는 거지요. 하기야 교사가 가르침을 섬기지 않고, 대통령이 국민을 섬기지 않고, 학생이 공부를 섬기지 않는다면 세상이 어찌 돌아갈지 아득합니다. 그래서인지 그리스도교 성자로 추앙 받던 어떤 사람[9]도, 낙원은 곧 '일하는 인간들의 세계'라고 보았습니다. 인간이 존엄하고 신성한 존재라면, 인간의 일 역시 거룩하고 신성한 것이라는 거지요.

---

9 성 아우렐리우스 아우구스티누스(S. Aurelius Augustinus 354~430)를 말한다.

44. 다들 우다다 미술학원으로 놀러갑시다

강은교[10] 〈우다다 미술학원〉

거기엔 눈부신 동사들이 걸어 다닌다:
속삭이다, 더불다, 이어주다, 등등등등

거기엔 즐거운 명사들이 걸어 다닌다:
별, 꿈, 꽃, 희망, 등등등등

거기엔 오솔길같은 형용사들이 걸어 다닌다:
은하수같은, 따스한, 하느님같은, 등등등등

거기엔 다정한 부사들이 걸어 다닌다:
향기롭개, 나팔꽃같이, 작디작게, 등등등등 (중략)

거기엔 축일같은 번호들이 걸어 다닌다:
초등학교 시절 1학년 4반, 함께 공부한 세 친구 5번 선희, 47번 홍건이,
45번 동건이 등등등등

아, 거기엔 모퉁이같은 꿈들이 걸어 다닌다:
지난밤에 꾼 꿈, 지지난밤에 꾼 꿈, 그대가 비로소 나타난 꿈, 등등등등

깊디깊은 서랍에 그것들을 밀어넣는다
목이 메인다.

10 강은교 1945~
   한국의 시인. 1968년 《사상계》로 등단. 《허무집》, 《빈자일기》, 《오늘도 너를 기다린다》, 《어느 별에서의 하
   루》, 《등불 하나가 걸어오네》, 《시간은 주머니에 은빛 별 하나 넣고 다녔다》등의 시집을 냈다.

가장 위대한 능력은 사랑입니다

보세요.
저 순수한 것들이
너무 예뻐서
목이 메입니다.

너무 환해서
너무
높아서

저 옛 꿈으로부터
내가
너무
멀리 떠나 온 것
같아서.

45. 추억이 우리를 구원하리라

이효석[11] 〈메밀꽃 필 무렵〉

"달밤에는 그런 이야기가 격에 맞거든."

조 선달 편을 바라는 보았으나 물론 미안해서가 아니라 달빛에 감동하여서였다. 이지러는 졌으나 보름을 가제 지난 달은 부드러운 빛을 흐뭇이 흘리고 있다. 대화까지는 칠십 리의 밤길, 고개를 둘이나 넘고 개울을 하나 건너고 벌판과 산길을 걸어야 된다.

달은 지금 긴 산허리에 걸려 있다. 밤중을 지난 무렵인지 죽은 듯이 고요한 속에서 짐승 같은 달의 숨소리가 손에 잡힐 듯이 들리며, 콩 포기와 옥수수 잎새가 한층 달에 푸르게 젖었다. 산허리는 온통 메밀밭이어서 피기 시작한 꽃이 소금을 뿌린 듯이 흐뭇한 달빛에 숨이 막힐 지경이다. 붉은 대궁이 향기같이 애잔하고 나귀들의 걸음도 시원하다. (중략)

"장 선 꼭 이런 날 밤이었네. 객줏집 토방이란 무더워서 잠이 들어야지. 밤중은 돼서 혼자 일어나 개울가에 목욕하러 나갔지. 봉평은 지금이나 그제나 마찬가지나 보이는 곳마다 메밀밭이어서 개울가가 어디 없이 하얀 꽃이야. 돌밭에 벗어도 좋을 것을, 달이 너무도 밝은 까닭에 옷을 벗으러 물방앗간으로 들어가지 않았나. 이상한 일도 많지. 거기서 난데없는 성 서방네 처녀와 마주쳤단 말이네. 봉평서야 제일가는 일색이었지."

---

11 이효석 1907 ~ 1942

한국인이라면 누구나 다 아는 작가. 일제 강점기의 작가, 언론인, 수필가, 시인이었으며 강원도 평창(平昌) 출생으로 한국의 대표적인 단편소설 작가이다. 〈도시와 유령〉, 〈돈(豚)〉, 〈수탉〉, 〈장미 병들다〉, 〈메밀꽃 필 무렵〉, 〈화분(花粉)〉, 〈행진곡(行進曲)〉, 〈기우〉 등의 작품을 남겼다.

가장 위대한 능력은 사랑입니다

◆

　사람들이 삶을 살아가는 방식을 시간과 관련지어 보면 모두 세 가지가 있을 것입니다. 첫째는 미래를 향해 살아가는 삶. 오늘의 이 힘겨운 삶이 조금이라도 나아지기를 기대하는 사람들, 우리들 대부분이 여기에 해당될지 모르겠습니다. 두 번째는 2천 년 전 그리스 어느 '유쾌한 철인(哲人)[12]'의 다음과 같은 시 구절을 다시 따라하는 것입니다. "현재를 잡아라, 가능한 한 내일이란 말은 최소한만 믿어라(Carpe diem, quam minimum credula postero)." 즉, 오늘날 사람들이 유행어처럼 쓰는 '카르페 디엠'의 방식이지요.

　그런데 여기에 더 하여 세 번째로, 그다지 많은 사람들이 생각하지 못하는 방식으로서 '과거를 추억하기 위하여 살아가는 것'이 있습니다. 위의 장돌뱅이 허생원이 바로 그런 인물이지요. 허생원에게 삶은 아무리 해봐야 더 나은 내일이 올 것 같지 않습니다. 그렇다고 '카르페 디엠'할 현실도 없지요. 그저 고달픈 장돌뱅이의 길을 걸어갈 뿐입니다. 그가 이 세상을 하직하지 않고 살아가는 이유가 있다면 그것은 오직 과거의 황홀했던 추억을 되새기기 위해서입니다. 죽어버리면 그 아름다운 기억, 지금도 여전히 가슴 설레는 황홀경을 더 이상 추억할 수 없으니까요.

　사랑하는 그대. 나는 '미래에 무엇을 성취하겠다'는 식의 마음은 예전에도 없었고 지금도 없으며, 앞으로도 그럴 것 같습니다. 대신에 나는 정말 바라고 바라마지 않는 것이 하나 있습니다. 나는 내가 마지막으로 눈 감는 날, 내 감은 눈동자 앞으로 이 세상에서의 아름다웠던 추억들이 무수히 떠오르기를 소망합니다. 나는 그때를 생각하면 늘 마음이 뜨거워지고 설레어지며 이 순간이 얼마나 아름답게 느껴지는지 모릅니다. 나도 허생원처럼 추억하기 위해서, 추억할 것들을 하루하루 만들며 살아가는 사람이고 싶습니다. 먼 훗날 추억할 것이 얼마나 많으냐가 바로 부자의 기준 아니겠습니까.

12　고대 그리스의 호라티우스(Quintus Horatius Flaccus BC 65~ BC 8)를 말한다.

46. 착하고 강인한 마음

김소월[13] 〈실버들〉

실버들을 천만사 늘어놓고도
가는 봄을 잡지도 못한단 말인가
이 내 몸이 아무리 아쉽다기로
돌아서는 님이야 어이 잡으랴

한갓되이 실버들 바람에 늙고
이 내 몸은 시름에 혼자 여위네
가을바람에 풀벌레 슬피 울 때에
외로운 밤에 그대도 잠 못 이루리

---

13 김소월 1902~1934
    앞에서도 소개되었던, 한국인이라면 누구나 다 아는 우리 민족의 정서를 대표하는 시인.

가장 위대한 능력은 사랑입니다

◆

한국인의 고유한 정서를 한(恨)의 정서라고, 한국인을 한의 민족이라고 말합니다. 우리는 한을 품고, 한 맺히고, 한스러워 하며, 한을 풀겠노라 나서고, 심지어 자식에게 한을 물려주기까지 합니다.

일제강점기에 '조선미학'의 열렬한 대변자를 자처했던 일본인[14]이 있었습니다. 세련된 지식과 우호적인 태도, 한국문화에 대한 열렬한 애정으로 위장했지만 사실 그는 '식민사관의 첨병 지식인'이 분명합니다. 그는 '가련한 반도인의 운명을 타고난' 한국인들을 불쌍히 여겨야 한다면서 우리의 한의 정서를 체념과 슬픔, 불쌍한 백성들의 애처로운 마음이라고 주장했고 지금도 그런 인식이 사라지지 않고 있지요. 그러나 이는 명백히 왜곡입니다.

사람은 한 평생 살아가면서 이런저런 불행을 겪게 됩니다. 그럴 때면 자신의 의지와 힘과 지혜 등 이런저런 방법을 동원하여 그것을 이겨나가지요. 하지만 때로는 도저히 어찌해 볼 수 없는 치명적인 불행에 직면하기도 합니다. 아무런 해결책이 없는 거예요. 보통 이럴 때면 세상을 원망하거나 운명을 원망하기, 혹은 신이나 타인을 원망하는 손쉬운 길을 택하곤 하지요. 아니면 그저 체념하고 슬퍼하는 길을 선택하기도 할 것입니다. 하지만 그럴 경우 절대로 한은 생겨나지 않습니다.

한의 정서는, 도저히 길이 없는데도 불구하고 불행으로부터 도피하지 않으며 물러서지도 않는 강한 마음에서만 생겨납니다. 난관과 불행을 만나면 좌절하고 포기하는 것이 습관처럼 된 사람은 절대로 한을 품을 수 없어요. 한은 강인한 내면의 소유자에게서만 일어나는 정서입니다. 또한, 불행의 원인을 타인이나 세상, 운명 탓으로 돌려서 그것들을 저주하거나 증오하는 손쉬운 길을 택하지 않는 마음 즉, 순수하고 선량한 마음의 소유자들만이 한을 품습니다. 한은 선량하고 강인한 사람들의 아름다운 마음입니다.

---

14 야나기 무네요시(柳宗悅 1889~1961)를 말한다. 1984년 그는 한국 정부로부터 보관문화훈장을 받았다.

47. 길은 여기서 끊어졌다가 건너편에서 이어진다

고은[15] 〈소등 消燈〉

길은 나루터에서 그쳤다가 저 건너 나루터에서 이어진다.
마침내 길은 들에서 하얗게 타오르는 연기가 되고 만다.

---

15 고은 1933~

    매년 노벨문학상 후보로 올라 세계적 이목을 끌고 있는 한국의 대표 시인. 1958년 조지훈의 추천으로 《현대문학》에 〈폐결핵〉을 발표하며 등단하였다. 2007년 서울대학교 초빙교수, 하버드대학교 옌칭스쿨, 버클리대학교 객원교수, 2004년 제4회 베를린 문학페스트벌 자문위원 등을 역임했고 《만인보》, 《오십년의 사춘기》를 비롯한 수십 권의 시집과 소설집, 평론집 등을 냈다. 한국문학작가상, 만해문학상, 은관문화훈장, 노르웨이 국제문학제 비에른손 훈장, 스웨덴 시카다 상 등을 수상했다.

가장 위대한 능력은 사랑입니다

◆

'길이 없다'는 말의 의미를 가장 풍부하게 배웠던 것은 몽골 대평원을 몇 날 며칠 동안 달릴 때였습니다.

처음에 길이 없다는 것은 역설적이게도 아무것도 가로막는 것이 없다는 뜻이었습니다. 산은커녕 구릉도 없고 한 그릇 나무도 없이 흙먼지 날리는 메마른 대지밖에 없는 대평원은 따로 길이라고 할 것이 없어서 그저 아무데로나 가도 가로막는 것이 없었습니다. 그런데 바로 그것 때문에 더러 길을 잃기도 했습니다. 너무 많은 선택의 자유에 취해 가다보면 엉뚱한 곳에 도착하곤 했지요.

길이 없다는 것의 두 번째 뜻은 이정표가 없다는 것이었습니다. 고비사막에서는 태양과 그림자만이 겨우 방위를 가리킬 뿐 얼마나 더 가야하는지, 어디서 길을 오른쪽이나 왼쪽으로 틀어야 하는지 가늠해볼 만한 것이 없었습니다. 시간과 공간이 진공상태처럼 되는 경험이지요. 길이 없다는 것은 이정표가 없다는 것이었습니다. 나는 누군가에게 이정표가 되고, 또한 누군가의 삶은 나에게 이정표가 되어 준다는 것을 거기서 깨달았습니다.

세 번째는, 이것이야말로 가장 고귀한 배움이었는데요, 길이 없다는 것은 곧 동행을 잃어버렸다는 것을 뜻했습니다. 하루 종일 차를 타고가다 우리는 정말로 '길 잃은 양' 한 마리를 발견했습니다. 근처에 양의 무리는 전혀 보이지 않았고 혼자가 된 그는 어디로 가야할지 몰라 그야말로 우두망찰한 표정으로 서 있었습니다. 차는 그의 곁을 빠르게 스쳐 지나갔습니다. 안내원이 저러다가 결국 죽을 것이라고 말했습니다. 우리는 차를 세워서 그 양을 태워가려고 궁리를 해보았지만 이미 정원이 한참 초과한 차에는 도저히 태울 자리가 없었습니다. 차 안 사람들의 시선 거의 대부분이 차 뒤쪽을 한참 동안 바라보았습니다. 시야에서 그 양이 사라질 때까지.

삼시 후 우리는 모두, '작년에 잃어버린 사랑'이라도 다시 찾아야겠다는 듯, 그리운 동행들을 벌겋게 추억하며 보드카를 몇 병이나 비워댔습니다.

48. 월세 십오만 원 선풍기 바람 아래

곽재구[16] 〈나한전 풍경〉

낮 동안
살과 뼈를 다 벗긴 이 집의 나한들이
밤이 되면 천도복숭아 하나씩 들고 돌아와
월세 십오만원 선풍기 바람 아래 눕지요 (중략)

세평 반지하 나한전 앞에는
그 흔한 목백일홍 꽃나무 하나 서 있지 않고 (중략)
피곤에 전 나한들의 꿈만 번져가는데
그때 손톱에 봉숭아물 보기 좋게
나한의 손 하나가 바로 곁에 누운
기름때 밴 보살의 손을 슬며시 잡는 모습이 보이는데요
아마도 흰 소를 타고
이승의 제일 맑고 시원한 호수로 소풍 가는
꿈을 꾸는 것은 아니겠는지요

그때 그 꿈 언저리에
목백일홍 수북수북 피어나고
월출산 도갑사 대웅전 앞마당에 놓인
아주 씩씩하고 잘 생긴 돌구시 위로
쪼르륵쪼르륵 산물은 극락처럼 또 흘러내리는 것은 아니겠는지요

---

16 곽재구 1954~

한국의 시인. 1981년 《중앙일보》 신춘문예로 등단하였다. 시집 《사평역에서》, 《전장포 아리랑》, 《서울세
노야》, 《참 맑은 물살》, 《꽃보다 먼저 마음을 주었네》 등이 있다. 신동엽문학상, 동서문학상 수상.

가장 위대한 능력은 사랑입니다

◆

　거의 접신의 경지에 이른 것으로 보이는 프랑스의 한 현자[17]는 이렇게 단언했습니다. "옴 마니 파드메 또는 알라 일랄라 ……나 셰마 이스라엘에 상응하는 우리 서구의 말이 '오크 에스트 에님 코르푸스 메움'(Hoc est enim corpus meum)이다."

　'오크 에스트 에님 코르푸스 메움'은 '이것은 진정 나의 몸이니'라는 뜻입니다. 예수가 자신의 살과 피를 사람들에게 나누어주며 했던 말로서 지금도 그리스도교에서 제례의식을 통해(가톨릭 미사에서는 사제가 영성체를 행하며) 성스럽게 암송되는 구절이지요. '옴 마니 파드메 홈'은 불교에서 부처를 모실 때, '알라 일랄라'는 이슬람교에서 알라(하느님)을 모실 때, '셰마 이스라엘'은 유대교도들이 신을 여기로 부를 때, 그러니까 이 모든 말들은 인간이 신을 이 지상으로 초대할 때 사용하는 일종의 암호문 같은 것입니다.

　그런데 이것은 모두, 신의 몸을 '지금-여기'의 '나의 몸'으로 모시는 일을 의미합니다. 슬로베니아의 한 털북숭이 사나이[18]는 "신은 죽었다. 그런데 신은 자신의 죽음을 모른다" 즉, 다들 신이 죽었다고 말을 하지만 정작 신 자신은 그런 사실을 모른다고 말했습니다. 프랑스의 이 현자도 이와 비슷한 말을 합니다. "영혼은 곧 몸이며, 바로 그 사실이 영혼 몰래 빠져 나와 도주하는 것"이라는 거지요 영혼은 자신이 곧 몸인데 정작 자신만 그러한 사실을 모른다는 거예요. 영혼은 거울 앞에서 자신을 보면서도 거울에 비춰지는 자신(즉, 몸)이 자신인 줄을 까맣게 모르고 있거나, 뭔가 대단한 착오로 인해서 절대로 그럴 리가 없다고 완강히 부인하고 있다는 겁니다.

　신은 우리의 몸으로, 우리 앞의 거울 속으로 강림합니다. 불교에서 말하는 나한(즉, 아라한)은 바로 그 순간의 몸입니다. 지상으로 강림한 그 거룩한 몸이 꽃향기 아찔한 사랑을 나눕니다. 월세 십오만의 선풍기 바람을 맞으면서.

17　앞에서 소개된 장 뤽 낭시를 말한다.

18　앞에서 소개된 슬라보예 지젝을 말한다.

49. 천국은 여기 담요처럼

크레이그 톰슨[19] 〈담요 (Blankets)〉

크레이그 : 난 어렸을 때 동생이랑 한 침대를 썼는데, 우린 침대가 보트라고 상상하곤 했어. 마루는 끝없는 바다이고. 인형들을 전부 모아 놓고 담요를 돛처럼 펼쳤지. 제일 재밌었던 건⋯⋯.

레이나 : 뭔데?

크레이그 : 휘몰아치는 바다에 폭풍! 폭풍이 들이닥친 이상, 우리 배도 무사할 순 없었지. 뱃머리가 찌그러지고 고물 쪽 갑판은 산산조각 나고 선원을 잃기도 했지. 그렇게 한바탕 폭풍이 휩쓸고 지나가면 침대는 엉망이 됐어. 그러면 우린 구겨진 담요를 주섬주섬 모아 바다에 빠진 선원들을 구조하고, 담요로 둥지를 쳤어. 밤새 태풍이 불고, 파도가 배를 이리저리 휩쓸고, 머리 위로는 비가 쏟아졌지만 담요로 만든 작은 보금자리에서 우린 위안을 얻을 수 있었어. 그럴 때는 동생이랑 같은 침대를 쓰는 게 좋았어.

레이나 : 귀엽네.

(중략)

(마지막 장면. 크레이그는 집밖으로 나가 눈 위를 산책한다. 그의 발자국이 눈 위에 하나 둘 찍힌다.)

새하얀 표면에 흔적을 남긴다는 건 얼마나 뿌듯한 일인지. 지나온 발자취의 지도를 그린다는 것. 설령 그것이 한 순간의 일이라 해도.

---

19 Craig Thompson 1975~
미국의 만화가. 그의 대표작 《담요》는 2012년 아이스너 〈최고의 작가상〉을 비롯해, 2004년 하비상에서 〈최고의 작품〉, 〈최고의 작가〉, 〈최고의 만화가〉 부분을 수상하였고, 같은 해 아이스너 상에서는 〈최고의 작품〉, 〈최고의 스토리〉 상을, 이그나츠 상 〈뛰어난 작가〉, 〈뛰어난 그래픽노블〉 상을 수상하였다. 또 2005년 프랑스 만화비평가 협회 대상, 2005년 독일 프랑크푸르트 국제 도서전 〈최고의 만화책〉 상을 수상하였다. 2012년 〈타임〉 선정 〈자전적 그래픽노즐 10〉에, 2011년 〈가디언〉 선정 〈최고의 그래픽노블 10〉, 2012년 〈오프라닷컴〉 선정 〈역대 최고의 러브 스토리 8〉 등에 선정되었다.

가장 위대한 능력은 사랑입니다

◆

크레이그 톰슨의 그래픽 노블 〈담요〉에서 대학생이 된 주인공은 방학을 맞아 집으로 돌아옵니다. 식구들과의 반가운 재회도 좀 가라앉으며 며칠이 지난 뒤, 그는 집안 구석구석을 다시 돌아보면서 자신의 지난 성장기를 가만히 되돌아보게 됩니다. 어린 시절 그의 집은 그다지 넉넉지 못한 형편이었고 그는 동생과 한 침대에서 자야 했습니다. 겨울이면 도저히 잠들 수 없을 정도로 추웠습니다. 동생과 껴안고 자도 담요는 늘 작기만 했습니다. 여름이면 거의 40도에 이르는 더위에 둘은 쪄죽을 것 같았지요. 이렇게 '잠 못 드는 밤'은 자주 찾아왔고 그럴 때면 언제나 동생과 그는 침대와 담요를 가지고 온갖 놀이와 장난으로 시끌벅적하게 놀았답니다. 거의 매일 밤 부모님께 혼나곤 했지요.

동생과의 기억이 스멀스멀 되살아나면서 희미한 미소를 짓던 주인공은 차츰차츰 자신이 지나온 시간을 따라 회상에 젖어갑니다. 마치 자신이 어느 높은 곳에 올라서 지난 삶을 크게 내려다보는 기분이었어요. 그런데 그러던 순간, 자신도 모르는 사이에, 가슴 가득 번지는 어떤 아름답고 벅찬 감격이 스며드는 것을 느낍니다. 자신의 삶을 크게 관조하던 그의 가슴 속으로 문득 "보라, 하느님 나라는 바로 너희 가운데 있다"라는 성서의 구절이 아름다운 교향곡처럼 울려 퍼지기 시작했던 거예요.

주인공이 천국의 행복을 발견한 곳은 아직 도래하지 않은 먼 미래가 아니라, 이미 지나온 자신의 평범한 삶 속에서였습니다. 그는 문득, 정말로 문득, 자신의 자질구레한 삶이 얼마나 아름다운 행복이었는가를 깨닫습니다. 동생과 함께 지낸 어린 시절의 추억들, 자신을 놀리고 괴롭히던 초등학교 친구들과 우울함, 그리고 어느 날 캠프에서 만난 첫사랑, 그리움, 그리고 만남, 그녀가 직접 만들어서 선물해 준 예쁘고 따뜻한 담요, 그러나 반쯤 진실되고 반쯤 가벼운 그녀의 사랑, 실망, 헤어짐, 망각, 대학진학과 함께 새로 시작된 청년의 꿈, 새로운 일상들……. 행복은 바로 거기, 한 소년이 청년이 되는 동안의 시간과 사람들, 그 삶 속에 있었습니다.

가장 위대한 능력은 사랑입니다

작가가 제목을 왜 〈담요〉라고 했는지를 알 것 같습니다. 담요는 처음엔 잘 느낄 수 없다가 그 안에 가만히 체온을 퍼뜨리면 서서히 따스해져 옵니다. 어린 시절 동생과 함께 덮고 자던 담요에는 동생의 땀 냄새, 발 냄새, 오줌 냄새까지 풍겼지만 그 안에는 동생과의 즐거운 놀이가 주는 웃음이, 자신과 싸웠거나 부모님께 혼났던 동생의 눈물이, 나의 연민이, 그리고 서로 온기를 나누며 혹독한 추위를 견뎠던 숱한 밤의 추억들이 담겨 있었습니다.

만약 주인공이 자기 집의 가난을 불행으로만 여기고 자신의 처지를 비극으로만 여기며 이 세상을 삐뚤어지게 보면서 자라났다면 어떻게 되었을까요? "왜 나는 이렇게 가난한 집에서 태어났단 말인가!"라며 절망과 비탄 속에서 세상의 불공평함을 원망하고 하늘을 저주하면서 성장해갔다면 그의 삶은 어떤 결과에 이르게 되었을까요?

그러나 주인공은 단 한 번도 그런 생각을 해 본 적이 없지요. 어린 아이의 천진난만함이 그런 것들을 철통같이 막아주었습니다. 동생을 생각하는 형의 마음이 그런 생각을 원천봉쇄 했습니다. 천국은 하늘 위가 아니라 이 지상에 있다고 말하는 이유가 여기에 있습니다. 천국은 인간의 마음속에, 연민과 사랑과 눈물 속에 이미 있습니다.

성장기를 거치며 좀 더 깊은 영혼의 눈을 가지게 된 주인공은 이제 더 크고 높은 눈으로 세상에 대하여 슬프고도 따뜻한 눈을 뜨게 됩니다. 천국의 행복은 요란하고 시끌벅적한 기적을 일으키며 눈이 휘둥그레지도록 만들면서 나타나는 것이 아니었습니다. 삶의 높고 거룩함은 때로는 동생의 귀엽고 천진난만한 얼굴로, 때로는 어머니의 꾸중으로, 소년기의 일탈행동과 그에 따른 아픔으로, 사랑하는 이의 어깨로, 그녀에 대한 슬픈 그리움으로, 이별 뒤의 쓰디 쓴 성숙으로, 그렇게 늘 우리 삶 안에 있었습니다.

50. 절망할 권리?

김승희[20] 〈희망이 외롭다〉

남들은 절망이 외롭다고 말하지만
나는 희망이 더 외로운 것 같아
절망은 중력의 평안이라고 할까
돼지가 삼겹살이 될 때까지
힘을 다 빼고, 그냥 피 웅덩이 속으로 가라앉으면 되는 걸 뭐……
그래도 머리는 연분홍으로 웃고 있잖아, 절망엔
그런 비애의 따스함이 있네 (중략)

도망치고 싶어도 그만두고 싶어도
이유 없이 나누어주는 저 찬란한 햇빛, 아까워
물에 피가 번지듯……
희망과 나.
희망은 종신형이다
희망이 외롭다.

---

20 김승희 1952~
　　한국의 시인, 소설가. 1973년 경향신문 신춘문예에 시가, 1994년 동아일보 신춘문예에 소설이 당선되었
　　다. 〈소월시문학상〉, 〈고정희상〉, 제4회 〈질마재문학상〉 등을 수상하였다. 《희망이 외롭다》를 비롯하여
　　《세상에서 가장 무거운 싸움》, 《빗자루를 타고 달리는 웃음》, 《냄비는 둥둥》 등의 시집을 출간하였다.

가장 위대한 능력은 사랑입니다

◆

사랑하는 그대,
생각해보니, 당신이 절망하는 모습을 본 적이 거의 없는 것 같습니다.
당신은 절망할 일이 없는 사람이었던 것일까요?
아니요, 그대는
서른 살이 훨씬 넘을 때까지도 거의 매일을
"정말 삶이란 게 해도 해도 너무 하는구나……"라며
탄식하지 않고 보낸 나날이 없다시피 했잖습니까?

절망할 일이 없어서 절망하지 않는 것이 아니고
희망이 좋아서 희망하는 것이 아니며……

그대와 같은 사람들,
이른바 산전수전 다 겪었노라는 세상의 수많은 백전노장들과 억척어멈
들, 그리고 모든 이판사판들은 이렇게 말합니다.
'이 세상 어떤 사람들에게는 절망조차 사치다!'

진짜로 슬픈 것은 희망하는 일,
가장 슬픈 사람은, 절망하는 사람이 아니라
끝까지 희망을 버리지 못하는 사람.

절망의 달콤한 잔조차 들 수 없는 사람들만이
희망이라는 쓰디 쓴 잔을 듭니다.

51. 일상(日常)의 힘

김사인[21] 〈꽃〉

모진 비바람에
마침내 꽃이 누웠다

밤내 신열에 떠 있다가
나도 푸석한 얼굴로 일어나
들창을 미느니

살아야지

일어나거아, 꽃아
새끼들 밥 해멕여
학교 보내야지

---

[21] 김사인 1956~
한국의 시인. 신동엽문학상, 현대문학상, 대산문학상 등을 수상하였다. 시집으로 《밤에 쓰는 편지》, 《가만
히 좋아하는》, 《어린 당나귀 곁에서》과 《따뜻한 밥 한 그릇》 등을 출간하였다.

가장 위대한 능력은 사랑입니다

◆

초등학교 선생님들은 참 행복할 것 같아요. 다음과 같은 아이들의 천진 난만함을 매일 같이 구경할 수 있으니까요.

문제 : 비가 많이 와서 큰 피해를 당한 수재민에게 어떤 말로 위로하면 좋 을지 쓰시오.

여기에 어떤 아이가 이렇게 썼습니다. "재민아, 힘들겠지만 희망을 가져."

하지만 어쩌면 초등학교 선생님들은 고개를 절레절레 흔들지 모릅니다. 왜냐면 아이들이란 짓까불고 마구 뛰어다니고 큰 소리로 떠들고 울고불고 하는 존재들 아닙니까? 실제로 다음의 〈초등학교 1학년 바른생활〉 문제에 대한 답안을 보면 아이들 스스로도 그 점을 인정하고 있습니다.

문제 : 교실에서도, 복도에서도, 운동장에서도 모두가 편안하고 즐겁게 지내려면 무엇을 잘 지켜야 할까요?   (답 :   )

어떤 아이는 답안에 이렇게 썼습니다. "속력"

하지만 초등학교 선생님들이 아이들의 천진난만함을 매일 같이 만끽하기 어려운 진짜 이유는, 어쩌면 그것이 '매일 같이' 일어나는 일이기 때문일지 도 모릅니다. 〈살아남은 자의 슬픔〉이라는 시로 유명한 독일의 한 지식인[22]은 자신이 바라마지 않던 '공산주의 낙원'으로 가서 살게 되었지만 시간이 흐르면서 '낙원'이 일상으로 반복되자 지겨워하게 되었다지요.

이 말은, 다시 역으로, 우리가 어쩌면 일상의 위대함을 깨닫지 못하고 지 나치고 있을지도 모른다는 것을 말해 줍니다. 희망, 혹은 우리를 다시 일으 켜 세우는 힘은 이 세상 어디 먼 곳에 있는 것이 아니라 오늘 하루의 일상의 속에 긴직되어 있을지 모릅니다. 어떤 일이 있어도 꿋꿋하게 하루하루의 일상을 이어가는 것, 그것이 바로 희망의 출발선일지 모른다는 거지요.

---

22 베르톨트 브레히트(Bertolt Brecht 1898~1956)를 말한다.

52. 당분간 노랗다

강형철[23] 〈추석 차례〉

간단히 차린 추석상에 몇 번 절을 하고
채 오 분도 되지 않아 상을 치우자는 어머니 말씀에
아버지나 할아버지가 상을 본 지 십여 분도 안 되어
상을 치우면 어떻게 생각하겠냐며
조상님들께 허실 말씀이나 좀 하라고 채근한다

"아버지, 긍게 현철이 허고 싶은 일 헐 수 있도록 돌봐 주시고"

얼라, 할아버지한테 하시는 말씀이요, 아버지한테 허는 말씀이요

"상은 선찬지만 애들이 돈도 없고"

아니 무신 돈 얘기를 허신대요

"나도 차코 아픈디 어떻게 …… 그리고 윤숙이랑 경숙이랑 잘 좀 되게 허
시고 세민이도 ……"

"긍게 아버지헌티 하시는 말씀이고만요"

아무래도 안 되겠다 싶어 상을 치우며 음복을 한다

술에 취한 것인지 어머니 말씀에 취한 것인지

당분간 노랗다

---

23 강형철 1956~
    한국의 시인. 1985년 등단한 이후 《해망동 일기》, 《야트막한 사랑》, 《도선장 불빛 아래 서 있다》, 《환생》 등
    의 시집을 냈으며 2014년에 한국작가회의 소속 젊은 작가들이 선정하는 〈아름다운 작가상〉을 수상하였다.

가장 위대한 능력은 사랑입니다

글쎄요, 모르긴 몰라도, 서양이 동양을 절대로 이길 수 없는 4만 7천 2백87개의 이유들 중에 가장 분명한 하나는 아마 '빙그레 웃는 부처의 미소'일 것입니다(나머지는 현재 한창 연구 중으로, 이제 곧 속속 밝혀질 것으로 기대되어요). 어딘가 애잔하고 그러면서도 깊은 곳에서 우러나오는 연민과 긍정의 마음, 밝지만 그렇다고 해서 가볍지도 않은, 존재와 세계의 무거움과 어두움이 다 실려 있으면서도 깊이 긍정하는 역설적 표정, 나는 부처의 미소에서 그런 것을 느낍니다. 아웅다웅 살아가는 중생들의 삶, 신산하면서도 사랑스럽고 어리석으면서도 위대하며 험악하면서도 불쌍한 그 삶을 굽어보는 자의 얼굴에는 근심도 묻어나지만 더 깊숙한 곳을 바라보는 무언가 융숭한 사랑과 자비의 표정이 그 미소에서 느껴지는 거지요. 하지만 이런 미소가 부처에게서만 유일한 것도 아닙니다. 예컨대 우리의 전통 기와 문양에 새겨져 있는 조상들의 얼굴에도 그런 미소가 나타납니다.

서양 사람들은 모나리자의 미소를 칭송해마지 않는다지만 그 오묘함으로 치자면 부처에 비길 바가 못 될 것입니다. 서양의 신들은, 예수를 제외하고 보면, 대체로 너무 전투적입니다. 그들은 험악하고 무시무시하며 질투하고 분노하거나 너무나 자주 진노하는 성격의 소유자들입니다. 어딘지 뒤틀리고 날카로우며 잔뜩 완고한 표정의 얼굴을 떠올리게 됩니다.

저 시를 읽으면 나도 몰래 내 얼굴도 부처의 애잔한 미소처럼 되는 것만 같습니다. 추석상을 앞에 놓고 조상들에게 자식들의 '돈 걱정'을 하는 연로하신 어머니, 그리고 애써 농으로 '처리'해보려고 시도하는 아들, 그러다 괜스레 울적해질 것만 같아 서둘러 상을 치우고는 다시 엷은 웃음으로 분위기를 마무리해보려는 시도들을 보면서……, 나도 모르게 마음이 저절로 낮아지고 생각은 깊어지며 꿈과 소망은 높아지면서 이느새 얼굴엔 위로처럼, 연민처럼, 희망처럼, 희미한 물결처럼, 잔잔히 퍼지는 미소를 짓게 됩니다.

53. 분배되어야 할 것은 식사만이 아니다

황지우[24] 〈거룩한 식사〉

나이든 남자가 혼자 밥 먹을 때
울컥, 하고 올라오는 것이 있다
큰 덩치로 분식집 메뉴표를 가리고서
등 돌리고 라면발을 건져올리고 있는 그에게,
양푼의 식은 밥을 놓고 동생과 눈흘기며 숟갈 싸움하던
그 어린 것이 올라와, 갑자기 목매게 한 것이다

몸에 한세상 떠넣어주는
먹는 일의 거룩함이여
이 세상 모든 찬밥에 붙은 더운 목숨이여
이 세상에서 혼자 밥 먹는 자들
풀어진 뒷머리를 보라
파고다 공원 뒤편 순댓집에서
국밥을 숟가락 가득 떠넣으시는 노인의, 쩍 벌린 입이
나는 어찌 이리 눈물겨운가

---

24 黃芝雨, 1952~
한국의 대표시인 중 한 사람. 《새들도 세상을 뜨는구나》, 《겨울-나무로부터 봄-나무에로》, 《게 눈속의 연
꽃》, 《어느 날 나는 흐린 주점에 앉아 있을 거다》 등의 시집과 희곡 〈오월의 신부〉 등의 작품이 있고 김수영
문학상, 현대문학상, 소월시문학상, 백석문학상, 대산문학상을 수상하였다.

가장 위대한 능력은 사랑입니다

◆

　나는 저기서 세 개의 슬픔이 겹쳐 있는 것을 봅니다. 우선 첫 번째는, 나이든 늙은 남자가 혼자서 '찬밥'과 '라면발'을 먹고 있는 것입니다. 가난한 사람들의 헐벗은 몸과 서러움이 깊이 느껴집니다. 두 번째는, 형제들끼리 벌였던 '숟갈 싸움'의 먹먹한 추억, 그리고 '국밥을 한 그릇 떠 넣으시는 노인의 쩍 벌린 입'입니다. 거기에서 적나라하게 드러나고 마는, 인간 욕망의 근원적인 슬픔이 그려집니다. 그리고 마지막 세 번째는, 이것들만큼이나 슬픈, 아니 그보다 훨씬 더 슬픈 것으로서 외로운 식사, 우리의 헐벗은 인간관계가 보여주는 슬픔입니다.

　그리고 이 세 개의 슬픔들을 떠받치는 하나의 기둥은 바로 '먹는 일의 거룩함'입니다. 우리에게서 상실된 또 하나의 것이겠지요.

　정의란 무엇일까요. 그것의 대원칙을 세운 2천 년 전 그리스 사람[25]의 말대로 정의란 단지 각자가 노력한 만큼 각자의 몫을 나누어주는 정당한 보상만을 의미하지는 않을 것입니다. 저 외로운 노인의 슬픈 식사가 우리에게 건네는 말은, 사람에게 정의롭게 분배되어야 할 것은 먹을 것만이 아니라 인간의 관계도 포함되어야 한다는 사실일 것입니다.

　노인들이 식사가 제공되는 양로원에 가기보다는 차라리 굶더라도 식구들과 함께 있으려는 것도 그런 까닭이고, 가난을 증명해서 '공짜 점심'을 먹기보다는 차라리 굶기를 선택하는 아이들도 그런 이유일 것입니다. 사람은 밥만 먹고 살지 않는다는 말은 정말이지 진리입니다. 저 찬밥과 라면도, 사랑하는 식구들과 함께라면 얼마나 거룩한 식사이겠습니까. 어쩌면 우리에게 필요한 것은 복지국가가 아니라 '거룩한 국가'일지도 모르겠습니다.

25　아리스토텔레스(Aristoteles BC 384~322)를 말한다.

54. 아, 묵호항

송수권[26] 〈묵호항〉

비가 오는 날 고모를 따라 고모부의 무덤에 갔다
검은 배들이 꿈틀거리고 묵호항이 내려다보였다
고모는 오징어를 따라 군산 여수 목포 앞바다를 다 놔두고
전라에서 묵호항까지 고모부를 따라왔다 (중략)
고모부는 질펀한 동해에서 돌아와 무덤에서 잠들었다
폭풍이 치고 온 산과 바다가 울고
독도 바깥 대화퇴 잠든 어장을 우산으로 가리며
늙은 고모의 등이 비에 젖지 않게
나는 우산대에 붙어 박쥐처럼 붙어 눈물을 떨어뜨렸다
사는 일은 무엇일까?
공동묘지의 벌겋게 까진 잔등이 비에 얼룩지고
비명처럼 황토 흙의 빛깔들이 새어나왔다
외짝 신발 하나를 묻고 봉분을 짓고
(오매 오매 날 무얼라고 맹글었는고 짚방석이나 맹글일이제……)
흐렁흐렁 울음 속에서도 황토 흙처럼 불거져 나온
저 전라도의 간투사(間投詞)들
오늘 나처럼 고모부 내외가 낯설게 이삿짐을 풀던 날도
묵호항은 이렇게 흔들리고만 있었을까.

---

26 송수권 1940~
    한국의 시인. 시집으로 《산문에 기대어》, 《꿈꾸는 섬》, 《우리들의 땅》 등이 있다. 문공부 예술상, 전라남도
    문화상, 소월시문학상, 서라벌문학상 등을 수상하였다.

가장 위대한 능력은 사랑입니다

◆

먹고 살자며 군산 여수 목포 앞바다를 다 놔두고 멀고 먼 타향 묵호항 그 흐린 바닷가로 온 고모와 고모부, 식솔들의 삶을 고깃배에 싣고 모질고 억센 파도 속으로 가야했던 고모부, 그러나 결국 외짝 신발 하나, 봉분 하나로 남은 인생.

이 시를 읽으면 나는 아무 말도 할 수 없습니다. 그저 가슴이 가만히 먹먹해지고 살아온 지난날들의 힘겨움이 하나 둘 떠오르면서 나도 괜스레 울먹해집니다.

대체 산다는 것이 무엇이란 말인가요. 뭣 땜에 우리는 태어났으며 뭣 땜에 우리는 이 고생을 다해야 하는 걸까요……. "오매 오매 날 무얼라고 맹글었는고…….." 저 전라도의 간투사 앞에서 그만 눈가가 뜨뜻해지고 맙니다.

사랑하는 그대, 당신은 내가 왜 그렇게 자주 묵호항으로 가는지 아마 알고 있을 것입니다.

우리를 울리는 것은 언제나 시가 아니라 삶입니다. 묵호항에 가면, 이 세상 모든 철학들은 무장해제 되어 버립니다. 거기서 부는 거세고 짠 바닷바람은 이 세상의 모든 시의 화려한 언어의 옷을 날려버리고, 시는 속절없이 맨살이 되고 맨몸이 되고 맙니다. 흐린 바람 부는 바다, 잘 나가던 왕년의 번화했던 항구는 스러지고 이제는 인적 드문 항구로 남은 낮은 불빛들, 허리 굽은 할머니들의 행상, 비릿하게 말라가는 생선들 위로 저무는 하늘, 자식들 데리고 살아보려고 새벽부터 칠흑바다와 싸웠던 사람들의 땅.

마음이 슬플 때에도, 마음이 오만할 때에도 나는 거기 가서 한없이 머리를 숙입니다. ……, 나는 거기에, 가고 또 갈 것입니다.

IV. 불안과 두려움의 검은 숲을 건너

55. 불안, 영혼을 잠식하다

라이너 W. M. 파스빈더[1] 〈불안은 영혼을 잠식한다〉

"너무 행복해서
불안해요."

---

1 Rainer Werner Maria Fassbinder 1945~1982

독일의 영화감독이자 극작가, 배우. 36년의 짧은 생애동안 그는 무려 43편의 영화를 찍었다. 그가 찍은 영화의 수는 가히 전설적인 수준으로서 15시간 반짜리 '베를린 알렉산더광장'을 포함하여 평균 100일마다 한 편의 영화를 만들었다. 또 영화와 연극의 배우이자 작가, 카메라맨, 작곡, 디자인, 편집, 프로듀서, 극장 경영 등 다양한 직책과 역할을 맡았다.

가장 위대한 능력은 사랑입니다

◆

청소부로 일하고 있는 주인공 에미는 아랍계 청년 알리와 사랑에 빠집니다. 그녀는 무척 행복해하지요. 그런데 이상하게도 저렇게 말합니다. 너무 행복해서 불안하다고. 왜? 왜 그런 거죠?

가장 먼저 쉽게 짐작할 수 있는 것은, 모든 것은 정점이 있고 내리막이 있다는 단순한 이치 때문이 아닌지 모르겠습니다. 에미는 이렇게 생각하는 것인지 모르죠. '지금 나는 너무나 행복하지만, 모든 것은 끝이 있는 것 아닌가. 이 사랑도, 이 행복도 언제가 그 끝에 이르지 않겠는가……' 그러나 이런 추리가 틀린 것은 아닐지라도 반드시 맞다고도 할 수 없습니다. 왜냐하면 자신의 사랑과 행복이 지금 절정인지 아닌지, 그리고 그것이 얼마나 더 오래갈지는 아무도 모르잖아요? 어떤 행복은 일찍 찾아오고 일찍 끝나지만 또 어떤 경우에는 아주 오랫동안 지속되기도 하잖아요?

아마도 에미가 '너무 행복해서 불안한' 진짜 이유는 그녀가 알리보다 열 살이나 연상이라는 사실에 있을 것입니다. 에미는 장성한 아들 둘과 결혼한 딸을 둔 늙은 여성이었어요. 그녀는 알리의 욕망을 제대로 채워주기엔 나이가 너무 많습니다. 결국 두 사람은 헤어집니다. 이것은 프랑스의 한 여성작가[2]의 '폴'과 '시몽'에게서도 똑같이 나타납니다. 폴은 서른아홉 살이지만 그녀를 사랑한다며 매달리는 시몽은 겨우 스물다섯 살이었죠. 소설의 첫 장면에서 폴은 자신의 '젊지 않은' 손을 의식합니다. 그리고 마지막 장면에서 그녀는 시몽을 떠나보내며 혼잣말처럼 이렇게 말합니다. "시몽, 난 이제 늙었어……."

불안이란 자기에 대한 불신, 자기 결핍, 열등감, 이런 종류의 산물입니다. 따라서 불안해하는 사람은 자신의 부족함을 크게 느끼는 반면 꿈이 높고 자아에 대한 이상이 높은 사람일 것입니다. 물론, 그렇다고 해서 '높은 것'을 무너뜨리는 것은 가장 손쉽지만 동시에 가장 잘못된 신택일 거예요.

---

2 〈브람스를 좋아하세요…〉의 작가 프랑수아즈 사강(Françoise Sagan 1935~20041)을 말한다.

56. 불안, 영혼의 혁명을 일으키다

장 자크 루소[3] 〈고독한 산책자의 몽상〉

"친절과 온정이 넘쳐나는 한 여인에게서 사랑받았던 그 짧은 몇 년 동안 나는 내가 하고 싶은 일을 했으며, 내가 원하던 모습의 인간으로 살았다. (중략)

계곡의 비탈에 있는 외딴 집 한 채는 우리의 달콤한 은거지였다. 바로 그 곳에서 나는 4, 5년 간 내 1세기 동안의 삶을 향유했을 뿐 아니라, 내 현재의 운명의 온갖 끔찍한 것들을 어떤 마력을 가지고 감싸주는 순수하고 충만한 행복을 누렸다. (중략)

나는 그와 같은 달콤한 삶이 지속되는 것 말고는 아무것도 바라는 것이 없었다. 내 유일한 걱정은 그 상태가 오래 지속되지 않을 지도 모른다는 두려움뿐이었다."

---

3   Jean-Jacques Rousseau 1712~1778
프랑스의 근대 사상가. 프랑스대혁명의 정신적 기초가 된 사람. 스위스 제네바에서 시계공인 아버지의 아들로 태어났다. 어머니는 출산 후유증으로 열흘 뒤에 사망하고 10세 때 아버지마저 집을 나가 여러 직업에 종사하며 각지를 돌아다녀야만 하는 등 불우한 환경에서 성장했다. 이후 프랑스로 건너와 계몽주의 사상가로서 우뚝 서게 되었다. 《인간 불평등 기원론》, 《신 엘로이즈》, 《에밀》, 《사회계약론》, 《고백》, 《고독한 산책자의 몽상》 등의 저술을 남겼다.

◆

　루소는, 오늘날 프랑스의 위대한 사상가로 추앙받는 인물이지만 정작 자신은 열등의식이 많고 스스로도 고백하듯이 여리고 소심한 사람이었습니다. 스위스 시계공의 아들로 태어나 어머니는 루소가 태어난 지 열흘 만에 죽고, 아버지는 열 살 때 집을 나가버렸습니다. 고아나 다름없었고 내세울 게 아무것도 없는 그는 이곳저곳 남의 집을 옮겨 다니며 하인, 비서, 가정교사 등 사회의 밑바닥을 전전해야 했습니다. 그는 언제나 이방인이었고 '미천한 신분'의 사람이었습니다. 자신의 사상을 펼치다가 따돌림과 탄압을 받았을 때도 그에게는 위로와 용기를 줄 만한 사람이 거의 없었지요.

　바랑 부인이 아니었다면 루소는 오늘날 우리가 아는 루소가 될 수 없었을지도 모릅니다. 청년기에 들어선 루소는 '남의 집 살이'를 전전하다가 바랑 부인의 집을 소개받습니다. 바로 거기서 루소의 운명은 완전히 바뀝니다.

　바랑 부인은 루소를 사랑하였고 루소도 그녀를 사랑하였습니다. 그녀는 루소에게 따뜻한 친절과 달콤한 사랑을 한없이 베풀었고, 그의 영혼은 거의 처음으로 안락한 평화 속에서 쉴 수 있었으며 사랑의 은총 속에서 그의 내면은 순수한 충만으로 깊어질 수 있었습니다.

　그런데 문제는, 루소와 그녀는 12살의 나이차가 난다는 것이었습니다. 처음 만날 때 루소는 16세였고 그녀는 28세였지요. 그래서 루소도 앞의 '폴'이나 '에미'처럼 '너무 행복해서 불안'해지기 시작했습니다.

　하지만 루소는 그들과 달랐습니다. 그들처럼 자신의 부족함 때문에 사랑을 버리는 것이 아니라 오히려 루소는 바랑 부인에게 어울리는 사람이 되고 그녀의 사랑에 보답하기 위해 놀라운 자기 혁명을 실행합니다. 그는 독학을 시작하여 방대한 책들을 섭렵해 나섭니다. 그리고 몇 해를 거듭하여 열정적으로 저술활동에 파고듭니다. 그리하여 모두들 놀라게 만든 출세작 《학문과 예술에 대하여》를, 마침내 그는 써내었던 깃입니다.

　늘 그렇듯, 실제 인간의 삶이 소설이나 영화보다 훨씬 더 장엄하지요.

57. 완벽함, 불안에 대한 방어

마사 너스바움[4] 〈혐오와 수치심〉

젊은 남자 의대생인 B는 자발성장애 또는 전혀 자신의 생각을 표현하지 않는 증상을 겪고 있었다. 다른 사람이 앞에 있으면 그는 대화나 활동을 시작할 수 없었고, 너무 지루해했다. 그가 다른 사람에게 무감각하게 생기 없는 사람임을 보여 주는 것은 항상 언어와 사고를 조심하면서 자신의 내적 세계에 대한 전지전능한 통제력을 유지하기 위해서였다.

그는 자신이 다른 사람에게 의존하거나 다른 사람을 믿는 것을 용납할 수 없었다. 결국 그는 위니콧에게 "저에게 불완전은 거부해야 하는 것을 뜻합니다"라고 고백한다. (중략)

그 결과 B는 다른 사람이 자신을 어떻게 볼 것인지에 집착하게 되었다. 자신을 완벽한 존재로 봐주길 원하지만, 다른 사람이 실제 자신을 보게 되면 완벽함을 보지 못할 것이라고 알고 있는 것이다. (중략) 실제 취약한 자신을 숨기고, 로봇처럼 진짜가 아닌 '거짓 자기(false self)'가 전면에 나서게 된다. 그 위니콧은 이러한 생각이 불안에 대한 방어라는 사실을 부드럽게 기억시켜 주었다.

---

4   Martha C. Nussbaum 1947~
세계적으로 저명한 법철학자, 정치학자, 윤리학자, 고전학자, 여성학자로서 뉴욕대학교에서 연극한과 서양고전학으로 학사학위를, 하버드대학교에서 고전철학으로 석사와 박사학위를 받았다. 하버드대학교와 브라운대학교를 거쳐 현재 시카고대학교 로스쿨과 철학과, 로스쿨, 신학과의 법학, 윤리학 석좌교수이다. 2014년 인터넷에서 가장 많이 인용, 검색된 사상가 22위에 선정되었고, 미국 외교전문지 〈포린 폴리시〉가 선정한 '세계 100대 지성'에 두 차례 (2005, 2008) 선정되었으며 노벨경제학상 수상자인 아마티아 센가 함께 UN인간개발지수(HDI)를 만드는 데 기여했다.

◆

사랑하는 그대.

당신은 그때 어떤 실패의 공포에 빠져 매우 불안해하고 있었다는 것을 우리 모두는 한참 뒤에 알았습니다. 그만큼 당신은 자신의 불안을 겉으로 전혀 드러내지 않았던 거지요. 우리는 모두 놀랐습니다. 당신처럼 의젓하고 총명하며 완벽해 보이는 사람이 속으로 그토록 불안에 떨었다는 사실을.

이제야 생각해 봅니다. 무엇이 그대를 그토록 불안에 떨게 만들었을까요. 완벽해지려는 마음이 불안을 낳은 것일까요, 아니면 반대로 불안한 마음이 완벽함에 집착하게 만들었을까요.

가령, 인생이 걸린 중요한 시험을 앞두고 불안해 본 경험이 없는 사람은 아마 별로 없을 겁니다. 그래서 시험장에 들어가서도, 보고 또 본 것을 다시 펼쳐서 확인하곤 하지요. 그렇다면, 불안이 완벽함을 추구하도록 만든다는 말이 맞는 것 같아요. '불안에 대한 방어'가 완벽주의를 낳는 것.

하지만 거꾸로, 위의 B의 사례에서 보여주듯이, 완벽해야 한다는 강박감 때문에 불안해지는 것도 맞는 것 같아요. 가련하게도 B의 경우, 그의 어머니가 그렇게 만들었지요. "정신분석 기간 동안 그가 유아기에 [아이의 필요에] 적절하게 반응하지 않는 양육을 받으면서 심한 불안을 겪었다는 사실이 밝혀졌다. B의 어머니는 자신의 완벽성을 추구했고, 유아의 어떠한 필요 상태를 자신이 바랐던 완벽성을 이루지 못한 신호로 해석했다"고 합니다. 그 결과, 완벽하지 않으면 안 된다는 불안의 늪에 빠져버린 ㄱ의 영혼은 남몰래 전전긍긍하게 되고 그는 '거짓 자아'로 살아가게 되었다는 것입니다.

사랑하는 그대, 걱정하지 말아요. 우리는 그대가 완벽하지 않아도 그대를 사랑한답니다. 우리는 아무도 전지전능하지 않습니다. 우리는 그냥 그대가 좋아요. 가련한 그대, 이제 그만 완벽함과 불안의 순환 사슬에서, 그 고독한 감옥에서 나오세요. ……, 사랑합니다. 그리고 미안합니다. 우리의 높은 기대가 당신을 그렇게 만들었던 것은 아닌지, 오래오래 반성합니다.

58. 다 갚지 못할 외상값

레프 니콜라예비치 톨스토이[5] 〈인생의 길〉

그대는 말한다.

"노력할 필요가 없다. 아무리 노력해 봐야 절대로 완전무결한 경지에 도달할 수는 없다."

그렇다. 확실히 그 말이 옳다. 그러나 그대의 일생의 일은 완전무결하게 되는 것이 아니다. 그 완전무결을 향해 한 걸음씩 접근해 가는 일이다.

우리는 자기의 천부(天賦)의 소질을 발달시켜야 한다. 신은 우리에게 천부를 완성된 것으로 부여하지 않았다. 신이 우리에게 준 것은 조그마한 싹에 지나지 않는다. 자신을 보다 좋게 하고 자기를 완성하는 일이 우리 생애의 가장 중대한 사명이다.

―칸트

---

5 Lev Nikolaevic Tolstoy 1828~1910

누구나 다 아는 세계적인 대작가, 러시아의 소설가이자 시인, 개혁가, 사상가이다. 사실주의 문학의 대가였으며 러시아 문학과 정치에 지대한 영향을 끼쳤을 뿐 아니라 세계에서 제일 위대한 작가 중 한 명으로 꼽힌다. 《전쟁과 평화》, 《안나 카레니나》, 《크로이체르 소나타》, 《이반 일리치의 죽음》, 《바보 이반》 등 불후의 명작들을 남겼다.

가장 위대한 능력은 사랑입니다

◆

우리는 완전함을 향해 가지만, 완전해질 수 있기 때문에 가는 것은 아닐 것입니다. 나는 그것을 군대에 있을 때의 '외상값'에서 처음 배웠습니다.

내가 있던 곳은 강원도 깊은 산골, 민간인출입통제선 안쪽이어서 부대 앞에 민가라고는 '농촌형 가게(?)'를 겸한 집 한 채가 유일했습니다. 우리는 그 가게에 분대별로 외상거래를 했습니다. 이등병으로 분대에 처음 소속되자마자 모두 그 외상값의 공동채무자가 되었지요. 한번은 가게 주인아저씨가 낡은 장부를 자랑처럼 펼쳐 놓고 이렇게 말했습니다. "이거 3분대 껀데, 여기 몇 년째 계속 비슷한 금액의 외상값이 남아 있지? 이거는 말야, 영원한 거야. 영원한 외상." 분대별 외상값은 늘 일정한 금액으로 남아 있었습니다. 한꺼번에 다 청산할 수는 없으므로 늘 얼마씩 남겨 두었던 거지요. 각 개인은 제대를 해도, 그 분대외상값은 계속 이어졌습니다.

사람이 삶과 거래하는 방식도, 인간이 역사와 거래하는 방식도 이와 마찬가지인 것 같아요. 그 누구든 살아가면서 부딪치는 자기 한계나 잘못을 깨끗이 청산한 뒤에 내일로 넘어가는 사람이 없고, 그 어떤 역사도 자기 시대의 과제를 완벽히 해결하고서 다음 시대로 넘어간 적이 없습니다.

모든 빚이 한꺼번에 갚아지지는 않습니다. 우리는 끝내 완전해지지 않을 가능성이 더 큽니다. 얼마간 미해결인 채로 내일의 해를 맞이해야 하지요. 자신의 인생에서 갚아야할 빚들, 잘못과 어리석음, 오해, 그릇된 감정들과 그로 인한 갈등, 슬픔, 상처 등을 저마다 열심히 갚아갑니다. 하지만 모든 문제가 발견되는 그 즉시 다 해결되는 것이 아니며, 내가 원하는 시간에 딱 맞춰 해결되는 것도 아니며, 오늘의 문제를 오늘 다 해결하고 내일을 맞이하는 것도 아닙니다.

때로 어떤 문제는 아주 오랜 시간이 걸립니다. 심지어 생애의 어떤 잘못이나 문제는 끝내 해결하지 못한 채 이 삶에서 제대하기도 하지요.

59. 허공으로 날려버리는 그 초과 덕택에

서정주[6] 〈내리는 눈발 속에서는〉

내리는 눈발 속에서는
괜,찮,다,⋯⋯
괜,찮,다,⋯⋯
괜,찮,다,⋯⋯
괜,찮,다,⋯⋯
수부룩이 내려오는 눈발 속에서는
까투리 메추라기 새끼들도 깃들이어 오는 소리 ⋯⋯
괜찮다,⋯⋯괜찮다,⋯⋯괜찮다,⋯⋯괜찮다,⋯⋯
포근히 내려오는 눈발 속에서는
낯이 붉은 처녀아이들도 깃들이어 오는 소리⋯⋯
울고
웃고
수그리고
새파라니 얼어서

괜찮다,⋯⋯
괜찮다,⋯⋯
괜찮다,⋯⋯

---

6 徐廷柱, 1915~2000
   한국을 대표하는 시인 중 한 사람. 호는 미당(未當). 1936년 동아 일보 신춘문예에 〈벽〉이 당선되어 등단
   하였다. 불교 사상과 샤머니즘 등 동양적인 사상을 노래하였다. 시집으로 《화사집》, 《귀촉도》, 《시선》, 《신
   라초》, 《동천》, 《질마재 신화》, 《늙은 떠돌이의 시》 등이 있다.

가장 위대한 능력은 사랑입니다

◆

　2010년 벤쿠버 동계 올림픽 피겨스케이트 결승전. 자신의 연기가 끝나는 순간 김연아 선수는 만세를 불렀습니다. 그러다 곧바로 그동안의 힘겨운 고난과 중압감이 떠올랐는지 감정에 복받쳐 그만 뜨거운 눈물을 쏟아냈습니다. 이어지는 심사결과 발표. 총점 228.56으로 세계신기록을 세우며 그녀가 우승을 차지했고 세계는 놀라움을 감추지 못하면서 열광했습니다.

　그런데 사람들이 너무나 쉽게 잊어버리는 사실이 하나 있습니다. 그날 김연아 선수가 실수를 두 번이나 했다는 사실 말입니다. 중요한 두 개의 점프를 제대로 하지 못했던 것이죠. 그러고도 세계신기록을 세우고 금메달을 땄다는 거예요. 여기서 나는 중요한 교훈을 하나 발견하게 됩니다.

　어떤 일을 앞두고 실수를 아예 하지 않겠다는 생각, 완벽하게 해내고야 말겠다는 생각을 버리고 실수를 할 수도 있고 완벽하게 해내지 못할 수 있다고 생각해야 한다는 것입니다. 나는 이것을 '허(虛)의 정신'이라고 이름 붙여 봅니다. 모름지기 사람은 어딘가 허점이 있게 마련이고 또 허점이 좀 있어야 친구도 생깁니다. 완벽하게 하려고 노력은 하지만 실수를 좀 해도 괜찮아요. 그래야 사람이 좀 멋이 있지요. 두 번의 실수에도 세계신기록을 세우려면 그런 허의 정신이 필요합니다. 그래야 완벽해야 한다는 불안으로부터 벗어날 수 있고 그래야 자신의 실력을 여유 있게 발휘할 수 있지요.

　하지만 허의 정신의 핵심은, 실수할 것을 감안하고 그래서 더 열심히 최선을 다한다는 것입니다. 이를테면 어떤 학생이 100점을 받고 싶다면 120점을 받을 만큼 공부해야 한다는 것입니다. 그리스의 한 철학자[7]는 '노력한 만큼 보상하라'고 주장했지만, 어디 인생이 그렇습니까? 내가 '초과노력'한 20점은 끝내 보상받지 못합니다. 하지만 허공으로 날려버리는 바로 그 초과 덕택에, 실수를 하고도 세계 신기록을 세우는 여유를 얻을 수 있습니다.

7　아리스토텔레스(Aristotle BC 384~BC 322)를 말한다.

60. 마음은 비우고 배는 든든히

노자[8] 〈도덕경〉

서른 개의 바퀴살이 한 바퀴통으로 모여
그 비어있음이 알맞을 때 수레로 쓸 수 있다.
진흙을 빚어서 그릇을 만드는데
그 비어있음이 알맞을 때 그릇으로 쓸 수 있다.

....

이래서 거룩한 사람의 다스림은
마음은 비우고 배는 든든히 하며
뜻은 무르게 하고 뼈는 굳세게 한다.

---

8 老子 생몰연대 미상
   앞에서 한 차례 소개되었던 중국 춘추시대 초나라의 철학자. 〈도덕경〉을 지었다.

가장 위대한 능력은 사랑입니다

'마음은 비우고 배는 든든히⋯⋯, 욕심을 버리고 순수하게 몰입하라.' 이 말을 새기다보면 오래전의 한 친구가 떠오릅니다.

그 친구는 목표의식도 강하고 승부욕이 아주 대단한 사람이었습니다. 그래서인지 이 친구는 기분이 매우 자주 뒤바뀌는 사람이었어요. 어떨 때는 천하를 얻은 듯 유쾌한 얼굴인가 하면, 또 어떨 때는 반대로 심각한 불안에 빠져 있거나 풀이 죽어서 근심이 가득한 표정이 되곤 했습니다. 자신이 목표로 하여 펼치고 있는 일이 좀 괜찮게 풀리는 날이면 아주 날아갈듯 기뻐하다가도, 반대로 무언가 조금만 문제가 생기면 금방 자신감을 잃고 슬픈 얼굴이 돼버려서 곁에서 지켜보기가 힘들 지경이었어요.

고등학교 동창이었던 그 친구는 성적이 아주 좋았습니다. 입학할 때는 학년 전체에서 최고였죠. 그는 의사나 법관이 꿈이라고 했습니다. 머리도 비상했던 것 같아요. 그런데 이상하게도, 성적이 그렇게도 좋건만 그는 늘 불안해하고 노심초사했습니다. 그는 언제나 결과에 어마어마한 의미를 두었어요. 성적 욕심은 누구보다도 컸지만 공부에 쉽게 몰입하거나 공부에 정말 흥미를 느끼는 것으로 보이지는 않았어요. 지적 호기심도 많지 않았고 어떤 것에든 진지한 관심을 쏟는 그런 스타일은 아니었지요. 그래서 간혹 그를 두고 '성적만 잘 끌어올리는 성적 기계'라며 빈정거리는 친구도 있었습니다.

이렇기 때문에 그가 아무리 좋은 성적을 받아도 부러워하는 이가 별로 없었고, 그가 성격이 나쁜 친구는 아니었지만 대체로 그를 얕잡아 보았습니다. 나중에 동창회에서 만난 한 친구는 그가 공부를 잘 했다는 것을 전혀 기억하지 못하면서 '그럴 리가 없다'고까지 말했습니다.

그는 자신이 바라던 꿈을 이루었을까요? 그러기는커녕, 안타깝게도 그는 성적이 조금씩 내려가더니 졸업 무렵엔 그에게 어떤 진로로 나아가는지를 물어서 정확한 대답을 들은 사람이 주변에 거의 없다시피 했습니다.

참 아까운 친구였어요⋯⋯.

61. 두 개의 자기도취 – 하나. 무너지고 싶은 욕망

밀란 쿤데라[9] 〈소설의 기술〉

테레자는 토마시와 함께 삽니다. 그런데 그 사랑은 그녀가 젖 먹던 힘까지 기울여야 할 만큼 힘이 듭니다. 마침내 더 이상 버틸 수 없게 된 그녀는 원래 그녀의 출신인 '저속한' 곳으로 돌아가고자 합니다. 그래서 저는 묻습니다. 도대체 그녀에게 무슨 일이 일어난 건가. 그러고는 답을 찾아냅니다. 그녀는 현기증을 느끼는 거라는.

그런데 그 현기증이라는 건 뭐죠? 저는 그 정의를 찾아내서 "쓰러지고 싶은, 막막하면서도 이겨낼 수 없는 욕망"이라고 말합니다. 그러나 금방 저는 생각을 고쳐서 그 정의를 "현기증을 느낀다는 것은 자신의 허약함에 도취되는 것이다. 자신의 허약함을 의식하고 그에 저항하기보다는 투항하고 싶은 것이다. 자신의 허약함에 취해 더욱 허약해지고 싶어 하며 모두가 지켜보는 앞에서 백주 대로에 쓰러지고 땅바닥에, 땅바닥보다 더 낮게 가라앉고 싶은 것이다"라고 명확히 합니다.

---

9 Milan Kundera 1929 ~
체코슬로바키아 태생의 소설가. 체코가 소련군에 점령된 후 시민권을 박탈당하고 추방된 뒤 프랑스로 망명하여 1975년부터 프랑스에서 살고 있다. 사회주의 체제를 풍자한 첫 번째 소설 《농담》, 《웃음과 망각의 책》 등을 거쳐 그의 대표작 《참을 수 없는 존재의 가벼움》을 통해 세계적인 명성을 얻었다. 그 외 《정체성》, 《향수》, 《무의미의 축제》 등의 작품이 있다.

◆

사랑하는 그대.

　사람의 내면이 참 복잡한 만큼, 사람의 욕망도 참으로 다양한 것 같습니다. 식욕이나 자기보호본능과 같은 자연적인 것도 있지만 표현의 욕망, 타인으로부터의 인정의 욕망, 명예의 욕망과 같이 문화적이고 사회적인 것도 있지요. 뿐만 아니라 종교적인 욕망 즉, '믿고 싶은' 욕망이나 절대적 복종의 욕망, 이런 것도 있을 거예요. 그런데 체코 출신의 저 작가의 말은 나를 흠칫 멈추게 합니다. 마치 나를 오래전부터 지켜봐 온 사람처럼 말합니다. 그렇습니다. '쓰러지고 싶은 욕망'에 취했던 적, "자신의 허약함에 도취되"어 "자신의 허약함에 저항하기보다는 투항하고 싶"었던 적이 분명히 있었음을 나는 부인하지 못합니다. 그 순간이 떠오르면서, 얼굴이 화끈 달아오릅니다.

　삶이 어려울 때, 특히 나의 능력으로는 도저히 안 되겠다 싶을 때 '자신의 허약함에 도취되어 투항하고 싶은 욕망'이 아주 빠른 걸음으로 다가옵니다. 그리스 신화에서 사랑하는 연인이 자신을 무인도에 버리고 가버렸음을 슬퍼하며 울고 있는 아리아드네에게, 향기로운 술잔을 들고 멋있는 남성의 육체로 다가와 그녀를 위로하며 유혹한 것은 디오니소스였지요. 그녀는 디오니소스가 베푸는 향기로운 위로와 연민의 손길에 그만 투항하고 맙니다. 모든 연민은 달콤하니까요.

　'허약한 나, 패배한 나, 불쌍한 나'를 아무도 위로해주지 않을 땐, 내가 직접 나를 위한 달콤한 디오니소스가 되지요. 이제 나는 1인2역의 배우가 됩니다. 자기 연민의 무대 위에서 슬픔에 도취된 나는 나를 자학하며 동시에 나를 위로합니다. 하지만 깨어나 보면 삶은 그대로이고 유치했던 내 모습만······.

　사랑하는 그대. 그런데 혹시 알고 있나요? 내가 그 '도취와 투항'의 순간에 빠졌던 것은 바로 그대의 앞에서였음을.

62. 두 개의 자기도취 – 둘. 영원한 불안 속의 나르시스

조르조 아감벤[10] 〈세속화예찬〉

질투하는 자는 스페키에스[11]적인 것을 인격적인 것과 혼동한다. 야만스러운 자는 인격적인 것을 스페키에스적인 것과 혼동한다.

어린 딸은 자기 자신을 질투한다. 영리한 아내는 자기 자신을 야만적으로 다룬다.

메시아는 (…) 이미지화된 욕망으로, 순수한 말로, 천국의 지복을 만든다.

---

10 Giorgio Agamben, 1942~
   이탈리아의 미학자. 베네치아 건축대학 디자인 예술학과 교수. European Graduate School 철학 교수. 피에르 파올로 파솔리니 감독의 영화 《마태복음》에서 빌립의 역할을 맡기도 하였다. 《유아기와 역사》, 《도래하는 공동체》, 《목적 없는 수단》, 《호모 사케르》, 《예외상태》, 《세속화 예찬》 등의 저술이 있다.

11 species – 외관, 모습, 겉면 등을 뜻하는 단어. 여기서는 '거울에 비춰지는 (자신의) 이미지'라는 의미로 쓰이고 있다.

가장 위대한 능력은 사랑입니다

◆

모두들 알다시피, '쓰러지고 싶은 욕망'이 자기의 약함에 도취되는 것이라면 그 반대로 나르시시즘 즉, 자아도취는 자신의 뛰어남에 도취되는 것이죠. 그런데 흥미로운 것은 이 나르시스들이 사실은 스스로에 대해서 매우 불안해하는 사람들일 수 있다는 거예요.

"난 너무 예뻐." "난 너무 잘 났어." "난 너무 추해." 우리는 '우리 안의 누군가'—우리가 흔히 자아라고 잘못 말하는 그—와 아주 많이 대화를 나눕니다. 그런데 그 대화는 무의식적인 것 즉, 너무나 은밀하게 속삭이는 것이어서 우리 자신마저도 그 대화를 거의 눈치 채지 못할 때가 많아요.

자신의 이미지에 도취되는 나르시스들, 좋게 말해서 '긍정적 자기 환상 혹은 긍정적 자부심'이 강한 사람들은 자칫 오만하고 자만하며 거만한 사람으로 비춰져 다른 사람과의 관계에서 문제가 발생할 수 있습니다. 물론 이런 사람들은 타인의 잘못이나 타인의 추함(예컨대 야비함이나 천박함 따위)에 훨씬 더 관대한 아량을 베푸는 좋은 면도 보여요. 하지만 결과가 긍정적이든 혹은 부정적이든, 나르시시즘은 근본적으로 자기 불안을 뒤집어놓은 것에 지나지 않으며, 그런 점에서 존재의 매우 불안한 상태를 가리킵니다.

아직 성숙하지 못한 '어린 딸'은 거울에 비친 자신의 모습을 '질투'합니다. 자아도취는 대상이 자기가 되어버린 질투이죠. 왜냐하면 자아도취는 자기를 바라보며 질투하는 타자를 상상하지 않고는 불가능하기 때문입니다. 어린 딸은 자신의 도취된 눈에 비치는 자기 '이미지'가 곧 자신의 인격이라고 생각하며 우쭐해하지만, 타자의 질투가 사라지는 순간 자기의 아름다움도 사라지는 불안을 사실 스스로도 알지요. 반면에 주름이 생겨난 얼굴, 균형 깨진 몸매, 자신의 누추함을 화장의 기술과 화려한 옷들로 가리는 '영리한 아내'는 그렇게 치장한 '이미지'가 자신의 '불만스러운 인격'을 대신하기를 바라는, 불안한 시도에 사로잡힙니다. …… 이러니, '이미지 없이 천국은 건축될 수 없다'는 이 이탈리아 철학자의 말이 어쩌면 사실일지도 모르겠어요.

63. 내가 무슨 짓을 할지 나도 몰라서

쇠렌 키르케고르[12] 〈불안의 개념〉, 〈공포와 전율〉

자유의 가능성을 아담에게 자각하게 했기 때문에 금지 명령은 그를 불안에 빠뜨리는 것이다. (…)

여기서도 역시 그것은 무(無)이며, 할 수 있다는 것의 불안한 가능성이다. 자기가 무엇을 할 수 있는지, 그는 아무 것도 모르고 있다.

- 〈불안의 개념〉

아브라함의 이야기에 누락되어 있는 것은 바로 불안이다. (…)

아브라함이 한 일은 윤리적으로 표현한다면 이삭을 죽이려고 한 것이고, 종교적으로 표현한다면 이삭을 바치려고 한 것이다. 그런데 바로 이 모순 속에 사람들이 잠을 이루지 못하게 할 수 있는 불안이 있는 것이다.

- 〈공포와 전율〉

---

12 Søren Aabye Kierkegaard 1813~1855
실존주의의 선구자로 평가받는 19세기 덴마크 철학자이자, 신학자. 기독교 죄의식으로 가득 찬 아버지의 영향 아래서 성장한 그는 신앙의 본질, 기독교 교회의 제도, 기독교 윤리와 신학, 그리고 삶에서의 개인적 결정 등에 대한 종교적 문제들을 많이 다루었다. 《이것이냐, 저것이냐》, 《공포와 전율》, 《반복》, 《불안의 개념》, 《죽음에 이르는 병》 등의 저술을 남겼다.

가장 위대한 능력은 사랑입니다

◆

사람들이 실존주의 사상가라고 부르는 어떤 남자[13]는, 벼랑 끝에 선 인간의 불안을 이렇게 설명했습니다. '그 사람에게 공포는 추락가능성이 아니라 벼랑 아래 심연으로 뛰어들 자유의 권한이 자신에게 있다는 사실이다.'

유대인들의 성서에서, 아담은 선악과나무 앞에서 불안에 휩싸입니다. 신은 그것을 따먹지 말라고 명령했지만 자신은 그것을 따먹을 자유가 있습니다. 문제는, 신이 왜 그런 명령을 내렸는지 전혀 모른다는 것입니다.

아들 이삭을 죽여서 바치라는 신의 명령을 받은 아브라함도, 최후의 순간 이삭을 향해 칼을 빼들면서 불안에 겨워 부들부들 떱니다. 그 순간, 자신이 정말로 이삭을 죽이게 될지 어떨지 그 자신도 알 수 없는 극도의 혼란에 빠집니다. 아브라함 역시 신이 왜 그런 명령을 내렸는지 알지 못하지요.

죽은 아버지의 복수에 나선 햄릿도 마찬가지입니다. 자신이 어머니를 해칠지도 모른다는 예감에 직면하는 순간 불안에 떨며 다음과 같은 유명한 문구를 남깁니다. "죽느냐 사느냐, 그것이 문제로다." 그러나 사실을 말하자면 그에게 복수를 명령한 것은 아버지가 아니라, 그가 '죽은 아버지'라고 굳게 믿었던 '유령'이었지요. 정신분석학의 제2의 창시자라 할 어떤 사람[14]에 의하면, 그는 자신이 어떤 은밀한 욕망 혹은 '부인되는 욕망'으로서 '오이디푸스 콤플렉스'에 빠져 있음을 모르거나, 모르고 싶어 합니다.

보다시피 불안은 어떤 '알 수 없는 것'에 자신을 내맡겨 버림으로써 찾아옵니다. 유대인들은 '정체를 알 수 없는 외부의 신'이라는 환상에 빠지고, 햄릿은 아버지의 명령을 받았다고 굳게 믿지만 실상 그것이 유령임을, 혹은 내면의 어떤 외설적 향락의 충동임을 전혀 알지 못합니다. 그 결과, 이들은 자기 자신마저도 '알 수 없는 존재'로 만들어 버리지요. 그러므로 불안의 진짜 근원은 바로 여기, '알 수 없는 자기' 혹은 '자기가 자기를 알 수 없음'에 있다고 해야 하지 않을까요?

---

13 장 폴 사르트르(Jean-Paul Sartre 1905~1980))를 말한다.

14 자크 라캉(Jacques Lacan 1901~1981)을 말한다.

64. 후 엠 아이

빅토르 위고[15] 〈레미제라블〉

"나는 누구인가?"

Who am I?

---

15 Victor-Marie Hugo 1802~1885
19세기 프랑스의 소설가, 시인, 극작가, 사상가. 소설 《노트르담의 꼽추》, 《레 미제라블》, 《바다의 노동자》
등과 시집 《가을낙엽》, 《황혼의 노래》, 《마음의 소리》, 《빛과 그늘》, 희곡 〈마리용 들로름〉 등 많은 작품을
남겼다.

 가장 위대한 능력은 사랑입니다

◈

사랑하는 그대. 우리는 모두, 일생에 적어도 한 번은, 존재적 결단을 해야 하는 순간에 서게 되나 봅니다.

〈레미제라블〉에서 장발장에게 그 순간은, 굶주림에 허덕여 몰래 성당의 은촛대를 훔쳤다가 예기치 못한 너그러운 용서와 자비를 온몸으로 느끼는 바로 그 때에 찾아옵니다. 다시 말해 눈부신 '사랑의 빛'이 자신을 비추는 그 순간 자신의 너무나도 초라한 모습이, '인간'으로부터 너무나도 멀어져서 살아가야만 하는 도망자 신세의 자기 모습이 처참하게 드러나는 것을 보게 되지요. 그러면서 그는 격렬히 외칩니다. "나는 누구인가?"

이후 장발장은 완전히 다른 사람이 되지요. 가련한 도망자 신세였던 그는 큰 사업가가 되어서 빈민들을 구제하는 데 나서더니 이후로 갈수록 점점 더 정의와 사랑의 전사로 바뀌어 갑니다. 그는 과거의 자신과, 그리고 자신을 그토록 비참한 비인간적인 상황으로 몰아넣었던 자기 시대의 모든 야만과 단절해 나섰던 것입니다.

스마트 폰의 아버지[16]도 그랬다지요. 그는 매일 아침 출근준비를 하다가 거울을 쳐다보며 스스로에게 물었습니다. "나는 누구인가? 나는 지금 어디로 출근하는가? 거기는 왜 가는가?" 거의 두 달 가까이 이렇게 묻던 그는 마침내 자신이 세운 회사에 사표를 던지고 새로운 길로 나섰다는 유명한 일화를 남겼습니다. 홍길동도 그랬어요. 그는 서자(庶子)라는 자신의 생득적 정체성을 박차고 나가 자신이 결단한 주체적 정체성을 실현시킵니다.

정체성은 '지켜야할 것'이 아니라 '매순간 창조해야 하는 것'입니다. 현대물리학의 한 대가[17]는 우주 전(全) 존재의 본질이 "있음에서 됨(From Being to Becoming)"이라고 결론 내립니다. 지금 이 순간에도 삶은 우리에게 자기의 위대한 신념을 향한 존재적 결단을 요청하고 있습니다.

---

16 애플의 창업자 스티브 잡스(Steve Jobs 1955~2011)를 말한다.

17 1977년 노벨화학상 수상자인 일리야 프리고진(Ilya Prigogine 1917~2003)을 말한다.

65. 골키퍼는 아무와도 연락이 닿지 않았다

페터 한트케[18] 〈페널티킥 앞에 선 골키퍼의 불안〉

이전에 꽤 유명한 골키퍼였던 요제프 블로흐는 건축 공사장에서 조립공으로 일하고 있었는데, 아침에 일하러 가서는 자신이 해고되었음을 알게 되었다. 일꾼들이 모여 있는 대기실 문을 열고 들어갔을 때, 마침 오전 새참을 먹고 있던 현장감독이 그를 힐끗 올려다보는 순간 그는 그것을 해고 표시로 이해하고 공사장을 떠났다. (…)

눈을 감자 아무것도 생각할 수 없는 이상한 무능력 상태가 엄습했다. 방안에 있는 물건들을 가능한 한 정확한 명칭으로 불러 보려고 했지만, 아무것도 표현할 수 없었다. (…)

그녀가 아침 식사를 가지러 잠깐 나갔을 때 — 나가면서 "오늘은 월요일이구나!"하고 말했다. — 블로흐는 모든 것을 조용히 바라볼 수 있었다. (…) 그는 여자 곁에 앉았다. "오늘은 일하러 가지 않으세요?"하고 그녀가 물었다.

갑자기 그는 그녀의 목을 졸랐다. (…) 그는 공포심으로 숨이 막힐 것 같았다.

---

18 Peter Handke 1942~

오스트리아의 소설가, 극작가로서 20세기 독일, 오스트리아 문학을 대표하는 한 작가. 그는 현대사회의 부조리한 모습, 불협화하고 단절적인 언어, 공포와 불안에 떠는 현대인들의 모습을 그려낸다. 우리나라에는 〈관객모독〉이라는 작품으로 유명하다. 〈내부세계의 외부 세계의 내부 세계〉, 〈페널티킥 앞에 선 골키퍼의 불안〉, 〈소망 없는 불행〉, 〈모라지아 강의 밤〉, 〈아직도 폭풍〉 등이 있다. 1987년 영화 〈베를린 천사의 시〉의 시나리오를 쓰기도 했고 게오르그 뷔히너 상, 잘츠부르르크 문학상, 네스트로이 연극상 등을 수상하였다.

◆

　불안은 모든 것을 사로잡습니다. 나의 불안은 나로 하여금 눈에 보이는 모든 것, 귀에 들리는 모든 것이 나를 공격하고 나를 파괴하려 한다고 믿게 만듭니다. 요제프 블로흐는 현장감독이 자신을 힐끗 쳐다보자 자신을 해고한다는 의미로 이해하고 곧장 공사장을 떠납니다.

　그는 왜 이렇게 불안에 사로잡혀버린 것일까요? 현대사회의 부조리는 그 부조리를 말로 표현조차 하지 못하게 되었다는 데에 있습니다. '생각'하지 않고 다만 '느낄' 뿐인 현대인들은 자신들을 비극으로 몰아넣는 부조리와 그 원인을 이젠 아예 언어로 분명하게 말할 수조차 없게 되었지요. 그 결과 — 폴란드 출신의 어느 '철학적 물' 생산자[19]에 의하면 — '액체화된 공포' 즉, 뭐가 뭔지 도무지 알 수 없는 '유동하는 공포' 속을, 설명도 인식도 불가능한 거대한 공포의 물결 속을 헤매게 됩니다.

　작가는 주인공이 불안에 빠지게 된 결정적인 원인 두 가지를 간략하게만 제시합니다. 첫째, 공사장에서 일하고 있는 그는 한때 '꽤 유명했던 골키퍼'였다는 거죠. 즉, 그는 요즘처럼 비정규직이었습니다. 그의 내면 깊은 곳에는 비정규직 인간의 뼈아픈 고통, 자신이 '쉽게 버려진 사람'이었다는 뼈아픈 상처가 새겨져 있습니다. 사람을 힐끗 쳐다보는 감독의 눈빛을 그는 곧장 해고로 이해하지요. 그는 '일자리, 생존'이라는 공포에 몰려 '오늘 일하러 안 가세요?'라는 질문에 갑자기 발작하듯 여자의 목을 졸라댑니다.

　두 번째로, 블로흐는 소외된 사람입니다. 소설에서 그는 해고 직후 친구들에게 전화를 걸지만, 그의 전화를 안 받는 것인지 아니면 모두들 바쁜 것인지 하여간 아무와도 연락이 닿지 않아요. 불안은 고독의 형제입니다.

　비극적 주인공 요제프 블로흐는, 한 영혼을 불안에 떨도록 만드는 데에는 오늘날의 사회와 세계 전체가 가담하고 있다는 것을 보여주고 있습니다.

19　〈유동하는 공포〉의 저자 지그문트 바우만(Zygmunt Bauman 1925~)을 말한다.

66. 불안을 움켜쥔 손아귀

엠마뉘엘 레비나스[20] 〈탈출에 관해서〉

부르주아는 내적인 분열과 자기 신념의 결여에 대한 수치심(honte)을 표현하지 않는다. 단지 현실과 미래를 염려할 뿐이다. 부르주아는 본질적으로 보수주의자이지만 불안한 보수주의로 존재한다. 부르주아는 사업 문제와 학문을 자신들이 예측하지 못한 사태에 대한 방어와 연결시킨다. 부르주아의 소유 본능은 통합에 대한 본능이고, 부르주아의 제국주의는 안전에 대한 탐구이다.

'더-이상-아무것도-해볼-것이-없음(il-n'y-a-plus-rien-à-faire)'이란, 어떤 행위도 쓸모없어진 한계상황을 나타낼 뿐만 아니라, 보다 자세히 말해 우리에게 남겨진 선택은 오로지 이 상황에서 탈출하는 것뿐이라는, 바로 그 최상의 순간을 지시하고 있다.

---

20 Emmanuel Levinas 1906~1995
프랑스의 철학자. '타자의 철학'을 개진한 철학자로 유명하다. 서양철학의 전통에서 유례를 찾을 수 없는 독특한 윤리적 사유로 주목을 받았다. 폴 리쾨르와 자크 데리다는 그의 사유를 통해 자신들의 사유를 발전시켜 나간 것으로 잘 알려져 있다. 그의 사상은 윤리학, 철학, 사회철학, 정치철학으로까지 확장되었고 유럽과 영미권을 중심으로 매우 폭넓게 연구되고 있다.

가장 위대한 능력은 사랑입니다

◆

　사랑하는 그대. 나는 오늘 불안이란 얼마나 역설적인가를 생각하고 있습니다. 불안의 역설은, 그것이 비록 사회적인 원인에서 비롯된 것이라 하더라도 그 근본원인을 제거하고 불안으로부터 벗어나기 위해서는 결국 우리들 자신이 그 최초의 해방자가 되지 않으면 안 된다는 것입니다. '불안한 개인'의 상태 즉, 앞의 '골키퍼'가 보여주었듯이 공포에 질려 있는 상태로서는 불안의 사회적 원인을 직시하기도 힘들뿐더러 그것을 고쳐나갈 수 있는 주체적인 존재가 되기는 더욱 어렵기 때문입니다.

　그러기 위해서는 또 하나 뼈아프지만 냉정히 인정하지 않으면 안 되는 사실이 한 가지 있는데요, 위의 철학자가 말하듯이 불안이란 근본적으로 '손에 뭔가를 쥐고 있는 자가 자신의 소유물을 빼앗기거나 잃어버릴 것에 대해 두려워함'이라는 사실이 그것입니다. 이러한 사실은, 불안으로부터 벗어나는 일은 단지 불안으로부터 벗어나는 것만이 아니라는 것을 함께 말해줍니다. 인생은 좀 이상한 게임이지요. 하나를 주고 하나를 얻는 게임이 절대 아닙니다. 두 개를 주어야 하나를 얻는 게임, 때로는 전부를 줘야 그 하나를 얻는 게임입니다. 불안으로부터의 해방되기 위해서는 나의 전부를 내놓을 수 있는 용기가 필요합니다. 그런 용기를 지불하지 않고도 불안에서 벗어나는 방법을 찾는다면 인생의 게임을 너무 쉽게 생각한 것이 아닐까요. '부르주아'들이 불안에서 절대로 해방될 수 없는 까닭은, 그들은 인생의 이 오묘한 게임을 절대로 받아들이지 못하는 부류들이기 때문이겠지요. 누구[21]말대로 '잃을 것이 사슬 뿐'이라는 사람들과 인도의 어느 산길에서 만날 수 있는 거룩한 순례자들은 그런 점에서 결코 다른 사람이 아닐 것입니다.

　손이 무엇을 쥐고 있는 한 우리는 그 손을 자유롭게 쓸 수 없고, 손아귀에 무엇을 움켜쥐고 있을 때 그 손은 사용이 비활성화된 상태 즉, 불구에 지나지 않습니다. 손의 자유'는 손아귀를 풀 때 비로소 시작될 것이니까요.

21　칼 마르크스(Karl Marx 1818~1883)를 말한다.

67. 꿈이 낮을수록 :
제약적 비전과 무제약적 비전

니코스 카잔차키스[22]의 묘비명

"나는 아무것도 바라지 않는다.
나는 아무것도 두려워하지 않는다.
나는 자유다."

22 Nikos Kazantzakis 1883~1957
  현대 그리스 문학을 대표하는 소설가이자 시인. 동 서양을 잇는 그리스의 지리적 특성과 터키 지배하의 기
독교인 박해 겪으며 어린 시절을 보낸 그는 이런 경험을 바탕으로 그리스 민족주의 성향의 글을 썼으며, 나
중에는 베르그송과 니체를 접하면서 한계에 도전하는 투쟁적 인간상을 바탕으로 여러 작품을 남겼다. 소설
〈십자가에 못박히는 그리스도〉, 〈그리스인 조르바〉, 〈영혼의 자서전〉 등 그의 작품들은 세계적으로 수백
만 독자들의 사랑을 받았다.

가장 위대한 능력은 사랑입니다

꿈이 낮을수록 불안이 커집니다. 고소공포증의 반대가 불안이죠. 얼핏 생각하기에 꿈이 높을수록 불안할 것 같지만 실제로는 그 반대입니다.

사람은 미래를 선택합니다. 여러 미래를 그려보고 이리저리 설계해 본 다음, 그 중 하나를 선택해서 실행해나가지요. 그것을 흔히 꿈 혹은 '비전(vision)'이라고 합니다. 비전에는 제약적 비전과 무제약적 비전, 두 가지가 있습니다. 제약적 비전이란 현실의 여러 제약적 조건들, 자신의 능력, 가능성의 수준, 인간의 한계 등을 고려하여 실현가능한 꿈을 선택하는 것입니다. 반대로 무제약적 비전은 현실의 여러 문제들을 해결할 이상적인 상태, 자신의 의지와 신념, 사명감 혹은 인간적인 명령, 사회와 역사의 요청 등에 따라 자기의 꿈을 세우는 것입니다. 전자가 능력, 조건 등을 중시하면서 '가능성'을 결정적인 판단 기준으로 삼는 반면, 후자는 신념, 대의, 이상 등을 중시하면서 '가치'를 결정적인 기준으로 삼습니다. 제약적 비전은 아주 현실적인 꿈으로서 지상으로부터 그리 높지 않은 높이를, 무제약적 비전은 낭만적인 꿈으로서 거의 하늘 꼭대기에 이르는 높이를 추구합니다.

사람의 높이는 꿈의 높이가 결정합니다. 물론 가장 높은 것은 아무것도 바라지 않으면서 모든 고귀한 가치에 사랑과 열정을 퍼붓는 것이지요.

나는 어느 고등학생의 경우를 잊지 못합니다. 1학년 때 그는 의사가 되겠다는 꿈을 지니고 있었습니다. 그런데 성적이 좀 떨어지자 그는 불안해지기 시작하더니 끝내 꿈을 '현실적'으로 낮추고 말았습니다. 3학년이 시작될 무렵엔 더 현실적으로 되어, 의사에서 생명공학도로, 다시 환경 분야 종사자로 꿈이 하강했습니다. 그런데 그렇게 현실적으로 되어갈수록 불안이 점점 더 커집니다. 꿈이 하강할수록 '나는 이제 이것밖에 없다. 이거라도 꼭 이뤄야 한다.'는 강박이 증가하고, 그에 따라 불안도 점점 더 커진 것입니다.

나는, 인류의 평화, 인간존엄성의 실현, 이런 높은 꿈을 지닌 사람이 불안과 공포에 빠져 영혼을 잃을 지경이 되었다는 말을 들어본 적이 없습니다.

68. 도라도레스 거리로 가는 차표

페르난두 페소아[23]의 〈불안의 서書〉

18

오직 영혼의 미소와 함께 나는 내 삶을 차갑게 응시한다. 도라도레스 거리에, 그곳의 사무실에, 그곳의 분위기에, 그 사람들에게 영원히 붙잡혀 있는 내 삶을. 나에게 먹을 것과 마실 것을 보장해 주고 거처할 곳을 마련해 주는 수입이 있고, 꿈꾸고 글을 쓰고 게다가 잠도 잘 수 있는 시간적 여유와 같은 작은 공간이 있다. 신으로부터 또는 운명으로부터 다른 무엇을 더 바랄 수 있을 것인가?

예전에 나는 욕심 많은 계획과 허풍스러운 꿈이 있었다. 하지만 그런 꿈은 하녀나 재봉사들도 모두 갖고 있다. 어차피 꿈은 모든 인간이 공통적으로 갖는 것이니까. (…) 꿈을 꾼다는 점에서 나는 하녀나 재봉사와 다름이 없다. 내가 그들과 다른 점은 글을 쓴다는 것뿐이다.

세계가 내 수중에 있다면, 나는 그것을 도라도레스 거리로 가는 차표와 교환할 것이 확실하다.

187

내가 원하지 않는 일을 하면서, 내가 가질 수 없는 꿈을 꿈꾸면서, 그렇게 멈추어버린 시계처럼 부조리하게, 나는 나 자신을 질질 끌고 간다.

---

23 Fernando António Nogueira Pessoa. 1888~1935
현대 포르투갈의 대표적인 시인. 평생 무역통신문번역 일을 하며 알려지지 않은 작가로 살았다. 사후에 시와 드라마, 정치적 에세이를 포함해 엄청난 양의 원고가 발견되면서 큰 주목을 받았다. 그 중 1982년에 유작산문집이 출간되면서 문학계에 엄청난 반향을 불러일으켰고 오늘날에는 세계적으로 독자들이 점점 더 확대되고 있다.

가장 위대한 능력은 사랑입니다

사랑하는 그대, 고백건대 나는 열여덟 살 때 글을 쓰며 살기로 결심하면서 또 한 가지 내린 결론이 있었습니다. 그것은 '이 세상에 내가 꿈꿀 만한 것은 없다'는 것이었습니다. 나는 아무것도 부럽지 않았습니다. 이 세상에 있는 것들, 권력, 돈, 높은 지위, 명예……, 이런 것들이 별로 가치 있다고 생각되지가 않았습니다. 너무나 어린 나이에서부터 인간의 처참한 비극들을 너무도 많이 겪으며 자라온 탓인지 그런 것들보다 인간의 따뜻함, 사람들이 서로 나누는 사랑과 삶의 아름다움, 이런 것들이 더 절실했고 너무나 간절히 소망되었습니다. 나는 그런 것들을 이 세상에 반드시 실현해보고 싶었고, 글을 통해서라도 그러한 인간과 삶과 세상을 그려보고 싶었습니다. '몸은 세속에서 열심히 현실을 살아가지만 정신은 저 너머의 높고 아름다운 곳으로 가자', 이것이 그 무렵 이후 나의 지침이 된 셈이죠.

　보세요. 지금 저 사나이는 꿈쩍도 하지 않습니다. 할아버지가 영사로 근무하던 남아프리카공화국에서 어린 시절을 보낸 뒤 열일곱 살에 리스본으로 와서는 죽을 때까지 그곳 '도라도레스 거리에 있는 작은 사무실'에서 무역통신문번역 일을 하며 '아무도 그 존재를 모르는 작가'로 살아가면서 자신의 꿈인 문학을 홀로 이어갔습니다. 사후에 발견된 그의 원고는 시, 드라마, 에세이에 걸쳐 무려 27,543매에 이르는 방대한 양이었습니다.

　사람이 어떻게 저토록 강인할 수 있을까요? 조급함도 없이, 안락하고 풍요로운 생활에 대한 유혹도 없이, 남들의 눈에 들려는 몸부림도 없이…….

　요즘의 '열일곱 살'들에게 '꿈'을 물으면 거의 대부분 '직업'을 이야기합니다. 의사, 법관, 모델, 학자 등. 그래서 내가 "아니, 그건 직업이고 꿈이 뭐냐니깐? 그래서 무엇을 이루고 싶은 거야?"라고 물으면 당황해하며 제대로 답을 하지 못하곤 합니다.

　삶이 꿈을 잃을 때, 수단은 목적을 잃고, 세계는 아름다운 인간을 잃는 것 같아요.

V. 당신의 아름다움이 나를 구원하리니
: 타자 안의 나, 내 안의 타자

69. 지붕에서 연기가 피어오르는 풍경

베르톨트 브레히트[1] 〈연기〉

호숫가 나무들 사이에 조그만 집 한 채.
그 지붕에서 연기가 피어오른다.
이 연기가 없다면
집과 나무들과 호수가
얼마나 적막할 것인가.

---

1 Bertolt Brecht 1898 ~ 1956
   독일의 현대 극작가, 시인, 그리고 연출가. 주로 사회주의적인 작품을 연출했으며, 낯설게 하기라는 개념
   을 연극연출에 사용한 것으로 유명하다. 현실에 대한 가차 없는 비판과 풍자를 극단적으로 추구했던 니힐리
   스트였으며 이후에는 사회주의자가 되었다.

가장 위대한 능력은 사랑입니다

몽골 고비사막의 대평원을 일주일 넘게 달렸던 기억은 10년이 지난 지금에도 또렷합니다. 3일째이던가, 4일째이던가, 고비사막의 한 가운데라서 그런지 그날은 정말 하루 종일 단 한 사람도 만날 수 없었습니다. 하긴 사막에 누가 있을 리가 만무하지만, 그 전에는 오토바이를 타고 멀리 지나가는 사람이나 낙타나 양떼들을 이끌고 지나가는 유목민을 멀리서나마 보기도 했는데, 그날은 아예 아무도 만날 수 없었지요.

마치 지구가 아닌 다른 혹성을 헤매는 것 같았습니다. 눈앞에 보이는 것이라곤 그저 기다란 선(線) 하나뿐, 사방이 그 지평선이었고 아무리 차를 달려도 우리는 그 지평선을 벗어날 수 없었습니다. 세계는 그곳에서 극단적인 미니멀리즘에 빠져들었습니다. 궁극의 세계였습니다. 만약 내가 누군가로부터 중요하지 않은 것을 차례로 버리고 궁극의 것만 남겨두라고 명령을 받는다면, 그래서 최후의 것만 남는다면 바로 저 끝없는 대지와 끝없이 푸른 하늘이, 그리고 그 사이를 칼날처럼 가르고 있는 지평선이, 나를 '여기'와 '저 너머'로 나누는 그 끝없는 지평선만이 남아 있을 듯했습니다.

고비에 들어서는 순간부터 나는 정체 모를 긴장에 휩싸였습니다. 마치 전쟁터로 들어가는 병사라도 된 듯이 옆 사람의 말에 대꾸하는 것도 잊어버릴 정도로 일순간에 나는 말이 없어졌고, 내 온 정신이 순식간에 어떤 백색의 긴장과 공포 혹은 전율에 휩싸이는 것을 느꼈습니다. 그것은 고비사막을 지나는 며칠 내내 이어졌습니다.

모든 것이 사라져버린 그 궁극의 세계에서 폐부 깊숙이 느꼈던 그 알 수 없는 긴장과 무언지 모를 엄숙한 공포 혹은 전율의 정체가 무엇인지를, 나는 돌아오는 비행기에서 서울의 낯익은 모습을 내려다보면서 비로소 알았습니다. 차랑들과 사람들의 희미한 모습을 내려다보면서 말입니다. 다시 사람들 속으로 돌아오면서…….

죽었다가 다시 돌아온 사람이라도 된 것 같은 기분으로 말입니다…….

70. 자아라는 감옥

슬라보예 지젝² 〈죽은 신을 위하여〉

　신이 영원을 뒤에 남겨놓고 한시적 영역인 인간의 현실로 내려온다는 것, 이것은 신 자신에게 무슨 의미가 있는가? 우리 유한한 인간이 보기에는 신이 인간에게 내려오는 것 같지만 신 자신의 관점에서 보면 인간에게 올라가는 것이라면? 셸링이 암시한 것처럼, 영원성이 한시성보다 못한 것이라면? 영원은 순수한 가능성의 상태인 불모, 불능, 무생명의 영역이며, 영원이 스스로를 현실화하기 위해서는 한시적 존재를 거쳐야 한다면? 신이 인간에게 내려오는 것이 인류를 향한 은총의 행위가 아니라 오히려 신이 온전한 현실성을 획득하고 영원성의 숨 막히는 제약에서 스스로를 해방하는 유일한 방법이라면?

2　Slavoj Žižek 1949~
　　오늘날 세계적으로 가장 유명한 스타 지식인. 유고슬라비아의 철학자로서 헤겔, 마르크스, 자크 라캉 정신분석학에 기반한 비판이론가이다. 그가 다루는 분야는 정치이론, 영화이론, 이론정신분석학 등 매우 광범위하고 주체, 이데올로기, 자본주의, 근본주의, 인종주의, 톨레랑스, 다문화주의, 인권, 생태학, 세계화, 이라크전, 혁명, 이상주의, 전체주의, 포스트모더니즘, 대중문화, 오페라, 영화, 정치이론과 종교를 포함한 폭넓은 주제에 대해서 글을 쓰고 있다.

　가장 위대한 능력은 사랑입니다

◈

이 세상 모든 것은 대립적으로만 존재하고, 대립하는 모든 것은 서로에게 의지합니다. 기쁨은 슬픔에 의지하고, 차가운 것이 없다면 뜨거운 것도 있을 리 없고, '있음'은 '없음'이 있기 때문에 있을 수 있지요. 영원한 것도 한 순간인 것이 있기 때문이고, 한 순간이 안타까울 정도로 아쉽기 때문에 영원함이 그 가치를 빛낼 수 있습니다. 순간의 꽃이 없다면 영원의 꽃도 없습니다.

신은 이 지상의 한 순간의 꽃으로 피어나기 위해 저 천상의 영원이라는 감옥으로부터, 그 공허한 무한대 시간의 감옥으로부터 탈출하려고 몸부림칩니다. 영원한 아름다움의 치명적이고 절대적인 매혹은 오직 한 순간의 꽃을 통해서만 획득될 수 있으니까요.

신에게는 '영원'이라는 천상의 감옥이 있다면, 우리에게는 '자아'라는 영원한 감옥이 있을 것입니다. 우리는 태어난 뒤 어느 날부터 자아라는 감옥한 채를 짓고는 평생 그 속으로 들어가 절대로 나오지 않는, 스스로 종신형 죄수이기를 자처합니다.

죽는다면 풀려날 수 있을까요? 안타깝게도 그렇지 않습니다. 왜냐하면, 이 세상 모든 사람이 나의 죽음을 알아도 정작 나의 자아는 나의 죽음을 알 길이 없기 때문입니다. 나의 죽음은 내가 경험할 수 없고, 인식할 수 없는 유일한 나의 사건입니다. 그렇다면 대체 우리는 언제, 어떻게 그 감옥에서 해방될 수 있단 말인가요?

현대 인지과학자들이 도달한 결론은 꽤 신선합니다. 이들에 따르면 우리가 자신의 마음 안에서 느낀다고 생각하는 '나'라는 것이 과학적으로는 도저히 그 실체를 찾을 수 없는 허상이라는 것입니다. 불교에서도 이미 '무아(無我)'라고 했고 현대 정신분석학에서는 '나'를 하나의 텅 빈 중심이라고 말하지요. 옛 선승(禪僧)이라면 아마도 이렇게 말했을 것입니다. "감옥이 어디 있단 말인가? 있지도 않은 감옥에 왜 자신을 가두어놓고 괴로워하는가?"

71. '나'는 나에게서 부재중입니다

J. P. 사르트르[3] 〈존재와 무〉 / 엠마누엘 레비나스[4] 〈존재에서 존재자로〉

세상은 바깥에 있다.

(…)

타자의 시선에 의해, 나는 '세계의 하나의 저편(un au-delà du monde)'
이 존재한다는, 구체적인 경험을 가진다.

– J. P. 사르트르

존재(existence)라는 말에서 강조점은 첫 음절[ex–, '바깥에'라는 뜻이
다]에 있다.

– 엠마누엘 레비나스

---

3 Jean-Paul Sartre 1905~1980 앞에서 소개되었던 실존주의 사상가, 작가

4 Emmanuel Levinas 1906~1995 앞에서 한 차례 소개되었던 20세기 실존주의 철학자

가장 위대한 능력은 사랑입니다

◆

'나는 누구일까? 나는 어떤 사람인가? 나는 무엇인가?'

살면서 이런 질문을 한 번도 해보지 않은 사람은 아마 없을 것입니다. '나'라는 '존재'에 대한 질문, 참 어렵지만 살아가면서 하지 않을 수 없는 질문이지요.

그런데 어쩌면, 그 '나라는 존재'가 정말로 무엇인지를 생각하기 위해서는 다음과 같이 바꿔서 물어야 할지도 모르겠다는 생각이 듭니다.

"그 '나라는 존재'는 실제로 어디에 있는가?"

나는 '나'가 내 안에 있다고 믿어 왔습니다. 하지만 생각해보면, 실제로는 꼭 그렇지만도 않습니다.

실제에 있어서 나의 존재, 즉 나의 실존은 항상 나의 바깥에, 즉 세상 속으로 외출해 있습니다. 나의 실존은, 나와 당신과 또 여러 타인들이 자기로부터 나와서 서로 만나고 대화하며 어떤 일을 꾸려나가는 '공동의 장으로서의 세계 속'에, 오직 그 속에서만 존재합니다.

나는 '나라는 존재에 대해 늘 의식하고 생각하지요. 하지만 그렇게 하는 것은 나만이 아닙니다. 지금 이 순간에도 타인들은 '나'에 대해서 말하고 있고 생각하고 있고 떠올리고 있습니다. 나는 늘 '세계-안-존재'이지요. 나는 '나'라는 '집' 안에 고립되어 머물고 있는 것이 아니라 타인들 속으로 항상 외출 중에 있습니다. 내가 이렇게 집 안에 가만히 있는 이 순간에도, 나의 모습은 여기저기 곳곳의 타인들 앞에서 출현하고 있겠지요.

'나'는 '내 안'에 있으면서 또한 나에게서 늘 부재(不在)이기도 한 존재, 늘 외출 중인 이중적인 존재입니다.

72. 타인이라는 감옥

J. P. 사르트르[5] 〈존재와 무〉

타자는 나에게 '시선을 향하고 있다.' 그런 자로서 타자는 내 존재의 비밀을 쥐고 있다. 타자는 내가 '무엇인지'[내가 그것으로 있는 그대로의 것] 알고 있다. 내 존재의 깊은 의미는 나의 밖에 있고, 하나의 부재 속에서 갇혀 있다.

나에게 적용되는 것은 모두 타자에게도 적용된다. 내가 타자의 지배로부터 나를 해방시키려고 시도하는 동안, 타다는 나의 지배로부터 자기를 해방시키려고 시도한다. 내가 타자를 굴복시키려고 궁리하는 동안 타자는 나를 굴복시키려고 궁리한다.

---

5   Jean-Paul Sartre 1905~1980
     앞에서 소개되었던 20세기의 대표적인 실존주의 사상가이며 작가이다.

가장 위대한 능력은 사랑입니다

◆

'존재는 바깥에 있다'는 사상에 따르면
당신은 나의 감옥입니다. 또한 나는 당신의 감옥입니다.
우리는 서로 '타인이라는 감옥'에 갇혀 있습니다.
내가 아무리 나를 A라고 규정해도 당신이 나를 B라고 인식해버리면
이 세계에서 나는 어쩔 수 없이 A가 아니라 B입니다.
삶의 거의 모든 순간마다 당신과 나는
나의 주체성을 놓고 치열하게 싸우는 두 존재로 만납니다.
설득을 하든, 굴복을 시키든, 승인을 받든,
하여간 나는 당신에게서 내가 A임을 쟁취해내야만 합니다.

그런데 만약 당신이 (혹은 당신들이) 타락한 존재라면,
예컨대 당신이 물질주의와 같이 비인간적인 가치관으로 나를 바라보기 때문에 나를 A가 아니라 B라고 보는 것이라면?
이제 나는 맞서 싸워야 할까요? 나는 타락한 당신으로부터 — 요즘 유행하는 심리학자의 말을 빌리자면— '미움 받을 용기'를 내서 당신의 타락에 대하여, 그리고 당신을 비인간화시킨 현실의 부조리에 맞서서?

분명한 것은, 당신과 내가 당신과 나를 떠나서 살아갈 수 없다는 것입니다. 나는 타인들을 떠나서 살 수 없습니다. 그것은 불가항력적 사실입니다. 미우나 고우나 당신과 나는 당신과 나 속에서만, 이 세상 속에서만 인간일 수 있습니다. '늑대소년'의 이야기가 그렇잖아요? 비록 신체적으로는 인간이지만 인간의 사회 안에 자라지 못한다면 결코 인간이 되지 못한다고.
죽으나 사나 가야할 길입니다. 내가 당신에게 가는 길, 당신이 나에게 오는 길, 사람들 속으로, 마을로 가는 길. 삶은 거기 말고는, 없습니다.

73. 나는 나를 염려하지 않는 순간이 없다

마르틴 하이데거[6] 〈이정표〉

천사는 존재하지만 실존하지 않는다. 신은 존재하지만 실존하지 않는다. '인간만이 실존한다.' (⋯)

'실존'은 무엇을 뜻하는가? 이 낱말은 (⋯) 존재의 열려 있음을 위하여 열린 채 서 있는 그런 존재자의 존재를 가리킨다. 이 존재자는 존재의 열려 있음을 끝까지 견디어냄(Ausstehen)으로써 그 열려 있음 속에 서 있다. 이러한 견디어 냄은 '마음씀(Sorge, 염려, 심려)'이라는 용어에서 경험된다.

6　Martin Heidegger 1889~1976
　　흔히들 실존주의 사상의 선구적인 철학자라고 말하지만 정작 자신은 그러한 칭호를 거부했다. 오늘날 거의 모든 철학자들의 논의에서 빠지지 않고 다뤄질 정도로 큰 영향을 끼쳤으며, 세계유대주의 (Weltjudentum)가 세상에서 인간성을 말살하는 중요한 원인이라고 비판했던 반유대주의 사상가이기도 했다.

가장 위대한 능력은 사랑입니다

◆

　결국 '나'는 하나의 '열려 있는 문'이라고 말해야 할 것 같습니다. 나는 '나만 아는 나' 혹은 '나만 소유하고 내가 전적으로 지배하는 나, 오직 내 것인 나'로 꽁꽁 닫혀 있는 것이 아니라, 누구나 볼 수 있고 아무나 기웃거릴 수 있는 '열려 있는 문'의 모습으로 실존하고 있으니까요.

　그래서 나는 늘 안심할 수가 없습니다. 하이데거가 실존에 놓인 모든 인간을 지배하는 정서가 '염려'라고 말했는데 정말로 그런 것 같아요. 나는 당신들 속으로 외출 중인 나를 염려하지 않는 때가 단 한 순간도 없다시피 하지요. 어떤 면에서 우리가 인생의 가장 많은 시간을 할애하는 것은 바로 그 염려의 시간일지 모르겠습니다. 어떤 철학자[7]가 던진 유명한 말, "나는 생각한다. 그러므로 존재한다."라는 말은 아마도 다음과 같이 뒤집어져야 할 것 같습니다. "나는 실존한다. 그러므로 염려한다."

　'세계 속으로 외출 중인 나'가 지금 어찌 되고 있는지, 타인들 속에서 어떻게 보이고 있으며, 무어라고 말해지고 있는지, 여자들이 틈만 나면 화장실로 가서 화장을 고치듯이, 우리는 세계 속으로 나가 있는 우리의 실존을 염려하느라 잠시도 마음을 놓지 못합니다.

　문자메시지를 보내거나 괜히 전화를 해보거나 혹은 다음 만남을 미리 예상하면서 어떤 말을 준비하거나 혹은 시도를 꾸미는 등, 나는 수시로 타인들 속의, 세계 속의 나의 실존을 이러저러하게 가꾸기 위해 노력합니다. 하지만 그것이 꼭 나만 좋으라고 그러는 것은 아니지요. 당신과 나, 우리의 '열려 있는' 실존들을 좀 더 아름답게 만들어보고 싶은 겁니다.

　우리의 삶이란 결국, 이 실존적 존재의 열려있음을 견디며 아름답게 가꾸거나, 초극하는 일이라고 정의내릴 수 있을지도 모르겠어요.

7　르네 데카르트(René Descartes 1596~1650)를 말한다.

74. 사랑받고 존경받기를 갈망하는 삶

마르틴 하이데거[8] 〈종교적 삶의 현상학〉

경외받기 원함(timeri velle)에서 사람들은 자신을 우월한 자로 내세우고 그것을 공동 세계적으로 관철시키기 위해 노력한다. 사랑받기 원함(amari velle)에서 사람들은 자신을 다른 사람들에 의해 평가받는 가치 있는 자로 자처한다 — 둘 다 실존의 내적 열망을 표현하는 것이지만 또한 대개 겁 많은 연약함, 불안정성, 동반을 요구하는 의존의 필요성, 또는 대결을 은연중에 피하며 미루는 것으로부터 그 동기가 부여된다.

아우구스티누스는 (…) 그러한 두 가지 염려에 의해 지배되고 있는 삶을 비참한 삶(misera vita), 수치스러운 오만함(foeda iactantia)라고 부른다.

---

8 Martin Heidegger 1889~1976 바로 앞에서 소개되었다.

가장 위대한 능력은 사랑입니다

◆

　나르시시즘 즉, 자기도취는 훌륭한 사람들에게서는 찾아보기가 쉽지 않다고 합니다. 우리가 아는 많은 '위인'들은 자기도취는커녕 자기 부족감이나 결핍감에 시달렸다고들 하더군요. 반면에 심리학의 여러 보고들에 의하면 겉치레에 빠지는 사람들, 겉으로 드러나는 자신의 모습이 남의 눈에 들지 않을까봐 노심초사 염려하는 사람들일수록 자기도취에 잘 걸려든다고 합니다. 호주의 어느 심리학자[9]는 최근의 연구에서 이렇게 말해요. "나르시시즘에 빠진 사람들은 학업 성적이 좋지 않고, 비공개로 하는 여러 가지 과제수행에 있어서 실적이 좋지 않다. 나르시시즘에 빠진 사람은 보는 사람이 없으면 아예 노력할 생각을 하지 않는다."

　한때 '칭찬은 고래도 춤추게 한다'는 말이 유행이었습니다. 그러나 나르시시즘이란 바로 그 타인의 칭찬을 구걸하는 일에 자신을 몰락시키는 것입니다. 하이데거는 계속해서 이렇게 씁니다. "칭찬받는 것에서 기쁨을 찾는 것 자체가 자기-자신을 중심함이며, (…) 그것은 몰락이다." 왜냐하면 "칭찬받을 수 있음의 가능성에서 삶은 뜻밖에도 자기-자신을-중시하게 되는 위험을 안고 있"기 때문입니다. 그래서 "자신의 탁월함에 만족해하는 구걸하여 얻은 칭찬의 사랑으로부터— 동기 부여되"는 삶은 오직 "거짓된 행복의 가능성"만 선사해줄 수 있다는 것입니다.

　아우구스티누스는 이렇게 말합니다. "내가 미쳤거나 열정적이며 방종한 상태에 있고, 가장 잘못되었다면 모든 사람들에게 칭찬받는 것을 선택할 것이며, 혹시 내가 가장 확실한 진리에 견고하게 머무른다면 모든 사람들에게 비난을 받는다고 하여도 진리를 선택할 것입니다."

　나와 당신이 스스로의 진실로 충만해 있을 때, 나에게 선한 것이 당신에게도 선한 것이며 당신의 아름다움이 나에게도 아름다움일 것입니다. 사랑하는 그대여, 우리가 바로 거기서 만날 수 있기를 나는 소망합니다.

9　앞에서 소개된 호주 멜버른 대학교의 사이먼 M. 레이험(Simon M. Laham)을 말한다.

75. 사랑받는 것과 사랑하는 것

마르틴 하이데거[10] 〈종교적 삶의 현상학〉

비난은 나를 동요하게 만들며, 나로 하여금 다른 사람들을 바라보게 한다. 나는 진정한 기쁨에서 순수하게 나를 유지하지 못한다. "이러한 나의 비참함은 나를 불안하게 하며" 결국 나는 혼란에 빠진다. 나는 더 이상 나를 믿지 못하고 공동 세계로 몰락한다. "변명이 나에게 몰래 떠오릅니다." 변명이 나에게 조용히 들어와 자신을 드러낸다. 나는 나를 구하려고 한다. 그리고 나는 내가 몰락한 것이 본래 나의 실수가 아니라 "인간은 보통 그런 것이다", '그것은 자연스런 것이다'라고 하며 정당화한다. (…)

그렇다면 공동 세계적 삶의 연관에서, 경험에서, 사랑받음에서 취해야 할 본래적 태도는 어떤 것인가? 사람들은 자신을 사랑받는 자로 여기지 말고 사랑하는 자로 여겨야 한다.

---

10 Martin Heidegger 1889~1976 앞에서 소개되었다.

가장 위대한 능력은 사랑입니다

◆
나의 실존이 '세계−안−존재'로 있다고 해서
내가
언제든지 당신의 칭찬에 춤출 만반의 준비가 되어 있고
당신으로부터 비난 받을지 모른다는 공포에 빠져 날마다 전전긍긍하는
한없이 비참한 존재라는 말은 아닐 것입니다.

나는 내가 그러한 '비참함'에 빠져있음을 발견했던 때를, 아프게 기억하
고 있습니다.
하지만 지금 얼굴을 더욱 화끈거리게 하는 기억은,
그 비참함의 본질을 깨닫지 못하고
오직 그 견딜 수 없는 비참함에 반발하는 유약한 심정으로만 충만한 채
"나는 더 이상 이런 비참함에 빠지지 않겠다! 타인의 시선 따위는 이제부
터 신경 쓰지 않을 테야! 칭찬을 하든 비난을 하든, 맘대로 해보라지!"
라며, 앙가슴에 날을 세웠던 한때의 내 모습입니다.

이제야 조금 생각이 듭니다.
내가 그러한 비참함에 나 스스로를 몰락시키는 일은
오직 내가 나를
'사랑받는 자' 혹은 '사랑받아야 할 사람'으로만 위치시킬 때라는 것을.
그러니까 그것은, 내가 당신을 열렬히 사랑하지 않을 때, 혹은
내가 당신을 사랑하는 것보다 나를 더 사랑할 때였다는 것을,
아니, 내가 당신을 사랑하기를 까맣게 잊어버리고
오로지 나 자신을 사랑하는 일에 한없이 도취되어 있을 때였다는 것을.

76. 타인의 아름다움에서만

아담 자가예프스키[11] 〈타인의 아름다움에서만〉

타인의 아름다움에서만
위안이 있다, 타인의
음악에서만, 타인의 시에서만,
타인들에게만 구원이 있다.
고독이 아편처럼 달콤하다 해도,
타인들은 지옥이 아니다,

---

11 Adam Zagajeweski 1945~
　　매년 노벨 문학상 후보로 거론되는 .폴란드의 현대 시인. 공산국가에서 태어난 그는 어린나이에 가족과 함
　　께 추방당했다. 이후 그는 영원한 이방인, 자기 자신까지도 타인으로 느끼는 삶에 지배당한다. 고향상실과
　　독재 정치는 자가예프스키의 시 세계에 깊이 파고들었으며 금서목록에 오를 만큼 정치적인 시를 썼다. 그러
　　나 차츰 인간의 실존적인 상황에 더 파고들어 억압받는 자의 고독을 노래해 오고 있다.

가장 위대한 능력은 사랑입니다

◆

사랑하는 그대, 당신의 아름다움이 나를 구원합니다.
오늘 바깥으로 나갔더니 봄꽃들이 만발해 있었습니다.
봄꽃들을 보면서 잠시 '무임승차'라는 단어가 떠올랐습니다.
숨이 막힐 정도로 온 세상이 환해진 것을 보면서,
세상을 아름답게 만들어내고 있는 저 꽃들에게 나는 지금
무임승차해 있구나, 하는 생각이 저절로 들었습니다.
이제까지 얼마나 많이, 당신의 아름다움과 당신의 선량함이
나의 잘못을 덮고 나를 이제까지 살아올 수 있게 했을까요.
얼마나 많은 타인의 선량함이 나를 지금까지 살아올 수 있게 했을까요.

함부로 말하고, 다른 사람에게 상처가 될 말과 행동을
거리낌 없이, 즉흥적으로 아무렇게나 해대는 '거친 사람'이 있었습니다.
그는 생각 없이 남들에게 모진 말을 하거나 이기적인 행동을 하곤 했지요.
갑자기 튀어나오는 그의 불쾌한 말과 행동 때문에
분위기가 일순간에 험악해지며 아슬아슬할 때가 종종 있었답니다.
그런데 그런 자리에 선량한 사람 하나, 아름다운 사람이 하나 있을 경우
상황은 달랐습니다. 그는 '거친 사람'의 말과 행동을
재미있고 따뜻한 웃음으로 절묘하게 바꾸어 대응함으로써
모두를 웃게 만들고 아슬아슬한 상황을 따뜻하게 바꾸곤 했습니다.
그 덕분에 그 '거친 사람'은 사람들에게서 큰 미움을 받지 않고
무사히 그 순간을 넘어갈 수 있었어요.

아마도 이 세상에서 가장 나쁜 사람 중 하나는
자신을 돌아보시 않고, 자신을 바꾸어내려고 노력하지 않고
타인의 사랑에, 타인의 선량함에, 타인의 아름다움에
언제까지고 무임승차하면서 살아가려는 사람일 것입니다.

77. 어깨를 빌려주는 여자

구나발타라[12]역 〈잡아함경(雜阿含經)〉[13]

사랑스러운 말 즉, 애어(愛語)란, 이른바 기뻐할 만한 말이며, 재미 있는 말이며, 얼굴을 펴고 평온하게 보면서 하는 말이요, 얼굴을 찡그리지 않고 하는 말이요, 웃음을 머금고 그보다 먼저 하는 말이요, 그보다 먼저 인사하면서 위로하며 하는 말이며, 좋아할 만한 말이다.

이를테면 "잘 오셨습니다"라고 말하는 것이니, 그러면 상대방이 말하기를,

"어서 오세요. 잘 오셨습니다. 구수(具壽)여, 살아가는 일이 좀 어떠시며 도리를 베풀며 안락하게 잘 계셨습니까? 먹는 것이며 입는 것, 잠자리에 혹시 어디 모자란 것은 없으신가요?"

라고 하는 것이니, 여러 가지로 서로 안부를 물으며 "잘 오셨습니다"라는 인사를 나누는 것이다. 이처럼 서로 좋은 말을 나누는 것을 사랑스러운 말, 애어라 한다.

---

12 求那跋陀羅 Gun·abhadra 394~468
    인도 바라문 출신의 불교 승려. 전통적인 힌두교 교육을 받았으나 불교로 개종하였고 불교 경전인 《아함경》을 한역(漢譯)했다.

13 《아함경》은 초기불교 경전집으로서, 고타마 붓다의 가르침을 전하는 불교의 성전(聖典)이다.

◆

나는 애어섭(愛語攝)이라는 말이 참 좋습니다. 불교에서 중생 구제의 실천 윤리로 '사섭법(四攝法)'이 있는데 그 중 하나가 애어섭입니다. '사랑스러운 말'로 서로 사랑하라는 뜻이지요. '섭(攝)'이라는 한자도 가만히 보면 의미가 깊어요. 손[手] 옆에 귀[耳]가 세 개나 있습니다. 귀에 손을 세 번이나 대고 들으라는 말도 되고, 사람들의 귀를 끌어당기는 말을 하며 살라는 말도 됩니다. 타인의 사정과 하소연을 듣고 듣고 또 들어주며, 사람들의 귀를 끌어당길 수 있는 아름답고 사랑스러운 말을 하며 살라는 거지요.

사람을 위하고 사람을 구원하는 일은 무슨 거창한 데에 있는 것이 아니라 우리가 일상 속에서 나누는 사랑스러운 말 한 마디 한 마디가 모두 사람을 살리는 일이라는 겁니다. 뿐만 아니라 사람을 돕고 그를 구하는 것은 손이 있고 입이 있고 귀가 있으면 누구나 할 수 있는 일이라는 거지요.

그런데 때로는 어깨도 사람을 구하는 강력한 무기가 되기도 합니다. 내가 잘 아는 어느 시인이 겪었던 다음과 같은 일이 바로 그랬습니다.

시인은 무슨 슬픈 일이 있어서 크게 취하여 늦은 밤 지하철을 탔더랍니다. 승객들은 많지 않아 대부분이 앉아 있었고 시인도 자리에 앉았는데 술에 취해 그만 잠이 들었답니다. 그런데 자신도 모르게 옆자리의 젊은 아가씨 어깨에 머리를 기댔나 봐요. 갑자기 그 아가씨가 벌떡 일어서더니 무슨 치한을 바라보듯 자신을 쨰려보고는 멀찍이 딴 자리로 가버리더라는 겁니다. 시인은 얼떨떨한 채로 좀 무안하기도 하고 억울하기도 해서 서글픈 얼굴로 앉아 있었답니다. 그런데 바로 그때, 건너편의 한 50대쯤의 아주머니가 씨익 웃으며 이쪽으로 건너와 시인 바로 옆에 앉더랍니다. 그러더니 자기의 어깨를 툭툭 건드리며 기대라는 눈짓을 하더라는 거예요. 그 순간, 아까의 억울함이 일순간에 서러움으로 바뀌고 그 분에 대한 고마움, 세상의 아름디운 한 순간에 대한 감격, 이런 것들이 기슴속에서 빠르게 회학반응을 일으켜대는 바람에, 왈칵 눈물을 쏟을 뻔했다고 합니다. 보세요, 세상에는 곳곳에 숨은 성자(聖者)들이 왕성한 활동을 펼치고 있어요.

78. 당신의 그리움 속에서 나는

L. N. 톨스토이[14] 〈인생의 길〉

인생의 의미를 이해하지 못하는 사람들은 이렇게 말한다.

"그와 우리 사이의 연결은 모두 단절되었다. 우리에게 있어서 그는 존재하지 않는다. 우리도 또 마찬가지로, 뒤에 남는 사람들에게는 존재하지 않게 될 것이다. 이것이 죽음이 아니고 무엇이겠는가?"

추억이란 도대체 무엇일까? 지극히 간단하고도 의미가 분명한 것으로 생각되는 이 말은?

나의 형제 속에 있었던 저 생명의 힘은 사라지지도 않고 줄지도 않았다. 그뿐 아니라 오히려 증대하여 이전보다도 훨씬 강하게 작용해 오는 것이다. 그의 생명의 힘은 그의 육체가 사멸된 후에도 그의 생존 때와 마찬가지로, 아니 그 이상으로 강하게 작용해 온다. 현실적으로 살아있는 것처럼 작용해오는 것이다.

나는 나의 형제의 생명의 힘을 그가 육체적으로 생존해 있었을 때와 똑같이 나의 몸에서 느끼고 있다.

---

14   Lev Nikolaevic Tolstoy 1828~1910
     앞에서 소개되었다.

가장 위대한 능력은 사랑입니다

◆

　사람의 생명에는 두 종류가 있다고 나는 생각합니다. 하나는 신체적 생명 혹은 생물학적 생명입니다. 이것은 말 그대로 살아 숨 쉴 때의 생명입니다. 그러나 사람은 이것만으로 살지 않습니다. 사람에게는 또 하나의 생명, 사회적-역사적 생명이 있습니다. 사람이란 아무도 그 존재를 모르는 상태에서 그저 자기 혼자서 밥 먹고 산다고 해서 살아있는 것이 아니지요. 사람은 다른 사람과 어울려 생각을 나누고 좋은 일을 만들며 뭔가 의미 있는 추억을 쌓아가면서, 인생의 아름다운 사연들을 만들면서 살아갑니다.

　나는 그런 점에서, 가령 안중근 의사는 죽지 않았다고 믿습니다. 나는 나의 어머니가 돌아가셨다는 말에 영원히 반대할 것입니다. 사람이란 다른 사람에게 인생에 대한 뭔가 가치 있는 것을 주고 다른 사람의 삶에 말을 걸며, 다른 사람의 삶을 아름답게 하는 데 일정한 작용을 하는 것이 사람의 삶인 한, 나의 어머니도 안중근 의사도 결코 죽지 않았습니다.

　우리가 죽음에 굴하지 않고 의로운 삶을 살 수 있는 것은 바로 이 사회적-역사적 생명을 살고자 하는 인간 본래의 아름다운 의지 때문일 것입니다. 신체적 생명만 고집하는 사람은 자신과 짐승이 어떻게 다른지 설명하지 못하게 될 것이며, 죽음 이후에 펼쳐지는 존재를 부정하는 사람은 '죽고 나면 그만'이라는 생각에 차마 사람으로서는 할 수 없는 온갖 이기적이고 파렴치한 짓을 서슴지 않게 될 것입니다.

　가끔 신체와 존재를 구별하지 못하는 사람들을 만나곤 합니다. 영원한 생(生)에 대해서 말할 때, 어떤 사람은 우리가 죽은 뒤에는 다시 영원한 생명을 받게 될 것이라고 진짜로 믿기도 하고 또 어떤 사람은 그것을 정면으로 비판하면서 어떻게 사람의 몸이 다시 살아날 수 있겠느냐고 말합니다. 하지만 두 사람은 모두 신체와 존재를 구별하지 못하고 있습니다. 나의 신체는 죽음을 결코 벗어날 수 없고 만약 그 너머 더 오랜 시간을 사는 것이 있다면 그것은 오직 나의 존재입니다. 그리고 그것은 오직 당신이 나를 추억하는 동안 그렇습니다. 당신의 그리움이 내 영원한 생명의 공간입니다.

79. 사랑과 시혜의 차이

테닝[15] 〈도망〉

라오쑹은 링치앙 극단과 이 도시에서 사라졌다. 라오샤는 화가 나기 시작했다. 극단의 단원들도 화가 났다. 라오쑹이 말없이 사라진 것은 분명 그들을 우롱한 것이었다. 그들이 내놓았던 한 조각 한 조각의 사랑의 마음들은? 그들의 돈은 피와 땀이 어린 돈이었다. (…)

라오쑹은 온밤 내내 잠을 이루지 못했다. 그는 밤새도록 돈을 세고 돈을 단위 별로 나누어 차곡차곡 쌓아놓았다. (…) 라오쑹은 돈을 다 세자 다른 생각이 들기 시작했다. 그는 생각했다. 설마 내 다리가 진짜 병이 든 거란 말인가? 설마 방금 센 이것들을 모두 병원에다 던져줘야 한단 말인가? (…)

라오샤는 천신만고 끝에 라오쑹의 친척을 찾아내 그에게 일의 자초지종을 설명했다. 급한 마음에 목소리가 높아져 싸울 기세였다. 마지막에 그는 분명한 태도로 그 친척에게 말했다. "라오쑹의 이러한 작태는 자기 몸에 무책임한 짓일 뿐만 아니라 우리 극단의 모든 분들의 감정을 상하게 하는 것입니다." (…) 라오쑹의 이 친척은 라오샤의 격앙된 태도에 대해서 책임을 인정하려 들지 않았다. "많은 분들이 라오쑹을 위해서 돈을 낸 것에 대해서는 제가 여기서 라오쑹을 대신해서 감사드립니다. 그렇지만 그가 모든 사람들의 마음을 상하게 했다는 말은 좀 지나친 이야기가 아닌가 싶습니다." (…) 라오샤는 그 친척의 말을 막으면서 말했다. "그렇지만 그 돈은 전적으로 다리를 치료하라고 모아 준 것이었다구요." 친척이 말했다. "그는 이미 다 치료를 한 것이 아닌가요?" 라오샤가 물었다. "어떻게 치료가 되었는데요? (…) 그는 고향에 돌아간 다음날, 마을의 병원에 가서 다리를 절단했어요." (…) 라오샤가 놀라서 소리를 질렀다. "아이쿠, 하느님!"

15　鐵凝 1957~
　　중국의 현대 작가. 베이징 출생. 1975년 이래 루쉰문학상을 여러 차례 수상했다. 단편소설 아, 〈상쉐〉, 〈영원이란 얼마나 먼가〉, 〈장미문〉, 〈비가 오지 않는 도시〉 등의 작품이 있다. 〈도망〉으로 베이징문학상을 수상했다.

◆

　'불쌍히 여기는 자'는 '불쌍한 자'를 도와주기로 마음먹으면서, 무의식적으로, 그러니까 자신도 모르는 사이에, '불쌍한 자'가 자기보다 혹은 보통의 사람보다 '열등한 사람'이라고 단정 짓게 됩니다. '불쌍하다는 것은 곧 열등한 것'이라는 모종의 '사회적 낙인 시스템'이 자기들의 머릿속과 마음속에서 비밀스럽게 작동하기 시작했음을 그들은 전혀 눈치 채지 못합니다.

　그래서 '불쌍히 여기는 자'는 '불상한 자'에게서 모든 주체성을 박탈합니다. 이제 자기들이 그를 위해 크게 결심을 하여 도와주기로 결정한 이상, '불쌍한 자'는 오직 자기들이 도와주는 대로 따라야 하는 것이 너무나 당연하다고 생각합니다. '불쌍히 여기는 자'는 '불쌍한 자'에게 요구사항이나 소망을 묻지 않으며 일체의 협의도 필요하지 않다고 생각합니다. '불쌍한 자'의 '불쌍한 점'은 자기들이 결정하며, '불쌍한 자'에게 필요한 것이 무엇인지도 자기들이 결정짓습니다. '불쌍한 자'에게는 발언권이 주어지지 않습니다.

　그러므로 감히 '불쌍한 자'가, '불쌍히 여기는 자'들이 기획하고 마련한 '도움의 내용과 형식, 과정, 예상결과'들을 그대로 따르지 않는다는 것은 가혹한 처벌을 받아 마땅한 배신이고 부도덕한 행위라고 규정짓고, "그렇다면, 네가 알아서 잘 해봐라!"라는 차가운 말과 함께, 일체의 도움들을 다시 박탈해버리면서 이전보다 더 냉혹한 시련을 안겨주려고 시도하게 됩니다.

　보세요, '불쌍히 여기는 자'들이 스스로 거룩하다고 생각하며 베푸는 '시혜'는 결코 사랑이 아니라는 것이 확연히 드러나지 않습니까? 그것은 사랑이기는커녕, '도움'이라는 이름으로 시도되는 '지배의 욕구'일 뿐입니다. 사랑은, 그의 주체성을 사랑하는 것, 그의 존엄성을 지켜주는 것입니다.

80. 1인칭 단수 주어는 구원받지 못한다

마르틴 부버[16] 〈하시디즘과 현대인〉

슬라보예 지젝[17] 〈전체주의가 어쨌다고?〉

"사람은 세상을 사랑하지 않고서는
신을 사랑할 수 없다."

– 마르틴 부버

"누구도 일인칭 단수 주어 아래서
완전한 믿음의 태도를 취할 수 없다."

– 슬라보예 지젝

---

16 Martin Buber, 1878~1965
    매년 노벨 문학상 후보로 거론되는 폴란드의 현대 시인. 공산국가에서 태어난 그는 어린나이에 가족과 함께
    추방당했다. 이후 그는 영원한 이방인, 자기 자신까지도 타인으로 느끼는 삶에 지배당한다. 고향상실과 독
    재 정치는 자가예프스키의 시 세계에 깊이 파고들었으며 금서목록에 오를 만큼 정치적인 시를 썼다. 그러나
    차츰 인간의 실존적인 상황에 더 파고들어 억압받는 자의 고독을 노래해 오고 있다.

17 Slavoj Žižek 1949~
    앞에서 소개되었다.

가장 위대한 능력은 사랑입니다

◆

어느 날 텔레비전을 보다가 '전국고민자랑'이라는 부제를 달고 있는 프로그램에 한 여성이 출연해서 자신의 고민 사연을 털어놓는 것을 보았습니다.

자신에게는 서른여섯 살의 미혼 여성인 동생이 하나 있는데, 그 여동생은 도무지 결혼할 생각도 먹지 않고 지내고 있으며 또 직업을 가져서 수입을 얻으려는 생각마저도 없이 하루 종일 그저 아홉 마리의 애완견과 고양이에게 푹 빠져서 지내기만 한다고, 사람보다는 짐승들에게 온통 정신이 팔려서 지내고 있다는 고민이었습니다.

문제의 그 여성은 자신을 가꾸는 데에도 도통 관심이 없어 보였고 남들눈에 예뻐 보이려는 노력 따위는 전혀 안중에도 없는 듯 보였습니다. 진행자들이나 패널로 출연한 연예인들이 이런저런 충고를 해도 그녀의 표정과대답은 매우 냉소적이었어요. 그러다가, 보통 이런 경우라면 볼 것도 없다는 듯, 한 진행자가 물었습니다. "혹시 사람에게 배신을 당하거나 충격을받거나 그랬던 적이 있나요?" 아니나 다를까, 문제의 여성은 사귀었던 남자의 배신과 그 밖의 여러 사람들이 자신에게 준 이런저런 상처들을 고백했어요. 그러면서 그녀는 이렇게 말했습니다. "하지만 얘들(개와 고양이들)은절대 그렇지 않잖아요!"

하긴, 어느 철학자도 "짐승만이 진정으로 무구하다."라고 썼지요. 위의여성은 자신에게 상처와 슬픔을 안겨주는 타인들과 세상을 피해서, 신을찾는 대신에 짐승들을 선택했습니다. 이 이야기를 보면서 나는, '이제 신도사람도 저 애완견과 경쟁하지 않으면 안 되게 되었군'이라는 생각이 들었습니다. 만약 기독교 신자들이 저 여성에게 전도를 하려면 아마도 저 애완견들과 경쟁해야만 할 것입니다.

공자는 "천하의 만물 중에 오직 사람이 가장 귀하다(天下之衆 唯崔人貴)"라고 말했습니다. 하지만, 지금은 사람이 신이나 사람보다도 짐승을 더 믿고 사랑하는 시대가 돼버린 것 같습니다.

81. 보세요, 제가 여기 있나이다

프랑시스 잠[18] 〈새벽 삼종에서 저녁 삼종까지〉

주여, 당신은 사람들 가운데로 나를 부르셨습니다. 자, 내가 여기 있나이다. 나는 괴로워하고 사랑하나이다. 나는 당신이 주신 목소리로 말했고, 당신이 우리 어머니, 아버지에게 가르쳐주시고 또 그들이 내게 전해 주신 말로 글을 썼습니다. 나는 지금 장난꾸러기들의 조롱을 받으며 고개를 숙이는, 무거운 짐을 진 당나귀처럼 길을 가고 있습니다. 당신이 원하시는 때에, 당신이 원하시는 곳으로 나는 가겠나이다.

삼종의(三鐘)의 종소리가 웁니다.

---

18 Francis Jammes 1868-1938
앞에서 소개되었던 프랑스의 시인. 은유, 순박, 겸손의 상징인 나귀를 사랑하고 자주 타고 다녔던 것으로 유명한 그는 가톨릭주의가 짙게 배어나는 시들을 많이 썼다. 눈으로 보고 가슴으로 느끼고 진실을 단순하고 소박하게 그리고 천진스럽고 따스한 마음으로 표현한 그의 시는 오늘날에도 많은 사람들의 사랑을 받고 있다.

가장 위대한 능력은 사랑입니다

◆

사랑하는 그대. 당신은 내게 신을 믿어 보라고 말합니다. 그러면 구원받으리라고. 그런데 말입니다 ······.

지금 얼마나 많은 사람들이 고통과 슬픔 속에서 울부짖고 있습니까? 이 세상에 자신의 일자리 하나 얻지 못해 절망에 빠진 젊은이들의 탄식 속에서, 먹고 살 길이 없어져버려 결국 함께 목숨을 끊은 세 모녀의 반지하 쪽방에서, 그렇게 하루에도 수십 명 씩 자살하는 자살공화국의 고독하고 비탄에 잠긴 방들 안에서, 수십 만 명이 폭력과 굶주림으로 신음하고 있는 저 난민 캠프의 끝없는 천막들 안에서 ······ 사람들은 절박한 외침으로 절규하고 있습니다. "오 하느님, 만약 당신이 정말 있다면 제발 우리를 구해주세요, 제발 살려주세요!" 반지하 방에서 스스로 목숨을 끊었던 세 모녀는 이 지상에서의 마지막 눈물을 흘리며 이렇게 가슴 속으로 부르짖었을 것입니다. 그때, 신은 어디에 있었습니까?

당신이 말하는 신이 교회나 성당 안에 전시되어 있는 박제물은 아닐 것입니다. 부처가 법당 안에 자리보전이나 하고 앉아있는 돌덩이가 아니듯이, 신은 수백 억짜리 교회 건물 벽을 장식하는 멋진 전시물로 서 있기를 거부할 것이 분명합니다. 자신이 못 박힐 십자가를 짊어지고서 세상 속으로 달려가는 사람, 그가 바로 예수 그리스도라고 나는 알고 있습니다.

당신이 신의 구원을 다급하게 부르짖는 저 절박한 사람들에게로 달려가 "보세요, 제가 여기 있습니다!(〈시편〉10:48)"라고 외치며 그들 앞에 엎드릴 때, 바로 그때에 비로소, 신은 이 세상에 거룩한 사람의 모습으로 출현할 것임을 나는 믿고 또 믿습니다.

82. 타인의 말

일연[19] 《삼국유사》

고승 연회는 일찍이 영취산에 숨어살면서 항상 연화경을 읽어 보현보살의 관행법을 닦았다. 뜰의 연못에는 늘 연꽃 두 세 송이가 피어 있었는데 사철 시들지 않았다. 원성왕이 그 상서롭고 기이한 말을 듣고 그를 불러 국사로 삼으려 했다. 스님은 그 소식을 듣자 암자를 버리고 떠났다.

연회가 서쪽 고개 바위 사이를 넘고 있는데, 한 노인이 밭을 갈다가 스님에게 어디 가느냐고 물었다. 스님은 "내가 듣자니 나라에서 잘못 알고 나를 벼슬로 얽어매려 해 피해 가는 중입니다"하고 대답했다. 노인이 이 말을 듣고, "여기서 팔 일이지 멀리 가서 팔 것 있소? 스님이야말로 이름 팔기를 몹시 좋아하는구료"하고 말했다. 그러나 그는 자기를 업신여긴다고 생각하여 듣지 않았다.

연회는 몇 리를 더 가다가 시냇가에서 한 노파를 만났는데, 또 그 노파가 어디 가느냐고 물었다. 연회가 앞서와 같이 대답하자, 노파는 "아까 앞에서 누군가를 만나지 않았습니까?"하고 다시 물었다. 연회는 "한 노인이 있었는데 나를 심히 업신여기기에 기분이 불쾌하여 그만 와 버렸습니다"하고 대답했다. 노파는 "그분이 문수보살이신데 그 말씀을 듣지 않았으니 어쩔 셈입니까?"하고 말했다.

그 말을 듣고 연회는 놀랍고 송구하여 급히 그 노인에게로 되돌아가서 머리를 숙이고, "성인의 말씀을 감히 거역하겠습니까? 이제 다시 돌아왔습니다. 그런데 그 시냇가의 노파는 누구입니까?"하고 말했다. 노인은 "그는 변재천녀입니다"하고는 즉시 숨어 버렸다.

---

19 一然 1206 ~ 1289
　　고려시대의 승려이고 《삼국유사》의 지은이. 왕에게 법설을 가르치고 국존(國尊)으로 추대되기도 했다. 고려가 원에 예속되어 있던 당시 민족적 자주정신과 민중 구원의 정신을 드높이기 위해 《삼국유사》를 지었다고 한다.

이 이야기는 우리가 왜 타인의 말을 잘 들어야 하는지 그 이유를 말해줍니다. 처음에 고승 연회는 '밭을 가는 노인'과 '시냇가의 노파'의 말이 문수보살의 말씀이라는 것, 부처의 진리라는 것을 상상조차 하지 못합니다. 불교에서 문수보살은 우리에게 삶의 길을 가르쳐주는 지혜의 보살입니다. 하지만 그의 말은 때로 어린 아이의 말로, 지나가는 길손의 입으로, 초라한 차림새의 농부의 목소리로 우리에게 전해집니다.

문수보살의 이와 같은 특징은, 삶의 진리와 사람답게 살아가는 지혜란 무슨 용한 스님에게 문의해야 알 수 있는 것이 아니며, 어디 거창한 철학자의 교육 커리큘럼이나 선지자들의 정규 교양프로그램을 통해 전해지는 것도 아니라, 우리 삶의 구체적인 장소와 그 속의 사람들을 통해 '살아있는 생생한 가르침'으로 전해진다는 것을 말하려는 것이 아닌가, 라고 나는 생각합니다. 연꽃은 진흙 속에서 피어난다는 사상이지요.

그리스도교에서도 마찬가지입니다. 예수가 스스로를 일컬어 '사람의 아들'이라고 부르기를 좋아한 까닭은 성서의 〈다니엘서〉에서 신이 자신의 말을 전달할 사람으로 다니엘을 부르면서, '사람의 아들아!'라고 불렀기 때문입니다. 신은 '사람'을 통해 자신의 말을 전합니다. 예수는 스스로가 바로 그 '사람'이고자 했던 최초의 인간이었다고 말할 수 있을 것입니다.

물론 그렇다고 해서 '팔랑귀'가 되라는 말은 아닐 거예요. 말은 말하는 사람의 음성, 높낮이, 어투, 사투리 등 구체적인 특성들 즉 일정한 형식적 특징들을 지니고 있습니다. 그렇지만 중요한 것은 그 속의 알맹이입니다. 겉으로 들려오는 껍데기들, 겉치레들은 알맹이를 가릴 수 있습니다. 이럴 때 필요한 것이 바로, 들리는 것 너머의 들리지 않는 것을 듣는 통찰력일 것입니다. 그리고 이때의 통찰은 타인의 말을 편견 없이 새겨듣는 이에게만 찾아오는 선물입니다. 지금 내게 절실한 삶의 진리와 지혜, 그 불법의 진리나 신의 계시는 어쩌면 가장 미천한 사람의 말로써 전해질 수 있으니까요.

83. 당신에게서, 또한 그들에게서

마르쿠스 아우렐리우스[20] 〈명상록〉

1. 나의 할아버지 베루스 덕분에 나는 순하고 착한 마음씨를 갖게 되었다.
2. 나의 아버지에 대한 평판과 추억 덕분에 나는 겸손과 남자다운 기백을 갖게 되었다.
3. 나의 어머니 덕분에 나는 경건과 선심과, 나쁜 짓뿐만 아니라 나쁜 생각도 삼가는 마음과, 나아가 부자들의 생활태도를 멀리하는 검소한 생활방식을 갖게 되었다.
5. 나의 개인교사 덕분에 나는 (…) 노고를 참고 견디고, 적은 것으로 만족하고, 내 일은 내가 하고, 남의 일에 끼어들지 않고, 중상모략에 귀 기울이지 않게 되었다.
6. 디오그네토스 덕분에 나는 쓸데없는 일에 애쓰지 않고, (…) 솔직한 비판을 참고 견디고, 철학과 친숙해지고, 먼저 박케이오스의 말에, 다음에는 탄다디스와 마르키아누스의 말에 귀를 기울이고, 어려서부터 대화편들을 쓰고, (…) 그 밖에 헬라스 철학자들의 생활방식에 속하는 것을 선호하게 되었다.
7. 루스티쿠스 덕분에 나는 내 성격을 손봐야 한다는 것을 알게 되고 (…)
8. 아폴로니우스 덕분에 나는 자유롭게 사고하고 (…)
9. 섹스토스 덕분에 나는 상냥함과 (…)
11. 프론토 덕분에 나는 (…)
13. 카툴루스 덕분에 (…)

---

20 Marcus Aurelius 121~180
로마 제국의 제16대 황제이자 철학자. 그는 언제나 인정이 많고 자비로워 백성을 널리 사랑하였으며 '철인 황제'로 불렸다. 5현제 중 한 사람으로서 자신의 사색과 철학을 담은 《명상록》을 남겼다.

가장 위대한 능력은 사랑입니다

◆

　사람들은 거꾸로 생각하는 경향이 있습니다. 예컨대 머리가 나빠서 공부를 못한다고들 생각하곤 하지요. 하지만 이제까지의 연구들과 알려진 바에 의하면 공부를 할수록 머리가 좋아진다고 합니다.

　원인과 결과를 반대로 뒤집어서 생각하는 일은 '훌륭한 사람'을 대할 때면 더 심해지는 것 같아요. '저 사람은 저렇게 좋은 가르침을 받았으니까 훌륭하게 된 것일 거야'라고 말입니다. 하지만 진실은 정반대입니다. 진실은 '훌륭한 마음과 생각이 스스로를 좋은 가르침을 받을 수 있는 사람으로 만든다'라는 것이지요. 위에 인용된 글의 지은이, 옛 로마제국의 황제 가운데 어질고 자비로운 성품으로 백성들의 사랑과 존경을 받았던 아우렐리우스가 그것을 보여줍니다. 그는 오늘날까지도 그 이름이 알려져 있는 철학자이기도 하지요.

　아우렐리우스는 자기 살아오면서 만났던 사람들 한 명 한 명으로부터 각각 무엇을 배웠다고 말합니다. 사람들은 그가 황제였으니 어린 시절부터 각종 좋은 교육을 받는 것이 당연했을 것이라고 생각할지 모릅니다. 하지만 그가 가르침을 배웠다고 말하는 '선생님들'은 그를 둘러싼 여러 명의 '과외 선생'들이 아니라 자신의 부모와 형제, 친구, 자신의 부하와 신하들, 그리고 자신이 존경해서 만났던 철학자들과 여러 학자들 등 다양했습니다. 심지어 아우렐리우스가 "노고를 참고 견디고, 적은 것으로 만족하고, 중상모략에 귀 기울이지 않음"을 배웠다고 고백한 사람은 자신의 노예였습니다.

　노예로부터도 배울 것을 찾았던 황제, 그가 왜 사람들에게 오랫동안 잊히지 않는 현인(賢人)으로 기억되고 있는지 알 것 같습니다. 이런 사람이 정말 무서워요. 세 살 아이로부터도 배울 것을 찾아서 배우는 사람을 누가 당해낼 수 있겠습니까. 이렇게 말하면 어떨까요? 오만한 자는 타인으로부터 아무것도 배우려 하지 않지만 완진한 사람은 모든 타인으로부터 배우는 사람이다, 라고 말입니다.

84. 사랑하는 마음과 완전한 자기

맹자[21] 〈맹자〉

백이(伯夷)는 눈으로는 나쁜 빛을 보지 아니하며 귀로는 나쁜 소리를 듣지 아니하고, 섬길 만한 군주가 아니면 섬기지 아니하고 다스릴 만한 백성이 아니면 다스리지 않았다. 그래서 세상이 다스려지면 나아가고 혼란하면 물러나서, 옳지 못한 정치가 나오는 곳과 옳지 못한 백성들이 머물러 사는 곳에는 차마 거주하지 못하였으며, 예(禮)를 모르는 향인(鄕人)들과 함께 거처하는 것을 마치 관복(官服)과 관모(冠帽)를 갖추고 더러운 길바닥에 앉은 것처럼 생각했다. 주(紂)가 다스리는 시대가 되자 북해의 바닷가에 거주하면서 천하가 맑아지기를 기다렸다. (…)

이윤(伊尹)은 "어떤 군주인들 섬길 수 없겠으며, 어떤 백성인들 다스릴 수 없겠는가"라고 말하면서 세상이 다스려져도 나아가고 혼란해도 나아갔다. 그래서 "하늘이 이 백성을 낸 뜻은 먼저 안 사람으로 하여금 나중에 아는 사람을 깨우치게 하신 것이며, 먼저 깨달은 자로 하여금 나중에 깨달은 자를 깨우치게 하신 것이다. 나는 하늘이 낸 백성 중에 먼저 깨달은 자이니, 내가 장차 이 도(道)로써 백성을 깨우치겠다"라고 말하였다. (…)

유하혜(柳下惠)는 더러운 군주 섬기기를 부끄러워하지 않으며 작은 벼슬을 사양하지 않았다. 벼슬길에 나아가면 현명함을 숨기지 아니하여 반드시 그 도리에 맞게 하였으며, 버림을 받아도 원망하지 않고 곤궁을 당해도 걱정하지 않았다. 예(禮)를 모르는 향인(鄕人)들과 함께 지내면서도 유유히 차마 떠나지 못하여 '너는 너이고 나는 나이니, 비록 네가 내 옆에서 옷을 함부로 걷어 올리고 벗어버린다고 한들 어찌 나를 더럽힐 수 있겠는가'라고 하였다.

---

21 孟子 BC 372 ~ BC 289
　　중국 전국 시대 추(鄒)나라 사람으로서, 공자의 사상을 이어 발전시킨 유학자이다. 어릴 때부터 공자를 숭상하고, 공자의 사상을 발전시켜 유교를 후세에 전하는 데 큰 영향을 끼쳤다.

가장 위대한 능력은 사랑입니다

◆

맹자는 세 사람을 평가하고 있습니다. 첫 번째는 백이. 지조와 절개를 지켜 산속에 들어가 고사리만 캐먹었다는 바로 그 사람입니다. 목숨을 걸고 도덕적 순결성을 지키려 했다는 그의 삶은 오늘날에도 귀감이 되고 있지요. 두 번째로 이윤은 이타성과 헌신성으로 무장하고서 세상의 모든 문제를 다 자기 문제로 인식하고 고뇌합니다. 오늘날 문제가 되는 이기주의와는 정반대 유형입니다. 세 번째로 유하혜는 억울한 모함을 당해도 원통해하지 않으며 부귀영화로 유혹해도 흔들리지 않고 자신의 일을 꿋꿋이 해냅니다.

그런데 맹자가 이들을 예로 든 까닭은 이들의 훌륭함을 칭찬하기 위해서만이 아닙니다. 이들에게는 치명적인 문제점이 있었습니다. 우선 백이에게 중요한 것은 자신의 도덕적 순결성일 뿐, 이 세상을 '더러운 군주'로부터 구해내고 타락과 도탄에 빠진 세상을 구하는 일에는 도통 관심이 없습니다. 또한 이윤은 한 마디로 독재자, 독단과 독선의 위험에 빠질 가능성이 매우 높습니다. 그가, 나 아니면 이 나라를 구할 수 없는 '구국의 일념'에 끓어오를수록 세상에는 독재의 암울한 그림자가 드리우게 될 것입니다. 유하혜는 철두철미 엘리트주의자이지요. 그가 세상의 유혹과 억압에도 흔들리지 않는 것은 '너희들이 어찌 감히 나를……'이라는 우월감의 발로입니다.

그런데 이들의 각 문제점들은 모두 하나의 공통점을 가지고 있습니다. 그것은 애인(愛人)의 마음이 결여돼 있다는 것, 그들은 타인들을, 세상 사람들을 사랑하지 않는다는 사실이 그것입니다. 백이에게는 더러운 군주만 보일 뿐 그 아래에서 신음하는 세상 사람들이 보이지 않습니다. 이윤은 세상 사람들이 저마다 가지고 있는 인간 본래의 선한 의지와 주체적 가능성을 믿지 못합니다. 유하혜에게 세상 사람들은 깔볼 대상에 지나지 않습니다.

나는 한참동안 생각합니다. 자아의 완성을 위한 노력의 출발점은 자기의 도덕적 완성을 이루고 싶은 마음이 아니라 세상과 사람을 사랑하는 마음에서 시작된다는 것을, 사랑이 나를 완전케 한다는 것을……

85. 완전한 인격체는 만인을 위해 헌신한다

도스토예프스키[22] 〈유럽인상기〉

누구에게 강요받지 않고 완전히 자각하여 만인을 위해 자기 전부를 희생하는 것이야말로, 개성이 최고로 발달한 것이며, 최고의 위력이며, 최고의 극기이며, 최고의 자유의지의 표지이다. 자유의지로서 만인을 위해 생명을 버리고, 십자가에 매달리고, 불길 속으로 뛰어든다는 것은, 개성이 가장 강하게 발달했을 때만 가능하다.

개인의 권리를 완전히 확신하고 스스로에게 아무런 공포도 갖지 않을 만큼 강하게 발달한 인격은, 자기를 남김없이 만인에게 바치는 것 외의 자기 사용법을 모른다. (…) 이쯤 되면, 물론 아무것도 나누어 가질 필요가 없다. 모든 것이 자연스레 분배될 것이다.

서로 사랑하라.

그러면 모든 것이 자연히 주어지는 것이다.

---

22 Fyodor Mikhailovich Dostoevsky 1821 ~ 1881
    앞에서 소개되었다.

◆

흔히들 현대사회를 '만인 대 만인의 투쟁'이 펼쳐지는 세상이라고 말합니다. 그러나 정말 그렇습니까? 그것은 오직 자신의 생존 여부에 벌벌 떨었던 조무래기의 영혼을 지녔던 17세기의 한 사나이[23], 외부의 파괴자로부터 자신을 지키는 것 외에는 아무것에도 흥미를 갖지 못했던 어느 시시하고 쩨쩨한 영혼의 눈에만 그렇게 보인 것이 아닐까요? 그 사나이는 "그대에게 가능한 온갖 수단을 다 통하여 그대 자신을 지켜라"고 말합니다. 3백 년 전 이 사나이의 말을 너무 쉽게, 너무 오랫동안 신봉하고 있는 것은 아닐까요?

이 사나이와는 정반대로 2천 년 전의 한 거룩한 사람[24]은 우리의 전 재산을 세상 사람들에게, 불쌍한 사람들에게 나누어주라고 말합니다. 그는 '서로 사랑하라'를 새로운 제1계명으로 세웠습니다. 그에게는 인간은 서로 사랑하도록 태어났다는 굳건한 믿음이 있었습니다. 동양 사회도 오랫동안, '대도(大道)가 행해진 세상에는 천하가 모두 만인의 것이다. 그래서 사람들은 자기의 부모만을 부모로 섬기지 않고, 자기의 자식만을 자식으로 여기지 않는다.'는 '대동(大同)사회'의 이상을 좇아 갖가지 실천과 노력들을 기울여 왔습니다. 그러나 저 사나이에게는 인간과 사랑에 대한 어떤 믿음도, 인류가 도달해가야 할 미래에 대한 어떤 꿈도 없습니다.

실제로도 우리는 부모와 형제의 헌신, 친구의 도움, 그리고 내가 알든 모르든 내 주변 사람들의 이러저러한 배려와 헌신 덕분에 살아갈 수 있습니다. 또 인간의 역사는 정말로 만인을 위한 헌신에 자기를 바쳤던 사람들로 가득합니다.

사람은 누구나 자신의 존재에 대해 생각을 하게 됩니다. 만인을 위한 헌신에 자신을 바치는 사람은, 자기 존재의 가장 깊고 높은 의미를 깨달은 사람일 것입니다.

---

23 〈리바이어던〉의 지은이 토마스 홉스((Thomas Hobbes 1588~1679)를 말한다.

24 예수 그리스도를 말한다.

86. 일연은 진존숙을 사모했다

민영규[25] 〈사천강단(四川講壇)〉

일연(一然)은 육주(陸州) 진존숙(陳尊宿)의 이야기를 무척 좋아했다. (…) 육주는 지금 절강성 건덕현의 옛 이름, 진존속의 출신지자 하세한 고장이 기도 하다. (…) 그를 따라 원근에서 모여든 승도(僧徒)들만도 한때 백수(百數)가 넘었다는 것인즉, 진존숙의 성명(盛名)은 그의 스승 황벽 재세(在世) 당시부터 널리 알려졌던 것으로 보이지만, 언제 어떻게 해서 고향땅 육주 개원사로 자리를 옮기게 되었던지 자세한 것을 알지 못한다. 다만 고향땅 육주엔 늙으신 어머님이 계셨다. 개원사 주승(主僧)으로 있으면서 깊은 밤이면 부지런히 왕골 짚신을 삼아서 양곡으로 바꾸어 어머니를 봉양했다. 어머니가 돌아가신 뒤로도 진존숙은 짚신 삼기를 멈추지 않았다. 그리고 새벽녘이면 한 묶음 짚신 꾸러미를 남 몰래 지고 나가 큰 길가 나뭇가지에 걸어 두어 오고 가는 길손들에게 스스럼없이 신고 가게 했다. (…)

선승(禪僧)으로서의 일연의 생애는 몽골군의 고려 침공과 더불어 시종을 같이하고 있다. 무릇 몽골군이 한번 말굽을 달리고 지나가는 곳이면 어떤 생명체도 그 뒤에 남기는 법이 없는, 도살과 소각의 연속이 있을 따름이었다. (…) 가까스로 도망쳐서 생명을 부지한 백성들에게 올바른 경작지를 읽고 살아감을 길이란, 군사상의 전략적 요지에서 멀리 벗어난 산간벽지로 숨어들어, 화전민이 되는 길밖에 없다. 일연이 왕실에서 주는 호사를 마다하고, 평생의 도장으로 삼은 곳이란 바로 그러한 화전민의 세계였다. (…)

일연은 육주 진존숙을 사모했다. 진존숙은 당대 고승으로서의 성명(盛名)도 아랑곳없이, 이름 모를 길손들을 위하여 짚신 삼기로 깊은 밤을 지새우고 있었다.

---

25 閔泳珪 1915 ~ 2005
최후의 강화학파(江華學派)라고 불러야 할 사람. 정인보(鄭寅普)로 이어지는 조선 양명학파인 강화학(江華學)의 맥을 이었다. 오랫동안 연세대에서 후학들을 양성하였고 국학연구원을 설립해 한국학 발전에 크게 기여했다.

가장 위대한 능력은 사랑입니다

◈

늙으신 홀어머니를 모시며 깊은 산 속 고갯마루에서 살아가던 그의 사립문 밖으로 피투성이 발로 먼 길을 걸어온 사람들이 도착했을 것입니다. 도살과 소각의 야만이 판을 치는 난리를 피해 산속으로 숨어드는 가련한 백성들이었지요. 어른 아이 가릴 것 없이, 찢긴 옷으로 얼어붙은 몸을 겨우 감싼 사람들, 험난하고 먼 길을 걸어오느라 그들의 발은 엉망이 되어 피가 흐르고 입술은 갈증으로 말라붙고 며칠 동안 아무것도 먹지 못한 사람들, 그의 사립문 앞에는 며칠이 멀다하고 그렇게 기진맥진한 사람들이 도착하여 쓰러지기를 반복했을 것입니다.

일연은 그들에게 먹을 것을 주고, 입을 것을 주고, 짚신을 삼아 주었을 것입니다. 그가 평생에 걸쳐 사모했던 육주 사람 진존숙처럼……. 왕실과 신하들은 몽골군을 피해 강화도로 도망쳐버렸고, 그 안에서 어느 '위대한 작가'[26]는 무려 2천 편의 시를 지으면서 가을의 쓸쓸함과 자신에게 주어지는 녹봉이 적음을 탄식했지요.

일연은 아마도 전국 각지로부터 찾아오는 그들로부터, 그들이 겪었던 산전수전 이야기, 그들이 알고 있는 삶의 이야기들을 듣고 또 모았을 것입니다. 그리하여 낮에는 그렇게 그들을 돌보고, 밤에는 그들로부터 들은 이야기들, 삶의 용기를 주는 이야기들을 하나하나 기록했을 것입니다. 나는 그렇게 해서 〈삼국유사〉가 탄생했을 것이 분명하리라는, 근거 없는 확신을 가지고 있습니다. 우리의 아름다운 설화들, 하마터면 오늘날 우리에게 전해지지 못하고 역사의 허공 속으로 사라질 뻔했던 그 숱한 이야기들은, 진존숙을 사랑했던 한 고매한 정신에 의해서, 고갯길 나무 위에 피투성이 발들이 다시 갈아 신을 짚신을 걸어두었던 거룩한 정신에 의해서 오늘날 우리의 찬란한 역사로 남아 있게 된 것이 틀림없다고, 나는 확신합니다.

---

26 이규보((李奎報 1168~1241)를 말한다.

87. 폭풍 속의 천사

발터 벤야민[27] 〈역사의 개념에 대하여〉

　천사는 머물고 싶어 하고 죽은 자들을 불러일으키고 또 산산이 부서진 것을 모아서 결합하고 싶어 한다. 그러나 천국에서 폭풍이 불어오고 이 폭풍은 천사의 날개를 꼼짝달싹 못하게 할 정도로 세차게 불어오기 때문에 천사는 날개를 접을 수도 없다.

　이 폭풍은, 그가 등을 돌리고 있는 미래 쪽을 향하여 간단없이 그를 떠밀고 있으며, 반면 그의 앞에 쌓이는 잔해의 더미는 하늘까지 치솟고 있다.

27　Walter Benjamin 1892~1940
　　독일의 철학자. 유대인인 그는 유대교 신비주의와 베르톨트 브레히트로부터 마르크시즘의 영향을 크게 받았으며 또한 비판이론의 프랑크푸르트 학파와도 관련이 있다. '아우라'라는 개념으로 유명한 《기술복제 시대의 예술작품》을 비롯해 많은 철학적 저술들을 남겼다.

◆

천사는 지금 폭풍 속에 있습니다.
세상의 폐허를 다시 찬란히 일으켜 세우고 싶어
천국으로부터 등을 돌리고
세상 쪽을 향해 서 있는 천사는
천국에서 불어오는 폭풍 때문에
도저히 날개를 접을 수가 없습니다.
천사는 천국의 폭풍에 맞서 싸웁니다.
폭풍을 타고 날아가 버릴까봐
자신의 날개가 활짝 펼쳐지지 못하도록
발을 대지에 깊이 뿌리박듯 단단히 붙이고
혼신의 힘을 다해 견딥니다.

천국에서 미풍만 불어와도
얼씨구나, 하고 날아가 버리지 않습니다.
이 지긋지긋한 세상, 다시는 돌아오지 않을 테다, 라며
세상 쪽을 향해 침을 뱉으며 훨훨 날아가 버리는
그런 천사는 없습니다.

사랑이여, 나의 천사여,
나의 참혹한 폐허를 향해 선 당신이여
폭풍 속에서 파르라니 떨고 있는 그대의 날개여

VI. 여기가 로도스다, 뛰어라!
: 할 수 있는 것, 하고 싶은 것, 해야 하는 것

88. 자신이 들 수 없는 돌을 창조할 수 있는가?

파스칼 메르시어[1] 〈리스본행 야간열차〉

강연은 끔찍했다. 건방지고 수다스러운 유령처럼 보이는 여자 강사는 까마귀 같은 목소리로 거짓말에 가까운 궤변을 늘어놓았는데, 이루 말할 수 없이 억지스럽고 현실과는 동떨어져 있었다. (중략)

"신은 자신이 들 수 없는 돌덩이를 창조할 수 있을까? 만들 수 없다면 신은 전능하지 않다. 만들 수 있다고 해도 마찬가지다. 이제 들 수 없는 돌덩이가 생겼으니까."

---

1   Pascal Mercier 1944~
    본명은 페터 비에리(Peter Bieri). 1944년 스위스의 베른에서 출생한 작가이자 철학자. 독일 하이델베르크와 영국 런던에서 철학을 공부했고 1993년부터 베를린자유대학교에서 언어철학 교수로 재직했다. 파스칼 메르시어라는 필명을 사용하여 소설 《페를만의 침묵》, 《피아노 조율사》 등을 출간했으며 2004년에 출간된 《리스본행 야간열차》는 독일을 비롯 세계 15개국의 언어로 번역되어 200만부가 넘게 팔리는 베스트셀러가 되었고 2014년 빌 어거스트(Bille August) 감독에 의해 영화로 제작되어 국내에서도 인기리에 상영된 바 있다.

◆

2014년 영화로도 상영되었던 세계적인 베스트셀러 소설 〈리스본행 야간열차〉를 보면, 인간의 불가사의한 능력에 대한 흥미로운 이슈가 제기됩니다. 주인공 그레고리우스는 옛날 대학 시절에 한 여자 강사가 "신은 자신이 들 수 없는 돌덩이를 창조할 수 있을까?"라고 던졌던 질문을 회상합니다. 그레고리우스는 조금도 주저하지 않고 궤변일 뿐이라고 규정하지만, 우리라면 이 질문에 대해서 무어라고 대답할 수 있을까요?

만약 신이 전지전능하다면 할 수 없는 일이 없을 것이므로 자신이 들 수 없는 돌덩이를 창조할 수 있어야 할 것입니다. 그러나 그 순간 신은 자신이 들 수 없는 돌 앞에서 무능력해지고 맙니다. 반대도 마찬가지죠. 신이 자신이 들 수 없는 돌을 창조할 수 없다면, 그것 자체가 신 자신도 할 수 없는 영역이 있다는 무능력을 고백하는 것이 되고 맙니다. 신은 지금 우리가 수행모순이라고 부르는 어떤 곤란한 지경에 빠져 있는데, 여자 강사는 아마도 그런 모순의 예를 들고자 했던 게 아닌가 싶어요.

하지만 문득 나는 여기에 무언가 중요한 것이 있다는 생각이 들어요. 즉, '가능성의 불가능성'은 곧 '불가능성의 가능성'이기도 하지 않는가? 이런 생각이 든단 말이죠.

그러니까 나 같으면 저 여자 강사의 질문에 이렇게 대답하고 싶다는 말입니다. "신은 자신이 들 수 없는 돌을 창조할 수 있다. 신이 위대한 까닭은 바로 그것 때문이다."

신이 위대한 이유는 그가 모든 것을 다 '할 수 있기' 때문이 아니라, 자신의 능력으로는 도저히 '할 수 없는 것'임에도 불구하고 그것을 기꺼이 만들어 스스로 앞에 내놓고 자신의 과제로 마주하기 때문이 아닐까요?

만약 인간과 신이 하나라면, 그 이유 역시 바로 이것 때문이 아닐까요?

89. 신은 인간으로 인해 위대해진다

어느 외국인 목사[2]의 방송 연설

　기독교 케이블 방송에 출연한 어느 외국인 목사가 이렇게 말했다.

　"하느님은 전능하십니다. 그러나 하느님은 이렇게 말씀하십니다. 너희가 하지 않으면 나는 아무것도 할 수 없다! 여러분, 우리가 하지 않으면 전능하신 하느님은 이 세상에서 아무것도 할 수 없는 무능력자가 되고 맙니다!"

---

2 이것은 어느 날 우연히 케이블 방송에서 들은 내용이다.

◆

　사람들의 말과 행동을 보면, 이 세상에는 두 종류의 신이 살고 있는 것 같아요.

　하나는 인간의 자본주의적 소비의식과 관련된 '레디메이드 신'입니다. 신은 우리 바깥에서 이미 만들어지고 완성된 어떤 은총을 준비해 두고 있다가 우리들이 선행을 하면 그에 맞는 보상으로 하나씩 제공해 줍니다. 이것은 자본주의 소비의식과 완벽하게 일치하지요. 신과 우리는 거래를 합니다. 우리의 선행과 신의 축복, 은총이 서로 교환되는 것이지요. 신의 '은혜로운 선물'이란 일종의 '레디메이드'로서 이 우주 어딘가에 이미 만들어져 있고 우리가 그것을 받을 만한 착한 일을 했을 때 신 앞으로 달려가 '상 주세요!' 라고 하면 신은 미리 만들어져 있던 그 선물을 우리에게 준다는 식의 생각이지요. 우리는 이것과 자본주의 소비생활의 차이를 전혀 발견할 수 없습니다. 지갑을 들고 백화점에 가서 쇼핑하듯, 자신의 선행을 들고 신의 '은총 가게'에 가서 물물교환 하는 것이 과연 맞는 것일까요?

　이런 생각들에 반대되는 것이 노동의식입니다. 신성한 것, 거룩한 영혼, 신의 은혜로운 선물은 나의 외부에 이미 만들어져 있는 것이 아니라 내 안에서, 나와 신이 함께 노동하여 창조해내는 것입니다. 달리 말하자면 신과 나는 공동노동자, 품앗이, 두레 일꾼 같은 존재라고 할까요? 4세기의 어느 성인[3]은 오랜 사색 끝에 낙원이란 곧 '노동하는 곳'이라는 것을 깨닫습니다. 왜냐하면 신은 창조자이기 때문이죠. 창조자란 만드는 사람이지 내다파는 사람이 아닙니다. 신은 은총이라는 '천국 브랜드'의 상품을 우주 어디에선가 가져와 우리에게 내다파는 사업가가 아니라 우리 안에서, 나의 삶 안에서 나와 함께, 나와 세상의 거룩함을 생산해내는 공동노동자, 공동협력자이죠.

　우리가 신으로 인해 위대해지는 것이 아니라 반대로 신이 우리로 인해서 위대해집니다. 이것이 아마도 신이 인간을 창조한 이유일 것입니다.

3　앞에서 한 차례 소개됐던 아우구스티누스(S. A. Augustinus 354~430)를 말한다.

90. 여기가 로도스다, 뛰어라! – 하나

아이소포스[4]의 〈우화〉

옛날에 그리스의 어느 육상선수는 본래 신통치 못한 위인이었는데 한 번은 외국 여행을 하고는 고향으로 돌아와 큰소리를 탕탕 쳤다. 그는 소아시아의 로도스 섬에 갔을 때 그곳에서 자신이 그 어떤 올림픽 선수보다 더 높이 뛰어올랐다고 허풍을 떨었다. 여기서는 그렇지 못하지만 로도스에 가면 그럴 수 있다면서, 못 믿겠으면 로도스 사람들에게 물어보라고 호언장담을 했다.

그러자 그 말을 듣고 있던 사람들 중에 한 사람이 말했다.

"증인 따위는 필요 없다.

여기가 로도스다, 여기서 뛰어라."

---

4   Aisopos

우리가 흔히 이솝(Aesop)이라고 부는 사람. 기원전 약 6세기에 살았던 고대 그리스 사람으로 알려져 있으며, 그의 이름을 따서 모아놓은 《이솝 우화》는 세계적으로 잘 알려져 있다.

가장 위대한 능력은 사랑입니다

◆

 당신이 듣기에 어떨지는 모르겠습니다만, 내가 삶에 대해서 내린 몇 가지 결론 중에 하나는 이런 것입니다. '미래 때문에 현재를 보류하는 것보다는 현재 때문에 미래를 보류하는 것이 훨씬 낫다.' 달리 말하면, '지금 여기서의 일을 성공적으로 마무리 짓지 못한다면 내게 결코 내일은 없다'는 것이지요. 이것이 변변찮지만 제가 신주단지 모시듯 하면서 살아온 제 나름의 삶의 격언입니다.

 현실은 언제나 미래와는 동떨어져 있었습니다. 내가 바라는 나의 미래를 위해서라면 현재 나는 그 일을 하고 있는 것이 아니라 다른 일을 하고 있어야 했습니다. 그러나 "현재 내가 하고 있는 일이 내가 진정으로 원하는 일도 아니고, 생활상의 불가피함 때문에 어쩔 수 없이 선택하는 것이지 정말 나의 가치관과 소망에 따라 자유롭게 선택하게 된 일도 아니며, 나의 미래를 위해서 반드시 필요한 일도 아니지만, 또한 내가 아무리 원대한 꿈과 미래에 대한 강렬한 소망을 가지고 있어도, 그리고 그것과 현재의 내 일이 아무리 동떨어져 있어도 나는 절대로 '지금-여기'에서 무기력한 국외자, 비관적 패배자, 냉소적 낙오자가 되어서 떠나지는 않겠다, 비록 내가 원하는 일이 아니어도 모두가 흡족해 하고 나 스스로에게 부끄럽지 않도록 반드시 성공적으로 마무리를 지은 뒤에라야 비로소 나는 '지금-여기'를 벗어나는 자유를 얻을 것이다." 이것이 스무 몇 살 이후 지금까지 내가 나에게 강제하는 내 삶의 강령이었습니다.

 무슨 연유였는지, 어떤 계기였는지는 잊어버렸지만 어느 날 나는 로도스섬의 환상과 싸우지 않으면 안 되겠다는 생각을 하게 됐던 것 같아요. 역설적이게도, '여기서는 안 되지만, 로도스에만 간다면……'이라는 환상은 나로 하여금 영원히 로도스 섬에 갈 수 없게 만들 것이라는 판단이었던 거죠.

 이제 세월이 이만큼 흐른 뒤 생각해보노라니, 힘은 좀 들었고 완벽하지도 못 했지만 썩 나쁜 강령은 아니었던 것 같다고 중간 결론을 내려 봅니다.

91. 여기가 로도스다, 뛰어라! – 둘

G. W .F. 헤겔[5] 〈법철학〉 / 카를 슈미트[6] 〈정치적인 것의 개념〉

여기가 로도스다. 여기서 뛰어라.

어떤 철학이 그가 처해 있는 현실의 세계를 뛰어넘는다고 생각한다면 이는 한 개인이 그의 시대를, 즉 로도스 섬을 뛰어넘어 밖으로 나간다는 망상을 하는 것과 마찬가지의 어리석은 생각이다. 그 개인의 이론이 실제로 자신의 시대를 뛰어넘어 마땅히 있어야만 할 세계를 건립한다면 그 있어야만 할 세계는 물론 존재하겠지만, 그것은 그의 생각 속에만 있을 뿐이다.

– 헤겔

정신은 모두 현재의 정신이며, 현존하는 것으로, 기묘한 표현 속에서나 낭만적인 도피 속에서 발견하거나 구할 수 있는 것이 아니라는 자명한 철학적 진리로, 일시적인 옳고 그름을 떠나서 하나의 기록으로 되고 있다. 이것이 헤겔의 '여기가 로도스 섬이다'라는 말이 뜻하는 것이며(⋯).

– 카를 슈미트

---

5 Georg Wilhelm Friedrich Hegel 1770~1831
   앞에서 한 차례 소개되었던 독일의 철학자. 임마누엘 칸트와 더불어 근대 합리주의를 완성시켰고, 마르크스에게도 결정적인 영향을 주었다.

6 Carl Schmitt 18888~1984
   독일의 정치학자이자 법학자. 그의 '주권론'과 '정치적'이라는 개념은 발터 베냐민, 자크 데리다 등에게서 논쟁의 대상이 되었고 오늘날 조르조 아감벤, 샹탈 무페, 자크 랑시에르 등을 통해 현재진행형으로 이어지고 있기도 하다.

가장 위대한 능력은 사랑입니다

◆

　동양과 서양의 사고방식의 차이를 책으로 써서 세계적인 베스트셀러가 된 어떤 미국인[7]의 말마따나, 서양인들은 이 세상이 대립물들로 구성되어 있다는 것, 서로 대립되는 것들이 공존하는 모순의 상태로 존재하고 바로 그 모순의 힘으로 세계가 운동한다는 것을 인정하려 들지 않는 것 같아요.

　낭만적인 것과 현실적인 것은 서로 명백히 대립되는 개념이지만 실제 우리의 삶에서 그 두 가지는 모순된 상태로 공존합니다. 우리의 정신은 틈만 나면 현실 바깥으로 쏘다니기를 좋아하고 현실 너머의 어떤 신비로운 세계나 이상적인 세계로 여행하지 못해 안달이지요. 그렇지만 또 한편으로 우리는 냉정하고 엄격하며 때로는 살벌하기조차 한 각자의 현실로 얼른 돌아와 하던 일을 계속하기도 합니다.

　나는 바이올린 현으로부터 많은 생각을 떠올리게 되는데요, 바이올린 현은 양쪽으로 팽팽히 잡아당겨야만 아름다운 소리를 냅니다. 한쪽 끝은 기쁨에, 다른 한쪽 끝은 슬픔에 걸려서 삶은 절절히 아름다운 음악이 되잖아요? 양쪽의 대립을 포기하는 순간 삶은 무미건조하거나 환상적 광기에 빠지고 말 것입니다. 꿈이 없는 현실은 얼마나 삭막하고, 현실이 없는 꿈은 얼마나 공허하겠습니까.

　만약 누군가가 낭만적인 꿈을 잊고 현실만을 보라고 우리에게 요구한다면 나는 그의 말에 절대로 동의하지 않을 것입니다. 누군가가 나에게, 우리가 가야 할 이상적인 모습을 잊고 오로지 현재 벌어진 현실의 모습만을 보는 것이 마치 확실한 진리를 추구하는 태도인 것처럼 말한다면, 나는 그것이야말로 '현실주의'라는 이름의 무기력한 체념이 아닌지, 우리의 꿈에게 너무 일찍 패배를 선언토록 하는 일이 아닌지 묻고 싶을 것입니다.

---

7 〈생각의 지도〉의 저자 리처드 니스벳(Richard E, Nisbett)을 말한다.

92. 여기가 로도스다, 뛰어라! - 셋

카를 마르크스[8] 〈루이 보나파르트의 브뤼메르 18일〉, 〈정치경제학비판〉

자기 목표의 원대함에 놀라 끊임없이 뒤로 주춤거린다. 이러한 양상은 더 이상 후퇴가 불가능하게 되고, 모든 여건이 스스로 다음과 같이 부르짖는 상황이 올 때까지 계속된다.

이곳이 로도스다, 여기서 뛰어라!
여기 장미꽃이 있다. 여기서 춤을 추어라!

– 〈루이 보나파르트의 브뤼메르 18일〉

인류는 그가 해결할 수 있는 과제만을 제기한다. 자세히 관찰해보면 과제 자체가 그 해결의 현실적 조건들이 이미 주어져 있거나 적어도 생성 과정에 있는 곳에서만 출현하기 때문이다.

– 〈정치경제학 비판 서문〉

---

8 Karl Heinrich Marx 1818~1883
공산주의 혹은 마르크스주의의 창시자. 역사학자, 경제학자, 철학자, 사회학자이며 1847년 공산주의동맹을 창설했다. 프리드리히 엥겔스와 공동으로 《공산당 선언》을 발표하고 《자본론》을 저술하였다.

가장 위대한 능력은 사랑입니다

◆

나는 마르크스의 사상이 얼마나 옳은지를 판단할 길이 없습니다만, 적어도 그의 다음과 같은 말은 인류의 삶에 엄청난 공헌을 하게 된 것이 분명하다고 확신합니다. "인류는 그가 해결할 수 있는 과제만을 제기한다."

당신은 이미 나에게서 하도 많이 들어서 별로 새롭지도 않을 거예요. 정말이지 나는 사람들에게, 그리고 누구보다도 나 스스로에게 저 말을 얼마나 많이 반복했는지 모릅니다. 나는 삶의 문제에 부딪칠 때마다 거의 매번, 그러니까 1년이면 적어도 수십 번은 저 말을 인용했을 것입니다.

나는 또 확신합니다. 마르크스처럼 신랄했던 사람이 그저 빈말로 사람들에게 삶의 용기를 주려고 저런 말을 한 것이 결코 아니며, 더욱 중요하게는 저 말이 예수가 확신에 차서 "무거운 짐을 진 자들아 다 내게로 오라."고 자신 있게 말할 수 있었던 것과 본질적으로 다르지 않다고 말입니다.

사람은 자신이 해결할 수 있는 문제만을 인식합니다. 자신이 해결할 수 없는 문제는 아예 인식조차 안 됩니다. 초등학교 3학년 학생이 자신이 게을러서 숙제를 못한 문제에 대해 생각하면서 대학생이나 할 법한 고민 즉, '삶의 소중함을 망각하는 나태함'의 문제를 자기 앞에 내놓지는 않습니다. 또한 내가 어떤 문제를 인식했다는 것은 문제해결의 순서상 그 첫 단추가 꿰어졌다는 말이기도 합니다. 왜냐하면 일단 자신에게 그런 문제가 있다는 것이 인식조차 되지 않는다면 그것이 해결될 길은 전혀 없으니까요. 마지막으로, 예수의 말에서처럼 모든 삶의 문제는 오로지 '사랑의 힘'으로만 극복될 수 있기 때문에 그렇습니다. 사람은 자기를 사랑하고, 자기의 삶을 사랑하고, 자기의 삶이 펼쳐지는 이 세계와 사람들을 사랑하게끔 되어 있지요. 목마른 자가 우물을 파듯이, 삶을 사랑한다면 우리는 무슨 수를 써서라도 문제를 이겨내려고 노력하게 되어 있기 때문입니다.

우리가 패배하는 경우는 아마도 단 하나, 나와 삶과 사람들과 이 세상에서 사랑이 부족할 때 혹은 그것이 결여될 때일 것입니다.

93. '할 수 있다. 그러므로 해야 한다' 뒤집기

임마누엘 칸트[9] 〈도덕 형이상학을 위한 기초 놓기〉

의무는 법칙에 대한 외경심에서 유래하는 행위의 필연성이다.

(…)

이로부터 다음과 같은 결론이 나온다. 목적 그 자체인 각각의 이성적인 존재는, 어쨌든 자신이 복종해야 하는 모든 법칙에 대해 스스로를 동시에 보편적으로 '법칙을 주는 자'로 간주할 수 있어야 한다는 것이다. (…)

이렇게 해서 이성적인 존재들의 세계가 목적의 나라로 가능한데, 그 구성원인 모든 인격들이 자시 자신에게 법칙을 주기 때문이다. 따라서 이성적인 존재 각자는, 마치 그 자신이 자기의 준칙에 의해 언제나 목적의 보편적인 나라에서 '법칙을 주는' 그 구성원인 것처럼 행위 해야만 한다.

9　Immanuel Kant 1724~1804
　헤겔과 더불어 현대철학에 지대한 영향을 끼친 서양철학의 기둥과 같은 철학자. 근대 계몽주의를 정점에 올려놓았고 독일 관념철학의 기초를 놓은 독일의 철학자이다. 《순수이성 비판》, 《판단력 비판》, 《도덕 형이상학을 위한 기초 놓기》, 《실천이성비판》, 《영원한 평화를 위하여》, 《세계시민적 견지에서 본 보편사의 이념》 등의 저작이 있다.

　가장 위대한 능력은 사랑입니다

◆

　사람은 어떻게 도덕적일 수 있는가에 대하여 칸트가 제시한 설명은 '의무론'이었습니다. 자신의 이성이 내리는 명령을 스스로 지켜야 할 의무로 간주함으로써 인간은 도덕적일 수 있다는 것이죠. 이를 간단히 줄이면 "해야 한다. 그러므로 할 수 있다"입니다. 하지만 지금부터 내가 말하려는 것은 무슨 철학이나 도덕에 대한 정의가 아닙니다.

　내가 말하고 싶은 것은 현대인들의 아주 '영리한' 삶의 방식에 대해서입니다. 현대인들은 정확히 칸트를 뒤집는 방식 즉, "할 수 있다. 그러므로 해야 한다"의 방식을 선호합니다. 이를테면 어떤 직업을 선택할 때나 자신의 미래를 설계할 때 그것이 '가능한지 아닌지 혹은 자신의 능력으로 얼마나 실현할 수 있겠는지'를 따져서 판단하고 선택하지요. '할 수 없는' 일에 나섰다가 시간과 노력만 낭비하게 될 것이라는 생각만 남고, 역사적 대의나 인류적 사명감 같은 것은 옛 전설이나 동화책에서나 듣는 얘기가 되었지요. 이렇게 영리해진 결과 오늘날에는 무모함으로 무장한 돈키호테도 사라졌지만 고작 열두 척의 배로 적과 맞서 싸우겠다고 나서는 이순신도 없어졌습니다. 세상이 좀 많이 재미없어졌다는 말이죠.

　저 칸트를 보세요. 멋있지 않나요? 그는 지금 이렇게 외치고 있습니다. "신이 사라졌는가? 그렇다면 이제 우리들이 모두 모세다!" 모세라는 메신저를 통해 저 천상의 규율을 전달받는 시대가 가고, 이제 우리 스스로가 스스로에게 보편적 '법칙을 주는 자'가 되었노라. 그의 말이 맞든 아니든, 저렇게 말하는 사람에게서 '인간의 크기'란 얼마나 크고 높습니까?

　인간의 능력은 위대합니다. 척박한 땅에 내몰린 인류가 '살아야 한다'는 일념으로 몸부림칠 때 비로소 생존의 위대한 '능력'들이 계발되었지요. 문제는 이제 신도 추방하고 '해야 한다'는 의무의 삶마저 까맣게 잊어버리고 오로지 눈에 보이는 현재의 능력과 확실한 가능성의 보장에만 매달리게 되면, 그 가능성과 능력마저도 확장성을 잃고 그저 쪼그라들 뿐이라는 것입니다.

94. 놀아라! 천재가 될 것이다

프리드리히 니체[10] 〈선악을 넘어서〉/ 쇼펜하우어[11] 〈의지와 표상으로서의 세계〉

"인간의 성숙이란, 놀이에 대한 어린아이의 천진난만함을 회복하는 것이다."

– 프리드리히 니체

"실제로 모든 아이는 어느 정도 천재이며, 모든 천재는 어느 정도 아이다. (…)

모든 천재는 이미 몸이 다 커버린 아이라 볼 수 있다. 신기하고 낯선 드라마를 바라보듯, 세계를 순수하게 객관적인 관심으로 들여다보기 때문이다. (…) 이성적 인간은 이 세상에서 매우 유용하고 능력 있는 시민이 될 수 있다. 그러나 결코 천재는 될 수 없다. 천재성은 아동기에 자연스럽게 나타나는 특징들인 뛰어난 분별력과 인식 활동을 전 생애에 걸쳐 영원히 간직하는 이례적인 특성을 통해 나타난다."

– 쇼펜하우어

---

10 Friedrich W. Nietzsche, 1844 ~ 1900
    독일의 철학자. 초인의 철학을 주창했으며, 현상계와 이데아계로 나눈 플라톤에 반대하여 '대지에서의 삶
    을 사랑할 것'을 주장하였고, 현실의 삶을 비방하는 자들을 가리켜 퇴락한 인간이라 부르며 비판하였다.
    《비극의 탄생》, 《반시대적 고찰》, 《인간적인, 너무나 인간적인》, 《차라투스트라는 이렇게 말했다》, 《선악을
    넘어서》, 《안티크리스트》, 《이 사람을 보라》 등 많은 저작을 남겼다.

11 Arthur Scopenhauer 1788~1860
    독일의 근대 철학자. 그는 이 세계란 '나의 의지의 객관적 표상에 지나지 않는다고 보았다. 주요 저작으로
    《충족이유율의 네 가지 근거에 관하여》, 《의지와 표상으로서의 세계》가 있다.

가장 위대한 능력은 사랑입니다

◆

　일찍이 철학자들은 위대한 창조적 능력의 근원으로서 천진난만함에 주목했습니다. 쇼펜하우어는 이렇게 말합니다. "아동기에 우리의 실존적 존재는 의지 작용보다 인식 작용에 더 많이 관여한다. 이것은 일반적으로 어린아이들이 현명하고, 합리적이며, 배우기를 열망하고, 가르침을 받기 쉬운 이유이기도 하다. 사실 그들은 모든 이론적 업무를 처리하는 데 어른들보다 더 적합하다."

　쇼펜하우어의 말을 달리 표현하자면, 아이들은 어른들과 달리 '의지'보다는 '몰입'이 더 강하고, 어떤 목적을 의식하지 않고도 무엇에 집중해서 열심히 할 수 있다는 것입니다. 우리 속담 중에 '중이 염불에는 관심 없고 잿밥에만 관심 둔다'는 말이 있는데, 어린아이들은 어른들처럼 잿밥에 관심을 두지 않고 대상에 집중합니다.

　아이들은 어떤 문제를 풀 때 '자기'를 개입시키지 않습니다. 수학 문제를 풀고 나서도 '내가' 풀었다는 것을 기뻐하는 것이 아니라, '풀었다'는 것 또는 '알았다'는 것 자체에 기뻐합니다. 틀렸어도 '나는 틀렸다'는 생각에서 주어 '나'를 빼고 생각합니다. 대상에 순수하게 몰입하는 것이죠. 그러니 아이들은 오답에 대한 두려움이 없습니다. 심지어 일부러 틀리려고까지 하잖아요? 창조성의 비밀이 바로 여기에 있습니다.

　문제는 어른들이에요. 아이들은 학년이 올라가면서 차츰 부모와 사회로부터 성적과 경쟁을 의식하도록 강요받습니다. 부모의 채근을 받으며 예전의 순수한 몰입의 즐거움을 서서히 상실해 갑니다. 이제 주어가 등장하기 시작하는 거예요. 문제를 틀리면 '나는 이 문제를 틀렸다'라고 생각하면서 괴로워합니다. 자괴감은 인간이 원래 지녔던 천진난만함의 창의성을 파괴합니다. 틀릴 것에 두려움 때문에 자유로운 발상은 엄두도 못내게 됩니다.

　만약 그가 어른이 되어 다시 어린아이의 천진난만함으로 돌아간다면 그야말로 천만다행, 하늘의 축복을 받은 셈이라 할 수 있을 거예요.

95. 나는 흔들리지 않고, 물리학과 계속 놀겠다

리처드 파인만[12] 〈파인만 씨, 농담도 잘 하시네〉

"그때 다른 생각이 들었어요. 물리학 때문에 머리가 아프긴 하지만 한편으로는 물리학 연구를 즐기지 않았느냐? 그럼 그것이 즐거운 이유가 뭐였냐? 그것을 가지고 놀 수 있었기 때문이 아닌가? 나는 하고 싶은 일을 했지만 그게 핵물리학의 발전에 중요하냐 아니냐 하는 것과는 무관했다는 얘기죠. 오히려 그게 얼마나 즐겁고 재미있느냐가 문제였을 뿐이죠. 그래서 그 태도를 지켜가자는 생각을 했어요. 나는 내가 원하는 한 언제든지 물리학과 함께 놀 것이다…… 그럼 그게 무엇이냐…… 이런 것에는 신경 쓰지 않고요."

---

12 Richard P. Feynman 1918~1988
    미국의 물리학자. 양자전기역학에서의 공로로 1965년 노벨 물리학상을 수상했다. 아인슈타인과 함께 20세기 최고의 물리학자라고 일컬어진다. 코넬 대학교 이론물리학 교수, 캘리포니아 공과대학교(Caltech)의 교수를 지냈으며 대중적 저술활동도 펼쳐 과학의 대중화에 힘쓰기도 했다.

가장 위대한 능력은 사랑입니다

세계적인 물리학자 리처드 파인먼은, 자신은 단지 물리학을 가지고 한 평생 실컷 놀았을 뿐이라고 말하는 사람입니다. 노벨 물리학상 수상자로서 양자물리학의 중요한 이론가로 평가받는 그는 물리학과 함께 놀기로 아예 '작정하고' 나섰던 사람인데, 거기에는 그럴 만한 사연이 있었습니다.

아주 낙천적인 성격으로서 기발한 농담을 즐기고 주변을 늘 유쾌하게 만들던 그는 아주 젊은 나이에 물리학자로서 주목을 받기 시작했지요. 그런데 바로 그것이 문제였습니다. 보통 같으면 세계적인 주목을 받고 찬사를 듣는 것을 즐거워했을 덴데, 그는 달랐습니다. 그에게는 그런 외부의 주목과 찬사가 오히려 자신이 물리학을 마음껏 즐기는 데에 굉장히 방해가 될 뿐이었습니다. 물리학이 다른 어떤 놀이보다 재밌고 즐거워서 그저 미친 듯이 즐겼을 뿐인데 그러다 보니 어느새 세계적인 물리학자로 주목받는 신세(?)가 되어버린 거죠. 그는 힘들어 합니다. 찬사는 부담이 되어버렸고 주변의 기대는 점점 더 무거운 강박이 되어갔습니다. 그는 도망치고 싶었습니다.

실제로 그는 연구실을 뛰쳐나와 산골 오두막으로 들어가 숨어버립니다. 거기서 그는 최후의 결심을 시도하지요. 즐겁지도 않은 물리학을 무엇 때문에 한단 말인가! 며칠간의 생각 끝에 그는, 물리학이 더 이상 즐거울 수 없게 된 이상 그만둬버리기로 결심을 합니다. 그런데 바로 그때였습니다. 그의 마음속에는 대전환이 일어납니다. "그래! 그렇다면 남들이 뭐라고 하든, 난 다시 그냥 물리학이랑 그냥 신나게 놀아 보자고!"

모든 것을 놓아버리는 마음이 되자, 현실에 대한 순수한 무관심이 다시 샘솟아 오르면서 '그냥 다시 물리학을 가지고 놀자!'는 결론이 내려진 것입니다. 그는 새로운 평화와 용기가 가슴 속에서 분출하는 것을 느끼며 환희의 소리를 쳤습니다.

그는 다시 신나게 놀았고, 이후 사람들은 그를 아인슈타인에 버금가는 물리학자로 평가하게 되었습니다.

96. 순수한 무관심

피터 키비[13] 〈천재 : 사로잡힌 자, 사로잡은 자〉/ 임마누엘 칸트[14] 〈미작 판단력 비판〉

"대상에 대한 어떤 기대도 없이 무관심한 상태에서 관조할 때, 진정한 아름다움을 느낄 수 있다. 현실의 이유에 얽매이지 않고 세계를 일관되게 인식할 수 있는 것은 오직 천재뿐이다."

– 피터 키비

"그 누구도 대상의 실제 존재를 선호하는 성향을 조금이라도 지녀서는 안 되며, 심미성의 문제에서 심판관의 역할을 잘 해내기 위해서는 철저한 무관심성을 견지해야 한다. (…)

취미 판단은 순전히 관조적인 것으로, 대상의 존재에 대해서는 무관심하다."

– 임마누엘 칸트

---

13 Peter Kivy
    미국의 미학자. 음악 미학 분야의 사상가. 미국 미학회 회장을 지냈고 럿거스 대학 철학과 교수로 재직. 그의 저작 중 〈천재 : 사로잡힌 자, 사로잡은 자〉순수음악의 미학〉가 한국에서 출판되었다. 이 책에서 그는 철학과 역사, 음악과 미학에 대한 폭넓은 지식을 바탕으로 고대부터 만들어진 천재의 원리와 특질에 대해 설명한다.

14 Immanuel Kant 1724 ~ 1804
    앞에서 한 차례 소개되었던 독일의 근대 철학자.

가장 위대한 능력은 사랑입니다

◆

　해마다 11월이면 한국에서는 어떤 기이한 현상이 반복해서 벌어집니다. 모든 신문과 방송에서 '왜 우리는 노벨상 수상자가 나오지 않는가!'라며 길고 긴 탄식을 터트리고 정부도 무슨 대책이니 하는 것을 연례행사처럼 내놓곤 합니다. 그러면 외국의 평론가들은 이렇게 빈정거리지요. "아니, 그토록 책도 안 읽는 사람들이 무슨 노벨상?"

　노벨상을 꼭 받아야 하는지도 따져 볼 문제입니다만, 만약 노벨상을 받기 위해 노력해야 한다면 우리에게 필요한 것은 '국가적 차원의 의지'나 노력이 절대로 아니라고 생각합니다. 쇼펜하우어를 한 번만 더 인용하자면, 그는 "우리의 의식이 의지로 가득 차 있는 한, 또 우리가 의지의 주체가 되는 한, 우리는 결코 영원한 행복이나 평화를 누릴 수 없다"고 말합니다. 이 철학자에 의하면 '의식을 의지로 가득 채우는 것'은 오히려 독입니다. 성적을 의식하면 할수록 오히려 더 성적은 오르지 않지만, 성적을 초월해 공부하는 즐거움에 푹 빠진 학생은 성적이 쑥쑥 오르는 것과 같은 이치일 것입니다.

　실제로도 그렇습니다. 우리는 흔히 모차르트와 살리에르를 자주 비교해서 말하곤 합니다. 살리에르는 모차르트를 절대로 이길 수 없었습니다. 모차르트가 얄미울 정도로 천진난만하게 '음악을 즐겼던 것'에 비해 살리에르는 '음악을 즐기는 것'보다 오로지 '모차르트를 이기는 것'에 온 생을 바쳤지요. 모차르트는 현실에 대해서는 아무것도 의식하지 않는 완벽히 '순수한 무관심' 상태에 있었지만, 살리에르는 정반대로 완벽하게 현실을 의식하는 '이해관계에 대한 철저한 관심'과 '성공에 대한 유일한 욕심'으로 온 정신이 무장해 있었습니다.

　삶은 우리에게 둘 중 하나를 선택하라고 말하는 것 같습니다. 어린아이의 천진난만함으로 돌아가든지, 아니면 죽어도 좋다는 이판사판의 정신 혹은 밑져야 본전이라는 정신으로 한 생애를 밀어붙이든지.

97. 우리는 놀려고 태어났다

요한 호이징가[15] 〈호로 루덴스 : 놀이하는 인간〉

놀이는 문화보다 오래되었다. 놀이는 인간의 전유물이 아니다. 모든 놀이는 자발적 행위이며 인류의 역사와 더불어 언제나 함께해왔고 다양하게 발전했다. 인간은 생각하는 인간인 동시에 놀이하는 인간이었다.

그리하여 나는 호모 파베르(Homo Faber: 물건을 만들어내는 인간) 바로 옆에, 그리고 호모 사피엔스와 같은 수준으로, 호모 루덴스(Homo Ludens: 놀이하는 인간)를 인류 지칭 용어의 리스트에 등재시키고자 한다.

---

15 Johan Huizinga 1872~1945
   인간을 '놀이하는 인간'으로 규정하여 세계적으로 유명해진 네덜란드의 역사가이다. 문화사와 정신사(精神史)의 관련을 고찰하였다. 네덜란드 흐로닝언 대학, 레이던 대학교의 역사학 교수를 지냈고, 암스테르담의 왕립 과학 아카데미에서 근무하였다. 《중세의 가을》, 《에라스무스》, 《호모 루덴스》 등 오늘날 현재의 고전으로 평가되는 저작들을 남겼다.

가장 위대한 능력은 사랑입니다

◆

　내가 삶에 대해서 자신 있게 말할 수 있는 몇 개 안 되는 것들 중 한 가지는, 우리는 모두 놀기 위해 이 세상에 태어났다는 사실입니다.

　어느 해 가을인가 나는, 자주 가는 카페에 들르기 위해 차를 담벼락에 주차하다 문득 담 아래 피어있는 작은 풀꽃들을 본 적이 있습니다. 손톱만한 풀꽃들이 올망졸망 모여 여린 가을햇살을 쬐고 있었지요. 무심히 그 풀꽃들에게 눈길이 닿으면서 갑자기 이런 생각이 물컥 들었습니다.

　"이 우주에서 단 한 번, 오직 단 한 번, 나는 나로 태어나 이 아름다운 세상과 우주를 인간의 눈과 귀로 보고 듣는구나. 딱 한 번만 주어진 사람의 생(生). 언제 또 다시 사람의 눈으로 저 파란 하늘을 볼 것이며, 언제 다시 사람의 코로 이 공기를 맡아 볼 것이며, 언제 다시 사람의 귀로 이 세상의 소리들과 저 높은 하늘을 가르는 바람의 소리를 들을 수 있으리오. 아마도 다음에는 새가 되어 듣거나, 돌이 되어 보거나, 강물이 되어 대지를 돌아다닐 수 있겠지. 그러니, 나여, 사람으로 태어난 이 한 생을 기꺼이 즐기자!"

　오직 단 한 번, 사람으로서 우주를 경험할 수 있는 이 기회를 아깝게 허송세월하지 말고 하루하루를 벅차게 살자는 생각이 강력하게 나를 엄습해 왔습니다. 그래서 뭐든지 놀자, 무얼 하든지 놀자, 무얼 갖고서든지 놀자……, 이런 생각이 장엄한 결심처럼 내 마음속에 우뚝 서는 것이었습니다. 그래, 놀자! 공부가지고 놀고 책가지고 놀고 글쓰기로 놀고 돈벌이하면서 놀고, 사랑하면서 놀고 괴로워하면서 놀고, 슬퍼하면서 놀고 외로워하면서 놀고, 죽을힘을 다해 노력하면서 놀고, 잔뜩 기대하면서 놀고, 풀죽어 실망하면서 놀고, 안타까이 후회하면서 놀고, 탄식하면서 놀고, 놀고 놀고 놀고, 정말이지 죽을 때까지 쉼 없이, 한없이 놀자.

　그러니, 당신에게만 살짝 귀띔하자면, 곁에서 보기에 내가 진지해 보일 때, 화가 나 보일 때, 슬프거나 외로워 보일 때, 하지만 어쩌면 나는, 사실은 말이죠, 놀고 있는 것일지도 몰라요

98. 즐거움의 극치, 모든 것으로 놀다

마사 너스바움[16] 〈공부를 넘어 교육으로〉

심리학자 위니코트는 매우 종교적이고 억압적인 가정에서 자라면서 대인 관계에 심각한 문제들을 경험한다. 이에 그는 놀이야말로 건강한 인성 형성의 핵심이라고 생각하게 된다.

놀이는 (…) 타자에 대한 깊은 공감과 상호 호혜성에 관해 막대한 가치를 지닌 연습을 안전하게 해볼 수 있는 것이다. (…) 아이가 부모나 다른 아이들과 상호 작용하는 놀이를 통해 점차 자신감과 신뢰를 획득할수록 통제는 느슨해지며, 아이는 실제 상황이라면 괴로울 수 있으나 놀이 속에서는 기쁘고 즐거운 방식으로 자신의 나약함과 놀람을 실험할 수 있게 된다. (…) 가령 어린이집에서 동시와 동화들을 배우고 다른 아이들과 함께 노는 법을 배우는 것은 삶의 방식을 배우는 중요한 과정이다. 매우 위협적일 수도 있는 타자의 등장은 놀이에서는 호기심의 즐거운 원천이 되며, 이 호기심은 우정, 사랑 그리고 훗날 사회·정치적 삶에 필요한 건강한 태도를 발전시키는 데 기여한다.

16　Martha C. Nussbaum 1947~
　　세계적으로 저명한 법철학자, 정치학자, 윤리학자, 고전학자, 여성학자로서 뉴욕대학교에서 연극학과 서양고전학으로 학사학위를, 하버드대학교에서 고전철학으로 석사와 박사학위를 받았다. 하버드대학교와 브라운대학교를 거쳐 현재 시카고대학교 로스쿨과 철학과, 로스쿨, 신학과의 법학, 윤리학 석좌교수이다. 2014년 인터넷에서 가장 많이 인용, 검색된 사상가 22위에 선정되었고. 미국 외교전문지 〈포린 폴리시〉가 선정한 '세계 100대 지성'에 두 차례 (2005, 2008) 선정되었으며 노벨경제학상 수상자인 아마티아 센가 함께 UN인간개발지수(HDI)를 만드는 데에도 기여했다.

◆

사랑하는 그대. 생각해보니 내가 당신과 함께 친구처럼 알고 지낸지도 거의 20년이 된 것 같군요. 그런데 말이에요, 우리가 그동안 만나서 한 일은 거의 대부분이, 최소한 80~90%는 노는 것이었어요. 물론 그 사이사이에 뭔가 의미 있는 일도 함께 추진해보았고 서로 뜻을 합쳐서 어떤 사업을 시도해보기도 했고, 안타깝게도 그 20년 동안 당신과 나는 사랑하는 가족을 이 세상에서 떠나보내기도 했으며 또 아이들이 자라 사회에 나가는 것을 돕기도 했지요. 하지만 그 모든 것은 우리들이 노는 사이에 벌어진 일들이었어요. 아마 앞으로도 우리는 그럴 것 같은데, 당신도 그렇죠?

사람이 다른 사람과 함께 할 수 있는 것은 참으로 다양합니다만, 그 모든 것을 다 쳐도 사람들 사이에서 가장 의미 깊은 것은 놀이가 아닐까 싶어요. 놀면서 친해지고, 놀면서 일도 꾸미고, 놀면서 위로도 하고 용기도 주고, 놀면서 서로의 일을 돕기도 하고, 놀면서 생각도 하고……

사실 말이지, 누군가와 함께 놀 수 있다는 것은 그리 쉬운 일이 결코 아닙니다. 마음이 맞지 않으면 절대로 불가능하니까요. 어떤 이들은 놀이를 우습게 생각할지 몰라도 함께 놀기 위해서는 사람의 인격, 취향, 생활방식, 삶에 대한 그 사람의 자세와 태도 등 아무 많은 요소들이 동원됩니다. 그러니 반대로, 누군가와 함께 놀 수 있다는 것은 사람과 사람이 최고로 유익하고 최상으로 편안한 이웃을 서로 얻는 것과 같으며, 하나의 생(生)이 또 하나의 생과 만나서 생의 즐거움을 창조할 수 있는 축복이라고 할 수 있을 겁니다.

놀이가 없는 삶은 얼마나 재미없을까요? 그러므로 우리는, 우리들로부터 놀이를 박탈해버리기 위해 온갖 수단을 다 동원하는 이 자본주의 세상에 맞서, 빡빡하게 조직된 이 '생산과 소비'의 세상에 맞서, 아무쪼록 앞으로도 쭉 열심히, 한 평생 잘 놀다 갑시다.

99. 존재의 결핍을 놀이로 바꿔내는 인간

지그문트 프로이트[17] 〈쾌락원리의 저편〉

한 살 반 나이의 어린 어린아이를 둔 어머니는 어느 날 아기를 보모에게 맡겨두고 외출을 나간다. 약 반나절 뒤 다시 집으로 돌아왔을 때 그녀는 아이가 이상한 놀이를 하고 있는 것을 즉, 실패꾸러미를 던지고 놀고 있는 것을 발견하게 된다.

아기는 실을 잡고 매우 익숙하게 실패를 커튼이 쳐진 그의 작은 침대 가장자리로 던졌다. 실패가 그 속으로 사라졌고 이 현상에 대해서 어린아이는 의미심장한 오-오-오-오 소리를 냈다. 그 다음에 그는 실을 당겨서 실패를 다시 침대 위로 끌어냈지만, 입에는 이 현상을 즐거운 소리로 "저기 (Da)"라고 하면서 맞이했다.

그것은 사라짐과 돌아옴의 완벽한 놀이였다. (…) 그 놀이는 아이의 위대한 문화적 업적과, 곧 저항하지 않고 어머니를 가도록 허용하는, 아이가 성취한 충동의 포기와(충동만족의 포기와) 관련된 것이었다. 그는 자신의 힘이 미치는 범위 안에서 물건들 자체가 사라졌다가 되돌아오는 것을 연출함으로써 충동 포기에 대한 포상을 받았다.

아이는 수동적인 채로 (자신의 어머니가 갑자기 사라져버리는 끔찍한) 체험에 직면하게 되었고, 체험이 불쾌했음에도 불구하고 그 체험을 놀이로서 반복함으로써 능동적 역할을 맡게 되었다. (…) 말하자면 스스로 그러한 상황의 주인으로 만드는 것이다.

---

17 Sigmund Freud 1856 ~ 1939
   정신분석학파의 창시자이다. 오스트리아의 정신과 의사 〈꿈의 해석〉으로 유명하다. 인간은 자기 내부의 무의식의 지배를 받는다는 것을 발견해냈다. 정신 병리를 치료하는 정신분석학적 임상 치료 방식을 창안하였다. 《히스테리 연구》, 《꿈의 해석》, 《일상생활의 정신병리학》 등 많은 저작을 남겼다.
   위의 인용문은 독자들의 이해를 위하여 필자가 〈쾌락 원리의 저편〉을 부분적으로 수정, 발췌한 것임.

◆

 인류의 아득한 옛날, 고대사회에 대한 수많은 연구와 보고들이 한결같이 증명해주고 있는 사실은 인간은 거의 모든 것을 놀이로 전환해내는 놀라운 능력을 지니고 있다는 것입니다. 고대인들은 사냥이나 농사와 같은 집단노동에서는 물론이고 결혼식을 하거나 성인식, 장례 예식을 치를 때에도 늘 '놀았습니다.' 인간은 항상 춤추고 노래 부르고 시합을 벌이는 등 모든 것을 놀이로 즐겼고 심지어 전쟁도 초기에는 일종의 놀이였다고 해요.

 인간의 내면에 무의식이라는 것이 존재한다는 사실을 발견함으로써 인간 이해에 혁명적 발전을 가져온 정신분석학의 창시자, G. 프로이트는 위의 인용문에서 또 한 가지의 중요한 사실을 우리에게 펼쳐 보여줍니다.

 어머니가 외출을 하자, 생후 1년 6개월 정도의 어린아이는 자신의 생명과 존재에 직결되어 있는 어머니가 눈앞에서 사라지는 '충격적인 체험'을 하게 됩니다. 아이에게 그런 일은 하늘이 무너지는 것과 같은 일이지요. 아이 쪽에서는 '존재의 한 쪽이 무너져 내리는 경험'이 일어납니다. 정신분석학을 한 단계 더 발전시켰다고 평가되는 프랑스의 어떤 사나이[18]는, 아이에게서 일어난 이때의 체험을 인간 내면에 영원한 낙인처럼 찍혀지는 '존재의 근원적 결여–상실의 체험'이라고 불렀습니다. 그렇게 우리는 최초의 상실 즉, '존재 내부에 커다란 구멍이 뚫리는 근원적 상실'을 겪게 되고, 그 구멍은 우리의 인생 내내 채워지지 않는 목마름의 근원으로 작동한다고 해요.

 아무튼, 그런데 이때 어린아이 쪽에서는 놀라운 일이 벌어집니다. 아이는 어머니가 사라지는 충격 즉, 존재의 근원적 상실의 경험을 불과 반나절 만에 '놀이'로 바꿔버립니다. 고통을 놀이로, 불행을 놀이로 바꿔내는 이것이 바로 인간 문명의 출발점이죠. 한 마디로 말해서 놀이는 죽음, 공포, 사랑, 배고픔 등 삶의 온갖 행복과 불행의 경험을 창조적으로 극복해내는 위대한 능력의 표출이라는 겁니다.

---

18 자크 라캉(Jacques Lacan 1901~1981)을 말한다.

100. 자유로운 영혼들의 시대가 온다

제레미 리프킨[19] 〈접속의 시대〉

새로운 시대를 맞이하여 산업은 창조적인 것에 길을 내주고, 비즈니스는 '일'이라는 개념보다는 '놀이'라는 개념으로 정의되고 있다. 이제 모든 영역에서 사업은 문화의 주춧돌이 되는 창조적이고 예술적인 것이 되도록 자신들의 조직 환경을 새로 만들어가기 시작했다. 많은 관리자들은 개인들을 더 이상 '작업자'로 여기지 않고 '플레이어'로 간주하고 있다.

근로 환경은 문화적 행위의 새로운 중요성과 생생한 경험의 마케팅을 반영한 유희적인 놀이의 환경으로 바뀌고 있는 것이 확실하다. 기업들은 예술적 창조성에 이바지하는 더욱 편안한 분위기를 창출하기 위해 모든 종류의 '유희적인(playful)' 혁신을 도입하고 있다. 도쿄의 캐논은 '명상 룸' 설치를 완료했고 로체스터의 코닥은 장난감과 비디오와 게임들을 갖춘 '유머 룸'을 마련했다. 바디숍은 '플레이어'들이 재미있게 즐길 수 있는 오락적인 조각들로 긴 벽을 채웠다. (…)

놀이는 사람들이 문화를 창조할 때 행하는 것이다. 그것은 창조를 위한 인간의 상상력을 자유롭게 만들어준다. 놀이는, 만약 그것이 없었더라면 문명이 존재할 수조차 없었던, 인간 행동의 근본적인 토대이다.

---

19 Jeremy Rifkin, 1945~
미국의 경제학자, 사회학자, 작가. 그는 자연과학과 인문과학을 넘나들며 자본주의 체제 및 인간의 생활방식, 현대 과학기술의 폐해 등을 날카롭게 비판해온 세계적인 학자이다. 또한 전 세계 지도층 인사들과 정부 관료들의 자문역을 맡고 있으며 과학 기술의 변화가 경제, 노동, 사회, 환경에 미치는 영향에 대해 활발히 집필 작업을 해 왔다. 《엔트로피》, 《종말》 시리즈로 널리 알려져 있다.

◆

언젠가 내가 이런 질문을 했던 것, 기억나는가요? "왜 우리는 숨바꼭질이 재미있는 것일까? 어렸을 때 우리는 왜 술래잡기가 그렇게 재미있었을까?"

나는 그 대답의 힌트를, 인류가 이 지구에서 가장 오랫동안 보낸 시간이 석기시대였다는 사실에서 찾습니다. 인간의 유전자에는 피부색이나 곱슬머리 같은 생물학적 정보만이 아니라 자연 환경 속에서 살아남기 위해 노력했던 생존의 기억과 정보도 고스란히 담겨 있기 마련입니다. 인류는 무려 백만 년에 이르는 시간 동안 맹수들과 경쟁하고 사냥과 채집을 하며 살았지요. 우리가 숨바꼭질이나 술래잡기 놀이에 흠뻑 취했던 까닭은, 비록 우리들 각자는 그 기억들을 잊어버렸지만 우리 유전자의 깊은 심층에는 석기시대의 기억들, 그 오랜 시간 동안 축적된 생존의 기록들이 남아 있기 때문이라고 나는 생각합니다. 숨바꼭질이나 술래잡기는 '숨음-발견'과 '달아남-쫓아감'의 놀이입니다. 석기시대 인류는 맹수를 피해 숨거나 달아나고, 사냥을 위해 몸을 은폐하는 등의 활동을 하며 살았습니다. 언젠가부터 인류는, 목숨을 건 그 생존의 노력들을 놀이로 바꾸어 즐기기 시작했던 것이지요.

놀이는 완벽히 주체적입니다. 누가 시켜서 억지로 노는 사람은 이 세상에 아무도 없을 것입니다. 또는 돈벌이를 위해서 어쩔 수 없이 노는 사람에게서 놀이는 더 이상 놀이가 아닐 것입니다. 그리고 모든 주체적인 활동은 반드시 창조성을 낳습니다. 스스로 하고 싶어서 하는 일은 더 잘 하고 싶어지고, 최상의 효과를 얻을 수 있는 방법을 저 나름대로 생각토록 만들잖아요?

창조성의 원천은 자유입니다. 석기시대로부터 인류는 목숨이 걸린 생존 투쟁조차도 놀이로 전환해내는 자유로운 존재였습니다. 자유는 목숨을 걸 수 있을 때가 진짜일 거예요. 오늘날은 '지식콘텐츠 경쟁의 시대, 창의적 상상력의 시대'라고 말합니다. 나는 아무것도 두렵지 않다, 나는 이 세속의 아무것에도 구속되지 않겠다, 바야흐로 이처럼 '과감하게 자유로운' 영혼의 소유자들이 세상의 주인공들이 되는 시대가 시작되었다는 말인 게지요.

101. 주인과 노예의 차이

자크 라캉[20] 〈세미나 11〉

"돈이냐 목숨이냐!" 만일 제가 돈을 선택한다면 돈도 목숨도 다 잃게 되겠지요. 만일 목숨을 선택한다면 돈 없는 목숨, 즉 한쪽 귀퉁이가 떨어져나간 목숨만을 건질 겁니다. (…) 한 마디로 요약하자면, 인간을 노예의 길로 들어서게 하는 최초의 소외가 어떻게 발생하는가라는 문제입니다. 즉 "자유냐 목숨이냐!"라는 것이지요. 만일 자유를 선택하면 죽임을 당할 것이므로 즉시 둘 다 잃게 될 것입니다. 그런데 만일 목숨을 선택한다면, 그는 자유가 잘려나간 목숨만을 건지게 되겠지요. (…) 노예에게 선택은 '자유냐 목숨이냐'로 주어지고, 이는 '목숨이 없다면 자유도 없다'로 귀결됩니다. 결국 자유라는 한 귀퉁이가 잘려나간 목숨만을 부지하게 되는 겁니다. (…)

주인의 본질이 나타나는 것은 그 자신이 "자유냐 죽음이냐"라는 질문을 듣는 순간, 즉 자유를 얻기 위해서는 죽음밖에 선택할 수 없는 테러의 순간에서입니다. 주인의 최상의 이미지는 클로델(Paul Claudel)의 비극의 등장인물인 시뉴 드 쿠퐁텐(Sygne de Coûfontaine)이 보여줍니다. 그녀는 자기 자리, 즉 주인의 자리를 절대로 포기하려 하지 않는 모습을 보여줍니다. 그리고 그녀가 희생해가며 지키는 가치들은 스스로를 희생하도록 만들었을 뿐 아니라 가장 깊은 곳에 있는 그녀 자신의 존재 자체까지 포기하지 않을 수 없도록 만들었습니다.

---

20 Jacques-Marie-Émile Lacan 1901~1981
프랑스의 철학자, 정신분석학자이다. 지그문트 프로이트의 정신분석학을 '과학'으로 정립하기 위해 노력한 사람으로서 세계적인 명성을 얻었다. 주요 저서로는 《에크리 (Écrits)》가 있지만 그 외에도 그의 〈세미나〉 강의 내용을 기록한 여러 권의 책들이 많은 주목을 받고 있다.

◆

놀이가 창조성의 원천인 이유는 놀이가 즐거운 이유와 동일합니다. 놀이가 즐거운 이유는 그것이 누가 시켜서가 아니라 자기가 하고 싶어서 하는 것이기 때문이고 그렇게 자유로울 때 비로소 상상력은 생각의 감옥에서 풀려나오기 시작하기 때문이며 우리의 정신은 바로 그것을 즐기기 때문일 것입니다. 간단히 말해서, 천재적 창조성은 인간이 자유로운 정신을 회복하기만 한다면 그 누구에게서나 출현하는 능력이라는 말입니다. 더 간단히 말하라면, 인간 본래의 창조적 능력은 노예의 것이 아니라 주인의 것이다, 이렇게 요약할 수 있을 것입니다.

독일의 어느 현인[21]은 '자유냐 목숨이냐'라는 유명한 명제를 던졌습니다. 노예가 노예인 이유는 목숨을 잃을 것이 두려워 자유 대신에 목숨을 선택하기 때문입니다. 노예는 목숨을 선택하기 때문에 영원히 노예에서 벗어나지 못하지만, 주인은 목숨을 잃을 두려움에 굴하지 않고 자유를 선택하기 때문에 주인일 수 있습니다. 목숨을 잃을까 두려워하는 자는 목숨에 사로잡힌 노예가 되지만, 목숨을 잃을 두려움에 굴하지 않는 자는 진짜 생명의 자유를 얻습니다. 이순신 장군도 "죽고자 하는 자는 반드시 살고, 살고자 하는 반드시 죽을 것이다(必死則生, 必生則死)"라고 말했습니다. 또한 예수도 "자기 목숨을 사랑하는 이는 목숨을 잃을 것이고 이 세상에서 자기 목숨을 미워하는 이는 영원한 생명에 이르도록 목숨을 간직할 것이다."라고 말했지요.

나는 생존의 공포나 성취의 욕망에 사로잡혀 자유도, 놀이도, 창조성도 잃어버린 가련한 노예이고 싶지 않습니다. 이루고자 하는 자는 사로잡히고, 사로잡히지 않고자 하는 자는 이룰 것이니까요.

---

21 G. W. F. 헤겔(Georg W. F. Hegel 1770~1831)을 말한다.

102. 세속세계의 순진한 바보들

노자[22] 〈도덕경〉 / 박남수[23] 〈새 1〉

도(道)를 도라고 말하면 이미 도가 아니다   - 노자

1
하늘에 깔아 논
바람의 여울터에서나
속삭이듯 서걱이는
나무의 그늘에서나, 새는
노래한다. 그것이 노래인 줄도 모르면서

새는 그것이 사랑인 줄도 모르면서
두 놈이 부리를
서로의 쭉지에 파묻고
다스한 체온을 나누어 가진다.

2
새는 울어
뜻을 만들지 않고,
지어서 교태로
사랑을 가식하지 않는다.

                                    - 박남수 〈새 1〉

---

22 老子 1901~1981 앞에서 소개되었던 중국 춘추시대의 철학자.

23 朴南秀 1918~1994
    시인. 1939년 《문장》지에 〈초롱불〉, 〈밤길〉 등으로 등단하였고 시집으로 《초롱불》, 《갈매기의 소묘》, 《신
    의 쓰레기》, 《새의 암장》, 《사슴의 관(冠)》 등이 있다.

가장 위대한 능력은 사랑입니다

◆

장차 유행하게 될지도 모를 우스갯소리 하나 소개할까요? 지구상 어느 곳에 있는 나라의 대통령은 외국에 나가 여러 나라 정상들이 "이젠 창조력이 경쟁력이다"라고 흥분하는 것을 듣고는 크게 깨달은 바가 있어 돌아와 곧바로 자기가 아는 사람 중에서 가장 똑똑한 사람을 찾아 '창조담당 장관'으로 임명했습니다. 대통령의 신임을 받은 '창조 담당 장관'은 열정적으로 파고듭니다. 깊은 고민과 풍부한 조사 끝에 드디어 그는 창조성의 놀라운 비밀 하나를 알아냅니다. 애플의 창업자 스티브 잡스를 비롯해서 미국의 수많은 벤처기업이 '차고(garage)'에서 시작했었다는 사실이 그것입니다. 어려서부터 그들은 거기서 자전거를 수리해보거나 무언가를 만들어보며 자랐다는 것이지요. 그러나 자기 나라 주택들에는 그런 차고들이 없었죠. 창조 담당 장관은 이튿날 지체하지 않고 곧장 기자회견을 열어서, 온 나라를 창조적이게 할 혁명적 방법이라며 다음과 같은 정책을 발표합니다. "창조적 천재들을 길러내는 것은 차고이다. 이제부터 모든 집에 차고를 만들겠다!"

천재는 그가 천재임을 세상사람 모두가 알지만 정작 자신은 그 사실을 모릅니다. 천재가 되고 싶다고 열망하기는커녕 아예 천재를 의식조차 하지 않으니까요. 세속의 눈으로 볼 때 천재는 가장 순진한 바보이지요.

도(道)를 도라고 말하는 순간 이미 도가 아니다. 마음에서 진실로 우러나오는 것이 진짜입니다. 도를 의식할수록 도는 달아나고, 능력을 의식할수록 능력은 달아납니다. 아무도 사랑을 '잘해야 할' 대상이나 목표로 삼고서 사랑을 위해 노력하지는 않습니다. 노래인 줄도 모르고 새가 노래하듯이, 사람들은 사랑인 줄도 모르고 사랑하지요. 앞에서 쇼펜하우어가 '의식이 의지로 가득 차 있는 한 우리는 결코 행복이나 평화를 누릴 수 없다'고 말했듯이, 잘해야겠다는 생각에서 자유로워질 때, 성공해야겠다는 생각 자체로부터 해방될 때 비로소 우리들 자신의 위대한 능력을 보이게 될 것입니다.

103. 미안한데요, '행복보장선택법'은 없어요

임마누엘 칸트[24] 〈도덕 형이상학을 위한 기초 놓기〉

    불행하게도, 행복이라는 개념은 너무 불확실해서 모든 인간이 행복을 얻으려고 소망하면서도 자신이 진정 무엇을 소망하고 '하려고 하는'지 한 번도 스스로 확정적이고 일관되게 말할 수 없을 정도다. 그 원인은 행복이라는 개념을 이루는 모든 요소는 전부 경험적인 것, 다시 말해 경험에서 빌려와야만 하기 때문이다. (…)

    만약 그가 오래 살기를 바란다면 그것이 오랫동안 비참하게 사는 것이 아니라고 누가 보증하겠는가? 만약 그가 최소한 건강만을 바란다면 아주 건강할 때 빠지게 되는 방탕함을 막기 위해 얼마나 자주 육체의 불편을 감수해야(절제해야)하겠는가? 간단히 말해, 그는 무엇이 자기를 진정으로 행복하게 해줄지 어떤 근본 법칙에 따라 완전히 확실하게 결정할 수 없다. 왜냐하면 그렇게 하기 위해서는 모든 것을 다 알고 있어야 하기 때문이다. 또한 행복해지기 위해서는 정해진 원칙에 따라 행위 할 수 없고, 단지 경험적인 충고들, 예를 들어 식이 요법, 절약, 예절, 자제 등 대체로 잘 사는 데 가장 필요하다고 경험이 가르쳐주는 것들에 따라 행위 할 수 있을 뿐이다. 따라서 이런 결론이 나온다. 엄밀하게 말해 영리함의 명령법은 전혀 명령할 수 없다.

24　Immanuel Kant.
　　앞에서 소개하였다.

가장 위대한 능력은 사랑입니다

◆

　청년 A는 요즘 대학 졸업 후의 진로를 놓고 심각한 고민에 빠져 있습니다. 원래는 방송 PD가 꿈이었지만 과학도 좋아해서 공과대학으로 진학했던 그는, 음악에 관심과 재능도 있어서 최근 사회적으로 작곡가들이 인기를 끄는 것을 보자 그쪽으로 다시 관심이 일어나고 있습니다. 그런데 대기업 소프트웨어 분야에 취업한 이른바 '잘 나가는' 선배는 앞으로 소프트웨어 인재가 최고이니 그쪽으로 취업하라고 하고, 부모님은 원래의 꿈을 다시 찾아서 방송쪽으로 대학원을 진학하는 건 어떠냐고 합니다. 하지만 지도교수는 그것은 무리이니 일반 기업에 엔지니어로 취업하라고, 방송동아리의 친한 선배는 팟캐스트 같은 뉴미디어 쪽이 전망이 좋으니 함께 해보자고 합니다.

　그에게 결여되어 있는 것은 자신의 행복을 보장해주는 행복의 법칙이 아니라, 자신의 확고한 가치관과 신념입니다. '해야 한다'가 존재하지 않고, 인생을 건 내기에 자신을 던지는 일은 상상조차 해 본 적이 없다면 혼란과 갈등은 끝없이 반복될 것입니다. 삶의 길을 물을 때 우리가 던질 수 있는 기준은 능력, 욕망, 의무 이 세 가지입니다. 청년 A가 현기증이 날 만한 혼란과 갈등에 빠지는 이유는 '할 수 있는 것'과 '하고 싶은 것'만을 생각할 뿐 '해야 하는 것'에 대해서는 완벽히 망각하고 있기 때문일 거예요.

　만약 현재의 능력만 가지고 판단한다면 자신의 한계를 넘어 더 큰 능력으로 나아가는 길과는 영원히 결별하게 될 것입니다. 욕망도 마찬가집니다. 사람은 욕망의 충족만으로는 절대로 완전한 행복에 도달할 수 없다는 점에서 결국 반쪽짜리 행복을 얻을 뿐입니다. 반면 어떤 가치를 강력하게 주장하고 그것이 세상에 실현되는 일에 삶을 던지는 사람, '해야 한다'는 강한 사명감으로 살아가는 사람은 그 가치의 신성한 제단에 자신을 바치는 일종의 '사케르(sacre/헌신獻身)'여서 거룩한 신바람을 타고 전진할 것입니다. 온갖 난관과 어려움, 심지어 죽음까지도 뚫으며 결코 멈추지 않는 강력한 힘을 발휘합니다. 이들의 손에서 인간의 위대한 성공들이 이룩되었지요.

104. 소망하는 삶 자체가 행복입니다

아리스토텔레스 〈니코마코스윤리학〉

아우구스티누스 〈고백록〉

셰익스피어 〈베니스의 상인〉

우리는 여전히 그것을 원하기 때문에 행복할 수 있습니다.

– 아우구스티누스

우리는 그 자체로 추구되는 것이 다른 것 때문에 추구되는 것보다 완전하다고 말한다. 따라서 언제나 그 자체로 선택될 뿐 결코 다른 것 때문에 선택되지 않는 것이 완전하다. 그 무엇보다도 행복이 그렇게 완전한 것으로 보인다. 우리는 행복을 언제나 그 자체 때문에 선택하지 다른 무엇 때문에 선택하지 않는다. 인간의 기능을 이성에 따른 영혼의 활동이라고 한다면, 인간적인 좋음은 훌륭함에 따른 영혼의 활동이고, 그 활동 자체가 곧 행복이다.

– 아리스토텔레스

인간은 얻었을 때보다 좇을 때가 좋은 법.

– 셰익스피어

◆

식사를 하기 전일 때와

식사를 맛있게 하는 중일 때,

그리고 식사를 끝낸 뒤,

언제가 가장 즐겁습니까?

맛있는 식사를 하는 것은

맛있는 식사 자체가 목적이지

다른 것이 그 목적일 수 없습니다.

식사를 다른 용도로 사용하는 경우, 즉

사교나 데이트, 혹은 흥정이나 정치적 거래 등의 수단으로

식사를 하는 경우를 제외하고는 말입니다.

소망이 없는 삶만큼 지루한 것은 없을 것입니다.

여자들은 무언가를 이루어낸 남자보다

그것을 이루는 과정에 완전히 몰입해서 열정적으로 일하는 남자에게서

더 매력을 느낀다고 합니다.

하지만 그게 여자, 남자만 그렇겠습니까?

낚시도 물고기를 잡는 그 과정이 없다면 무슨 재미이겠습니까?

　그래서, '눈치빠른 아내(?)'들은 스스로를 남편들의 영원한 물고기로 둔갑시키곤 하지요.

105. 하늘은 왜 그에게서 천재성을
회수해 갔을까

볼프 슈나이더[25] 《위대한 패배자》

1878년 오스카는 양손에 많은 상을 거머쥐고 옥스퍼드를 졸업했다. 그리고 몇 년 만에 이 천재는 세계적인 작가가 되고 사교계의 스타가 되었다. 그러나 약 20년 후, 세상으로부터 버림받은 자가 되어 감옥에서 이렇게 썼다.

"신들은 내게 거의 모든 것을 선사했다. 세간의 명성, 장인 정신 그리고 지적인 모험심에 이르기까지……. 나는 인간의 정신과 사물의 색깔을 바꾸었고, 내 모든 말과 행동은 사람들은 놀라게 했다.

어느 누구도 타인으로부터 그렇게 파멸당하지 않는다……. 세상이 내게 저지른 행위도 끔찍했지만, 내가 내 자신에게 저지른 것은 한층 더 끔찍했다. 나와 같은 위치에 있던 사람치고 그렇게 깊은 수렁에 빠진 사람은 없을 것이다. 나에게 열등감을 느끼는 사람들은 나에 대해 전혀 동정을 보이지 않았다. 나는 안다. 나는 세상으로 돌아가면 누구도 반기지 않는 불청객이 될 것이다."

감옥에서 나온 오스카는 허름한 여인숙을 거처로 정했다. 이가 아팠지만 치과에 갈 돈조차 없었다. 그는 빌붙고 구걸을 하며 근근이 연명했다. 쓰디쓴 눈물, 격렬한 회한, 피맺힌 땀방울, 어느 누구도 오스카만큼 이러한 것들에 대해 잘 아는 사람은 없을 것이다.

25 Wolf Schneider
    독일의 작가, 언론인. 1955년부터 40년간 '함부르크 언론인학교'를 운영하였고, 《쥐트도이치 차이퉁》지 워싱턴 특파원, 《슈테른》지 주필, 《벨트》지 편집국장, 방송 토크쇼 진행자로 활동했다. 《네안데르탈인: 인류 역사상의 가장 중요한 진화》, 《승리자: 천재들과 공상가와 범죄자들은 무엇으로 유명해졌을까?》 등 20권 이상의 책을 출간했다.

가장 위대한 능력은 사랑입니다

◆

인성(人性)이 좋지 않은 사람은 반드시 문제를 일으키게 마련입니다. 함부로 말하고 오만하며 도덕을 비웃고 자신이 가진 돈과 권력의 힘을 믿고 다른 사람의 인격을 아무렇게나 짓밟아대는 사람, 타인에게 잔인할 정도로 가혹한 반면 자신의 이익과 욕심 외에는 안중에도 없는 사람, 이런 사람은 타인들을 슬프게 하고 타인들에게 피해를 강요하므로 반드시 세상 사람들로부터 배척당하게 될 것이며 언젠가는 끔찍한 파멸을 맞이하게 됩니다.

그런데 만약 인성이 나쁜 사람이 부자가 아니고 높은 지위에 있지 않다면 매우 이른 시기에 문제를 일으키게 되고 따라서 작은 파멸로 그칠 것입니다. 이 경우, 자신을 반성하여 새로운 사람으로 나설 기회가 아직은 있지요. 그러나 만약 그가 엄청난 부자이거나 높은 권력을 쥐고 있을 경우는 사정이 다릅니다. 그의 돈과 권력은 그의 나쁜 인성이 불러일으키는 파멸의 순간들을 더 뒤로 유보시키게 합니다. 돈과 권력으로 문제를 덮거나, 약자들이나 피해자들을 돈이나 권력으로 억누를 수 있기 때문이지요. 하지만 그럴수록 그는 자신의 나쁜 인성이 얼마나 심각한지 점점 더 무감각해지게 되고 더욱 더 안하무인이 되어갑니다. 결국 그는 자신의 돈과 권력으로도 어찌할 수 없는 큰 잘못을 저지를 때까지 자신의 나쁜 인성을 키워갑니다. 그러다가 결국 사태가 터지고 그는 꼼짝없이, 어떤 재기의 기회도 다 사라진 최후의 시간에 치명적 파멸을 맞닥뜨리게 되는 거예요. 나는 이것을 '인성과 권력의 역설'이라고 부르고 싶습니다. 요즘 하루가 멀다 하고 뉴스에 등장하는 기업들의 '오너 리스크(owner risk)' 사례들이 그것을 증명합니다.

천재 작가였던 오스카 와일드도 그런 경우였습니다. 자신의 천재적 재능에 도취하여 세상을 안하무인으로 살았고 도덕을 우습게 알며 온갖 저질스러운 짓을 이어가다 파멸하고 말았습니다. 한창 때 그는 이렇게 말했지요.

"이젠 정상에 머물러 있는 것도 지쳤어. 나는 새로운 센세이션을 찾아서 일부러 추락을 결정했어. 골백번이라도 부자연스러운 악덕을 저지르고 싶다."

106. 노력하지 않는 자들이 세상을 탓한다?

부뤼크네르[26] 〈순진함의 유혹〉

이데올로기의 추락은 우리에게서 편리한 의지처를 앗아갔다. 이 의지처는 다름 아닌 우리의 불운을 제국주의와 자본주의·공산주의의 탓으로 돌리는 것이었다. "이것은 ··· 의 잘못이다."라는 반사작용은 더욱 어렵게 되었다. 그러나 이러한 허깨비들이 사라진 것이 우리 사회를 더욱 현명한 방향으로 이끌 것이라는 믿음은 잘못이다. 반대로 큰 희생양들이 소멸한 지금 절대적으로 이것들을 부활시키고 싶은 유혹이 생기며, 우리에게 은밀한 자기 논리를 강제하는 모호한 어떤 실체의 협잡에게 우리 자신의 피로함과 불쾌함을 돌리고 싶은 유혹이 생긴다.

---

26 Pascal Bruckner 1948~
프랑스의 소설가이자 에세이스트, 현대철학자. 로만 폴란스키 감독이 영화화했던 〈비터 문〉의 원작자로서 주목을 받았고 1995년에 〈순진함의 유혹〉으로 프랑스 3대 문학상의 하나인 메디치상을, 1997년에 〈아름다움을 훔치다〉로 역시 3대 문학상의 하나인 르노도상을, 〈번영의 비참〉으로 최우수 경제학도서상을 수상했다.

가장 위대한 능력은 사랑입니다

◆

당신은 교묘한 말로 에둘러 말하고 있지만, 한 마디로 '노력하지 않는 사람들이 자신의 실패를 세상 탓으로 돌린다'고 말합니다.

당신의 이야기에 따르면, 이 세상은 노력에 대한 정당한 보상이 잘 주어지는 세상이고, 노력하지 않은 사람은 그만큼 보상을 받지 못하는 세상입니다. 이를테면 물려받은 상속 재산으로 떵떵거리며 한 평생 놀며 지내는 사람 따위는 눈을 뜨고 찾아볼 수 없는 세상이라는 말이지요. 당신의 말대로라면 '유전무죄 무전유죄' 같은 소리는 먼 나라 얘기입니다.

또한 당신은, 이상야릇한 논리를 동원해서 말하고 있지만, 간단히 말해서 '자본주의니 뭐니 비판하는 사람들은 자기 개인의 불행을 사회 탓으로 돌려서 심리적 위안으로 삼으려는 것이다'라고 말합니다.

당신의 생각대로라면, 사회적 모순과 불합리에 따른 피해자들의 불만과 비판은 자아성찰이 좀 필요한 자들의 불건전한 증오심의 결과이며, 모든 사회 문제는 심리적 정화 노력이 상당히 요청되는 각 개인들의 삐뚤어진 눈에 비춰진 것입니다.

그러나 당신은, 불행한 사람들의 마음속을 그렇게 잘 읽어내는 당신은, 그 사람들의 고통스러운 삶과 슬픔에 대해서는 전혀 눈길을 주지 않습니다. 설령 당신의 말대로 그들이 뭔가 잘못된 원한이나 증오심, 질투심에 빠져 있다고 하더라도, 당신은 그것을 차갑게 비웃을 뿐 그것의 근원이 어디에 있는지, 그들로 하여금 그토록 비탄과 원한에 빠지도록 만드는 것은 무엇인지, 또한 그들을 어떻게 구해낼 것인지에 대해서는 어떤 뜨거운 애정의 마음도 보여주지 않습니다.

아무튼, 고통 받는 이들의 슬픔을 파고들어 그 속에서 부도덕한 원한과 증오를 찾아내고야 말겠다는 것은, 너무 잔인한 것 같아요.

107. 나는 왜 이렇게 태어났단 말인가!

부뤼크네르[27] 〈순진함의 유혹〉

프로이트는 다음과 같이 말한다. "우리는 모두 타고난 병과 소아병 때문에 자연과 운명에 대해 원한을 간직할 권리가 있다고 믿는다. 우리 모두는 조기에 손상된 나르시시즘과 자존심에 대한 보상을 요구한다. 왜 자연은 우리에게 천재의 훤칠한 이마와 고상한 특질을 부여하지 않았는가? 왜 우리는 왕궁이 아니라 부르주아의 방에서 태어났는가?"

---

27 Pascal Bruckner 1948~
    앞에서 소개되었던 프랑스의 소설가이자 에세이스트, 현대철학자.

가장 위대한 능력은 사랑입니다

◈

나는 요즘 영화나 텔레비전을 보면, 세상이 좀 즐겁게 돌아가는 것이 아닌가 하는 생각이 들면서 기분이 좋아지곤 합니다.

별로 잘 생기지 못한 영화배우, 그래서 만년 이름 없는 배우이거나 주인공에게 가려진 '조연'들로서 살아야 했던 배우들이 10년 혹은 20년 만에 큰 인기를 얻고, 몸매가 아름답지도 않고 얼굴이 예쁘지도 않은 개그맨이나 연예인들이 이른바 '대세'라 불리며 그동안의 찬밥 신세를 벗어나 인기몰이를 하는 것을 보면서 말입니다.

정 반대도 있지요. 사람을 홀릴 정도의 미모를 자랑하던 어떤 연예인은 그동안 잘 알려지지 않았던 파렴치한 짓이 드러나 하루아침에 사라져버렸죠. 또 누구는 도박이 드러나거나, 저급한 인격의 언행이 드러나거나, 심지어는 성매매 혐의를 받는 일마저 일어나는 등, 한 순간에 천국에서 지옥으로 곤두박질치는 일들이 잊을 만하면 다시 벌어지곤 합니다.

문제는 '타고난 것'에 있지 않습니다. 텔레비전이나 영화와 같은 대중매체만 봐도 금방 드러나는 이런 사실에도 불구하고, 우리는 가끔 자신의 '타고나지 못한' 미모와 '타고나지 못한' 능력, 그리고 불행한 성장 환경에 대한 지독한 원한에 휩싸입니다. 평상시에는 누구나 그 정도까지 가지는 않습니다. 하지만 처절한 실패와 패배의 절망에 빠지면 그런 원한의 유혹을 떨쳐내기란 쉽지 않습니다.

아마 당신은 짐작조차 못했을지 모르겠습니다만, 언젠가 당신이 내게 "이야, 타고났네!"라며 나의 어떤 면을 칭찬했을 때, 그 순간 내 속에서는, 나도 예상치 못했던 어떤 억울함 혹은 서러움이 훅 밀려 올라왔습니다. 나는 속으로 이렇게 항변하고 있었습니다.

"타고나다니! 아, 내가 얼마나 오랫동안 비통함과 싸우면서, 자기결핍의 절망, 자기 연민의 유혹과 싸우면서 죽을힘을 다해 노력해 왔는데……."

108. '타고난 능력'은 나의 것이 아닙니다

존 롤스[28] 《정의론》

천부적으로 혜택을 받은 사람들은 그들이 재능을 더 많이 타고 났다는 바로 그 이유만으로는 이득을 볼 수 없으며, 불운한 사람들을 도울 수 있도록 자신의 자질을 활용하여야 한다.

혹자는, 다른 사람보다 훌륭한 천부적 자질을 가진 개인이 그 자연적 자산에 대하여 그리고 그러한 자산을 계발할 수 있게 한 탁월한 성품에 대하여, 마땅히 그것을 가질 만하다고 생각할 수도 있겠다. 이러한 점에서 더 훌륭한 가치를 지닌 사람이기 때문에 그는 자신의 자산으로 성취할 수 있을 더 큰 이득을 누릴 만한 정당한 자격이 있다는 것이다. 그러나 이 견해는 분명 잘못되었다. (…) 그 누구도 자연적 자질의 배분 체계에서 차지하는 위치가 자신이 몫이라고 주장할 수 없다.

또한 어떤 사람은 근면하기 때문에 노력하여 자신의 능력을 더욱 발전시킬 수도 있을 것이다. 그는 이러한 노력을 가능하게 해 주는 탁월한 성품에 대하여 그것이 자신의 정당한 몫이라고 주장할 수도 있다. 이 견해도 마찬가지로 문제가 있다. 왜냐하면 그의 탁월한 성품은 대체로 운 좋은 가정 배경이나 사회 상황에 따른 것이기 때문이다. 이런 상황에 대해 그는 자신의 몫을 주장할 수가 없다.

---

28 John Rawls 1921~2002
    미국의 정치철학자. 하버드 대학교에서 정치 철학 교수를 지냈다. 아리스토텔레스 이후 정의의 문제를 집중적으로 연구한 학자로서. 20세기 영어권에서 정치철학 분야에서 가장 중요한 위치를 차지하고 있는 학자로 평가된다. 《공정으로서의 정의》, 《정의론》의 저작이 있다.

가장 위대한 능력은 사랑입니다

그러나 나는 압니다. 내가 일구어낸 모든 것이 다 나의 노력의 결과라고 말한다면, 그것이야말로 얼마나 뻔뻔하고 오만한 생각인지를.

삶이란 내가 노력한 그대로를 보상받는 시스템이 아닙니다. 때로는 덜 받고, 때로는 더 많이 받습니다. 삶에는 나 말고도 당신이, 우리가, 그리고 어쩌면 그것보다 더 크고 높은 무언가가 작동하는 것이 사실인 듯합니다. 한 시인은 이렇게 노래했지요.

나는 내 뜻이며 힘으로, 나를 이끌어가는 것이 힘든 일인 것을 생각하고,
이것들보다 더 크고, 높은 것이 있어서, 나를 마음대로 굴려가는 것을 생각하는 것인데,

– 백석 〈남신의주 유동 박시봉방〉

그런데 문제는 내가 노력한 것보다 더 많이 받는 경우예요. 롤스에 의하면 우리가 흔히 '타고난 재능'이라고 부르는 것 때문에 내가 남들보다 더 많은 성취를 이룬다면 그것 역시 부당합니다. 이것은 떳떳하게 정의로운 삶을 살겠다는 우리들의 자존심의 문제이기도 합니다.

'타고난 재능'이란 없습니다. 다만 '우연한 재능'만이 있을 뿐입니다. 어떤 것이 나에게서 태어날 때부터 부여된 재능이라면, 그것은 설명하기가 도저히 불가능할 정도의 복잡성을 동반하는 '삶의 우연성'의 결과인 것이지요. 그 우연성을 설명하기 위해서는 내가 왜 한국에 태어났는가, 내가 왜 이 부모 아래서 태어났는가를 설명할 수 있어야 할 것입니다.

정의로운 사람이라면, '타고난 재능'이라고 부르는 그 재능은 '나에게 주어진 것'이 아니라 '모두에게 주어진 것'이며 나는 그것의 '전달통로'다, 이렇게 말할 거예요. 중간의 전달자, 즉 메신저가 그것을 제대로 전하지 않고 중간에서 가로채서 챙겨버리는 것을 '횡령'이라고 하지요. 횡령을 해놓고도 자랑인양 으스댄다면 그건 정말이지 골치 아픈 구제불능일 거예요.

109. 가장 위대한 능력은 사랑입니다

뤽 페리[29] 〈사랑에 관하여〉 / 알랭 바디우[30] 〈사랑예찬〉

"좋은 삶이란 행복, 불행을 따지기 이전에
일단 사랑이 있는 삶입니다."

– 뤽 페리

"사랑은 가능성은 아닌 것이며, 오히려 불가능한 무엇처럼 나타나게 만
드는 무언가를 극복하는 것입니다. 존재할 이유를 갖지 않았던 무엇, 당신
에게 하나의 가능성처럼 주어지지 않았던 무엇을 존재하게 만드는 것이 바
로 사랑입니다."

– 알랭 바디우

---

29 Luc Ferry 1951~
    2002년부터 2004년까지 프랑스 교육부 장관을 지냈다. 자크 데리다 이후 가장 주목받는 정치철학자라고
    평가받고 있으며, 파리7대학, 리옹대학 철학과 교수를 역임했다. 《미학적 인간》, 《68사상》, 《사랑혁명》,
    《철학적 인간 생물학적 인간》 등의 저서가 있다.

30 Alain Badiou 1937~
    모로코 출신의 프랑스 철학자. 그의 아버지는 레지스탕스활동을 한 사회주의자였고 제2차 세계대전 이후
    툴루즈 시장을 지내기도 했다. 파리8대학, 파리고등사범학교 교수, 프랑스현대철학연구소장을 역임하였
    다. 《존재와 사건》, 《사도 바울》, 《철학을 위한 선언》 등의 저작이 있고 미국, 영국 등지에서 활발한 강연활
    동을 펼치고 있다.

사랑하는 그대.

오늘 당신은 어떤 일에 실패했고 그리고 눈물을 흘렸습니다. 나는 우울하고 안타까웠습니다.

당신은 아무래도 자신은 영 능력이 없는 것 같다며 눈물을 흘렸습니다. 그러나 아닙니다. 당신에게 부족한 것은 능력이 아니라 사랑입니다. 당신은 자신이 그 일을 잘 하지 못한다고 속상해서 눈물을 흘렸지만, 내기 보기엔 그보다도 당신이 그 일을 얼마나 사랑했는지 되물었어야 했습니다. 당신도 인정할 것입니다. 당신은 그 일을 한낱 수단으로만 여겼지 진정으로 그것을 사랑하지 않았습니다. 당신은 자신의 일에서 뛰어난 실력을 보이고 싶었을 뿐, 진정으로 그 일을 사랑하는 것은 아니었습니다. 어머니가 불이 난 집 안으로 아이를 구하러 뛰어 들어가는 것은 누구보다도 아이를 사랑하기 때문이지 소방관보다 더 뛰어난 소방 기술과 능력을 지녔기 때문이 아닙니다.

또한 당신은 지난 시간 동안 능력을 쌓지 못한 것을 후회하면서, 이제 능력을 쌓기에는 시간이 부족하다고 말했습니다. 그러나 아닙니다. 부족한 것은 시간이 아니라 사랑의 열정입니다. 아이를 사랑하는 어머니는 만반의 능력과 준비를 다 갖춘 뒤에 불길 속으로 뛰어들지 않습니다. 맨손으로 뛰어들어 감히 소방관조차도 하지 못하는 놀라운 능력을 발휘합니다. 영화 〈레미제라블〉에서 장발장은 가진 것 하나 없는 도망자 신세지만 자신에게 어린 고아 코제트가 맡겨지자 감격에 겨워 오히려 하늘에 감사를 드립니다. 자신에게는 그런 능력이 없다고 거부하지도 않고, 자신의 능력 부족을 걱정하며 갈등하지도 않습니다. 그에게는 아무런 능력도 미리 준비되어 있지 않았지만, 조금도 주저하지 않고 지하 시궁창 속으로 들어가 코제트의 연인인 혁명가 마리우스를 구해내어 오기도 합니다.

사랑하는 그대, 당신이 이 세상을 열렬히 사랑할 때, 당신은 위대합니다.

VII. 삶으로의 모험

110. 온 우주가 성실하여라

주희[1] 〈중용(中庸)〉

성실함은 하늘의 이치이며 성실해지려고 노력하는 것은 사람의 이치이다. 성실해지려고 하는 사람은 선한 것을 택하여 그것을 잡는 사람이다. 성실함은 사물의 처음이요 끝이며 성실하지 않으면 어떠한 사물도 없다.

---

1   朱熹, 1130년 ~ 1200년
    중국 남송의 유학자로, 주자(朱子)라고 불린다. 유학을 집대성하였으며 성리학을 창시하여 완성하였는데 이를 일컬어 주자학이라고도 한다.

◆

봄입니다. 세상에나, 난리가 났습니다.

하얗게 흐드러진 목련들은 차라리 요염할 지경이어서 괜스레 마음이 벌렁벌렁해지고, 개나리들은 노랗게 올망졸망 길가에 나와 재재거리고, 철쭉들의 작고 붉은 입술은 담벼락에 서성거리고, 거리를 점령한 벚꽃들 때문에 초저녁 길가에 사람들은 쏟아져 나와 물결처럼 밀려다니고, 나는 그만 참지 못하고 박차고 일어나 거리로 뛰쳐나가는, 봄날 저녁입니다.

길가 카페 테라스에 앉아 카푸치노를 한 잔 놓고서, 폼 잡고 커피를 마시며 눈앞의 풍경을 바라보노라니, 아, 봄은 내 마음에서부터 저 먼 우주까지를 다 환하게 만드는 듯합니다. 그렇게 한 동안 기분 좋게 앉아 있으니, '성실한 것은 하늘의 이치'라는 말을 실감하고 또 실감합니다. 마치 온 우주가 그 말을 증명해 보이겠다는 태세입니다.

이 세상 어떤 꽃도 불성실하게 피는 꽃은 없습니다. "화무십일홍(花無十日紅)이라고 어차피 열흘 정도 머물다 떠날 민박집 같은 이 지구에서의 생(生)이니, 대충 피다가 말지, 뭐"라며 시큰둥한 표정으로 피는 꽃은 단 한 송이도 없습니다. 저마다 혼신의 열정을 다해 피느라 꽃은 저토록 아름답습니다.

이 세상 어떤 바람도, 어차피 허무하게 사라져버릴 바람이라며 대충 불다가 마는 바람이 없습니다. 바람은 온 힘을 다해 불어제끼고, 나무는 땅 속의 물을 길어 올리느라 온몸의 힘을 다 짜내며 그렇게 조금씩 푸른 하늘로 올라갑니다.

괜히 켕긴 나는 슬그머니 일어섭니다. 그리곤 발걸음을 떼면서 마음속으로 중얼거려 봅니다. 밥도 열심히 먹고 말도 열심히 하고 생각도 열심히 하고 잠도 열심히 자고 일도 열심히 하고, 사랑도 열심히 하고 …….

111. 아직 오지 않은 사람이 있습니다

위키피디아[2]

초신성 (超新星, Supernova)

초신성(이미 폭발하여 사라진 별이 남긴 빛. 별은 이미 사라졌지만 폭발하기 직전에 우리에게로 출발했던 그 별빛은 멀고 먼 우주공간을 날아와 우리에게 도착하게 되는 것이다.)은 신성(新星)보다 더 많은 에너지를 내뿜는, 별의 폭발을 칭한다. 빛나는 현상이 마치 새로운 별이 태어나는 것처럼 보이기에 신성이라는 명칭이 붙었지만, 실제로는 수명이 다한 별이 폭발하며 엄청난 에너지를 내뿜는 것이다.

---

2 **wikipedia**
비영리 단체 위키미디어 재단에서 제공하는 인터넷 백과사전.

가장 위대한 능력은 사랑입니다

◆

그대, 돌아서지 마세요.
문득, 밤하늘에 별 하나가 새로 환하게 빛날 때
어느 별의 마지막 별빛이,
저 먼 우주에서 우리를 향해 출발한 그 별빛이,
수십 억 광년 전에 출발한 그 별빛이
지금 저 우주를 가르며
여기로 달려오고 있습니다.

십 년 전, 혹은 이십 년 전
당신과 헤어지던 그날 출발했던 그의 마음이
지금
멀고도 먼 시간을 가르며
여기로 달려오고 있을지 모르잖아요.

문득, 밤하늘에 별 하나가 새로 환하게 빛나거든
조금만 더
멀고도 먼 옛날을 더듬으며
기다려보기로 해요.
저 캄캄한 어둠 속을 더듬으며
그가 아직도 오고 있는지

모르잖아요.

112. 어떤 시간에는 들판이 햇빛 때문에 캄캄해진다

알베르 카뮈[3] 〈결혼. 여름〉

봄철에 티파사에는 신(神)들이 내려와 산다.

태양 속에서 압생트의 향기 속에서, 은빛으로 철갑을 두른 바다며, 야생의 푸른 하늘, 꽃으로 뒤덮인 폐허, 돌더미 속에 굵은 거품을 일으키며 끓는 빛 속에서 신들은 말한다.

어떤 시간에는 들판이 햇빛 때문에 캄캄해진다.

---

3   Albert Camus 1913~1960
    소설 〈이방인〉으로 유명한 프랑스의 소설가. 1957년 노벨문학상을 수상했다. 《이방인》, 《페스트》, 《전락》
    등의 소설과 《안과 겉》, 《결혼》, 《시지프 신화》, 《반항하는 인간》, 《단두대에 대한 성찰》 등과 같은 에세이에
    이르기까지 수많은 작품들을 남겼다.

가장 위대한 능력은 사랑입니다

◆

　빛이 없으면 우리는 아무것도 볼 수 없지만, 또한 빛 때문에 우리는 아무것도 볼 수 없게 됩니다. 우리는 아무도 빛을 직접 마주 볼 수가 없습니다. 그것은, 저 눈 먼 오이디푸스처럼, 우리를 장님으로 만들어버립니다. 태양을 똑바로 응시하려는 자는 자신의 눈을 바쳐야만 합니다.

　영국의 어떤 소설가[4]는 자신의 작품에 '한낮의 어둠'이라는 제목을 붙였습니다. 존재의 그늘이 없다면 우리는 모두 장님이 되어버릴 것입니다. 사람이든 사물이든 어떤 존재가 자아내는 그늘이 없다면 우리는 아무것도 볼 수 없습니다.

　만약 모든 것이 사라지고 빛만 남는다면, 그곳은 곧 사막이라는 폐허이고 맙니다. 당신의 미소에 보일 듯 말 듯 그늘이 없다면, 당신이 내게 주는 슬픔이 없다면 우리의 삶이 아름다울 수 있을까요? 이 삶과 세계가 서럽고도 아름다우며 장엄한 까닭은 바로 그 때문이 아닐까요?

4　아서 쾨슬러(Arthur Koesler 1905~1983)를 말한다.

113. 이게 다예요

마그리트 뒤라스[5] 〈이게 다예요〉

죽을 때까지 난 당신을 사랑할 거예요.
너무 일찍 죽지 않도록 힘써볼게요.
내가 해야 할 건 그것뿐이에요.

---

5 Marguerite Duras 1914~1996
　프랑스의 진보적 지식인, 작가. 프랑스 식민지였던 베트남에서 태어나 소르본 대학에서 수학, 법학, 정치학을 공부했다. 2차 대전 중에는 훗날 프랑스 대통령이 된 미테랑과 함께 레지스탕스에 참가하였고, 종전 후에는 알제리 전쟁에 반대하여 드골 정권에 맞서기도 하였다. 아시아에서 보낸 유년기의 체험을 바탕으로 한 소설 〈철면피〉로 데뷔한 이후 〈태평양을 막는 방파제〉, 〈모데라토 칸타빌레〉, 〈부영사〉 등의 작품을 출간하였고 1984년 콩쿠르 상을 수상하였으며 정치활동과 사회활동에도 활발히 참여 하였다. 장 자크 아노 감독이 영화로 만들었던 〈연인〉의 원작자로도 유명하다. 〈이게 다예요〉는 그가 죽기 일 년 전에 사랑하는 연인 얀 앙드레아를 생각하면 쓴 작품이며, 작가로서의 유서와도 같은 작품이다.

가장 위대한 능력은 사랑입니다

◆

만약 당신이 이 세상에서
가장 행복한 사람이라면 아마도
저렇게 말할 거예요.

아니,
이 세상에서 가장 순진 문구한 영혼의 소유자라면
아마도 저렇게 말할 거예요.
아니, 아니,
이 세상에서
강철 같은 단단한 정신과
황금의 돌과 같이 빛나는 마음의 소유자라면
아마도 저렇게 말할 거예요

아니, 아니, 아니
이 세상에서
슬픔의 눈물로 속이 죄다 하얗게 되어버린
사람이라면 아마도
....
저렇게 말할 거예요.

114. 죽음의 왕 앞에서

최승호[6] 〈권투왕 마빈 헤글러〉

그는 심판관을 믿지 않는다
판정승을 기대하지 않는다
심판관은 쉽게 매수되기 때문이다

그는 심판관을 믿지 않는다
판정승을 기대하지 않는다
이 점에서 무신론자 같지만

그렇지 않다 그는 벌거벗은 채
승부욕이 강하게 싸운다
이 점은 순교자와 같다

서로 좋게 승리로 이끈다면 얼마나 좋으랴
그가 뛰는 링은 종종 피범벅이다
이 점은 불란서 혁명과 같다
마빈 헤글러는 세계 챔피언이다
하지만 죽음의 왕 앞에선……
이 점은 불쌍한 투우와 같다

---

6 최승호 1954~
   시인. 강원도 춘천에서 1977년 《현대시학》에 시 〈비발디〉를 발표하며 등단했고 1982년 〈대설주의보〉로
   오늘의 작가상을 수상하였다. 《세속도시의 즐거움》, 《그로테스크》, 《아무 것도 아니면서 모 든 것인 나》,
   《북극 얼굴이 녹을 때》, 《뿔》, 등의 시집을 간행하였다.

가장 위대한 능력은 사랑입니다

◆

　당신은 지금도 모르겠지만, 그해 이런 일이 있었답니다. 우리가 함께 몽골을 여행했을 때 말이에요. 당신이 게르 안에서 사람들과 함께 있을 때 나는 혼자서 밖으로 나와 그 나라 사람들이 전통적인 방식으로 '양 잡는 모습'을 구경했습니다. 스무 살이 안 되어 보이는 청년이 양을 눕히고 그 배 위에 올라타더군요. 그는 작은 칼을 들어서 양의 심장 쪽으로 칼날을 겨누었습니다. 그리고는, 그 살을 한 뼘 길이 정도로 갈랐습니다. 그러더니 오른쪽 팔을 뻗어 그 갈라진 살 속으로 손을 쑤욱 집어넣었습니다! 청년은 양의 심장으로 이어진 핏줄을 재빨리 끊으려는 것이었습니다. 오해하지 마세요. 유목민들이 가축을 소중히 여기고 사랑하는 사람들인 것은 의심의 여지가 없습니다. 그들이 저렇게 양을 잡는 것은 가장 빠른 시간 안에, 그리고 고통을 최소화하여 사랑하는 가축을 떠나보내기 위해 찾아낸 방법이었습니다.

　그런데 문제는, 나에게 시범을 보이듯이 그 전통적 방식을 보여준 청년이 아직 솜씨가 서툴렀던지 양의 심장 핏줄을 단번에 끊지 못했고, 그 때문에 양은 사지를 꽉 붙잡혔음에도 불구하고 발작처럼 움찔거렸는데, 그때, 나는 영원히 잊을 수 없고 영원히 견딜 수 없는 소리를 듣고야 말았습니다. 틀어 막힌 양의 입에서, 온몸으로부터 솟구치는 극단의 고통 탓에 가늘고도 한없이 높은 고음의 신음이 흘러나오고 있었습니다.

　격렬하게 뛰는 심장을 끌어안고 나는 재빨리 숙소로 홀로 돌아왔습니다. 그런데 하얗게 비어버린 머릿속으로, 이상하게도 오직 다음과 같은 한 문장만이, 까닭도 모르게, 불현듯, 마치 번개가 치듯이 떠올라서는 천둥소리처럼 울려댔습니다.

　'착하게 살자……. 착하게 살자.'

　나는 그날 밤 쉽게 잠을 들 수가 없었고, 멍하니 앉아 있으면 갑자기 다시 저 문장이 되풀이되었습니다. 나는 마치 고장 난 녹음기처럼, 무슨 주문이라도 외듯이 까닭도 모른 채 얼마나 되뇌었는지 모릅니다.

115. 세속적인 것의 장엄함

로버트 루트번스타인 · 미셸 루트번스타인[7] 〈생각의 탄생〉

위대한 통찰은 '세속적인 것의 장엄함(sublimity of the mundane)', 즉 모든 사물에 깃들어 있는 매우 놀랍고도 의미심장한 아름다움을 감지할 줄 아는 사람들에게만 찾아온다.

---

7 Robert Root-Bernstein (1953~) Michele Root-Bernstein
    부부인 두 사람은 2007년, '다빈치에서 파인만까지, 창조성을 빛낸 사람들의 13가지 생각의 도구'라는 부
    제가 붙은 〈생각의 탄생〉을 출간하여 일약 세계적인 주목을 받았다. 로버트 루트번스타인은 미국 미시간대
    학의 생리학 교수로서 맥아더 펠로우십 수상자이고 미셸 루트번스타인은 역사학자로서 역사와 창작을 가르
    쳤다.

가장 위대한 능력은 사랑입니다

◆

수학자 아르키메데스(Archimedes)는 욕조에 몸을 담그면서 수면이 높아지는 것을 보고 물질의 비중이 배수량과 관련 있다는 것을 간파했지요. 하지만 욕조에 몸을 담그면서 수면이 높아지는 것을 지켜 본 사람은 아르키메데스만이 아니었습니다. 수천만 명, 아니 이제까지 아마 수십억 명의 사람들이 그것을 경험했을 것입니다. 하지만 오직 아르키메데스만 제외하고, 아무도 그것을 의미 있게 보지 않았습니다.

피타고라스(Pythagoras)는 대장간을 지나가면서 대장장이의 망치 소리의 높낮이가 리듬 있게 다른 것을 무척 신기해했습니다. 세상의 그 어떤 사람도 귀를 기울이지 않았지만, 그는 마치 지구에 처음 도착한 사람처럼 그 소리를 경이롭게 생각하였고 결국 물체의 길이가 음의 높낮이와 관련이 있음을 처음으로 밝혀내었습니다. 그는 '우주의 음악(Musicamundana)'에서부터 '인간의 음악(Musicahumana)'에 이르기까지 '세계의 장엄한 음'에 도취되어 있었습니다.

영국의 물리학자 존 틴탈(John Tyndal)은 하늘을 무척 사랑했습니다. 그는 파란 하늘만 보면 고개를 땅으로 내릴 줄을 몰랐지요. 그러니까 푸른 하늘은 자신에 대해 궁금증을 가진 최초의 인간을 18세기에 와서야 처음으로 만나게 된 셈이지요. 하늘은 자기를 너무나 좋아하는 틴탈에게만 자신의 푸른빛 비밀을 알려줍니다. 대기 중의 빛이나 다른 입자들이 부딪쳐 산란하는 햇빛에 의해 결정됨으로써 그렇게 푸르게 빛난다는 것을 말입니다.

생화학자 알베르트 스젠트 기요르기(Albert Szent-Györgyi)는 색깔만 보면 정신을 못 차릴 정도로 좋아했습니다. 특히 자연의 색은 그녀를 몇 시간이고 빠져들게 만들었지요. 어느 날 그녀는 바나나의 노란색에 취해 있었습니다. 그런데 다음날 바나나가 검게 변한 것을 보고 슬퍼합니다. 그녀는 마침내 식물 속의 비타민C가 항산화물질이라는 것을 발견해냅니다.

삶과 세계를 뜨겁게 사랑하는 이들에게 이 세상은 한없이 장엄합니다.

116. 비록 길의 끝이 보이지 않아도

포루그 파로흐자드[8] 〈바람이 우리를 데려다 주리라〉

왜 어둠을 두려워하는가
밤이 빛의 조각들로 가득한데
그 밤이 스쳐 지나가는 자리에
재스민 꽃 어지러운 향기 머물러 있는데

아, 그대로 두어라, 내가 영원히 그대 안에서 헤매도록
누구도 내 흔적을 다시는 찾지 못하도록
그대의 비 묻은 한숨과 타오르는 영혼이
내 노래의 온몸으로 퍼져 나가도록

아, 그대로 두어라, 이 열린 창을 통해
꿈의 포근한 날개 속에서 잠든 채
여러 날을 함께 여행하여
세상 끝으로 도망치도록 (중략)

그렇다, 사랑의 시작이다
비록 그 길의 끝이 보이지 않아도
다시는 그 끝을 생각하지 않으리
이렇게 사랑하는 것만으로 충분히 아름답기에

---

8 Forugh Farrokhzard 1935~1967
　　20세기 이란의 가장 영향력 있는 여성시인이자 단 한편의 기념비적인 영화를 남긴 이란 최초의 여성 영화
　　감독. 시집 《추운 계절의 시작을 믿어 보자》는 페르시아어로 쓰인 가장 뛰어난 현대시 중 하나로 꼽힌다.

　가장 위대한 능력은 사랑입니다

◆

    사랑이 우리로 하여금 열정에 휩싸여 들끓어 오르도록 만드는 이유는, 이 세상에는 사랑만큼 무모한 도전도 없기 때문일 것입니다. 사랑만큼 용감무쌍한 '자기-내던짐'을 다른 데에서는 찾기가 쉽지 않습니다. 그토록 위험하고 그토록 불확실한 것에 나를, 나의 삶의 일부 혹은 전부를 던지는 일이 사랑 말고 어디에, 얼마나 더 있겠습니까.

    사랑은 불확실한 것에 자기 자신을 거는 좀 희한한 내기이고, 사용해 봐야만 그 기능과 실제를 알 수 있는 스마트 폰 즉, 아직 개발 중인 스마트 폰을 구매-약정 계약하는 일이며, 아직 완성되지 않은 집에 이사를 가기로 부동산매입 계약을 맺는 일, 그 결말이 어찌될지 전혀 알 수 없는 드라마에 거액을 투자하는 일입니다.

    그러므로 사랑보다 더 인생의 본질에 부합하는 일은 없을 것입니다. 철저한 시장조사와 사전조사, 확실하고 합리적인 판단, 약속 이행을 위한 철두철미한 장치 마련 등, 자본주의적 삶의 방식이 지배하는 현대사회에서 사랑보다 더 반(反)자본주의적이고 친(親)인간적인 것이 있을까요? 그러니 자본주의적인 방식으로 온갖 머리를 다 써 가며 자신의 사랑을 쟁취하려는 사람은 절대로 성공할 수 없는 것이 사랑이지요. 일본의 어떤 섹시한 작가[9]도 '약은 여자'는 남자의 사랑을 받기 어렵다고 말합니다. "약은 여자에게는 결정적인 매력이 없다"라면서 "약은 여자의 잔꾀는 남자로 하여금 다른 중요한 것을 버리면서까지 그 여자에게 자기의 전부를 바치게 하기는커녕 오히려 경계부터 하게 만든다."고 장담합니다.

    1933년 독일 프라이부르크 대학 총장이었던 어떤 사람[10]의 표현대로 우리의 삶이란 '세계-안[內]-내던짐'입니다. 우리 자신을 내던지지 않고 꽉 지고 있어봤자 누가 알아봐 주지도 않고 별 볼일 없다는 겁니다.

---

9 무라카미 류(村上龍 1952~)를 말한다.

10 독일의 철학자 마르틴 하이데거(Martin Heidegger 1889~1976)를 말한다.

117. 바람이 분다, 살아야겠다

폴 발레리[11] 〈해변의 묘지〉

부서져라, 내 몸이여, 이 생각 덩어리!
마셔라! 나의 가슴아! 바람의 탄생을!
신선한 기운이 바다에서 솟구쳐 올라,
내게 내 영혼을 되돌려주는구나 …… 오 소금기 가득한 위력이여!
파도로 달려가, 거기서 다시, 불끈 솟구쳐버리자
그래! 일렁이는 광란을 타고난 거대한 바다여
태양 빛들이 비추는 표범의 가죽이여
천만 개 환상들로 숭숭 구멍 뚫린
그리스의 망토여 (중략)

바람이 분다!…… 살아야겠다!
세찬 바람은 내 책을 펼쳤다 닫았다 마구 펄럭여대고
파도는 포말로 산산이 부서지며 바위로부터 굳세게 뛰쳐나오나니!
날아가라, 새하얗게 눈부신 책장들이여!
부숴라, 파도여! 날뛰는 물살로 부숴버려라,
돛을 단 배들이 먹이를 쪼던 이 고요한 지붕!

---

11 Paul Valery, 1871~1945
   프랑스의 시인, 사상가, 평론가. 후기에는 프랑스 최고의 산문작가로 인정받기도 했고 과학, 문학, 예술,
   철학 등 학문 전반에 걸친 평론과 논고를 발표한 프랑스 20세기 대표적 지성 중 한 명이다.

◆

　당신도 아마 기억할 겁니다. 길이가 거의 1킬로미터에 육박하는, 높고 거대한 절벽들이 펼쳐진 내 고향 바다의 그 장엄한 해안 말입니다.

　7월말이나 8월초, 잔뜩 찌푸린 여름날 오후. 하늘은 마치 강림하듯 무거운 표정으로 지상을 향해 내려오고, 컴컴해진 세상, 무언가 비장한 사태를 암시하는 공기들, 사나운 폭풍의 전위대들이 타고 날아오는 바람의 날개 끝, 태풍이 몰려온다고 다급하게 전하는 텔레비전의 높고 빠른 목소리들. 긴장과 술렁임이 일렁이는 남쪽 도시 길거리마다 울려 퍼지는 뉴스와 일기예보는 열여덟, 열아홉 살의 내게 신성하고 장엄한 축제가 임박했다는 천상의 나팔 소리였으며, 거룩한 신도들은 모든 하던 일을 멈추고 폭풍의 절벽 사원(寺院)으로 모이라는 소집 명령이었습니다.

　비상사태로 분주한 선박들의 항구를 지나, 긴장으로 굳게 입을 다문 조선소의 강철들을 지나, 폭풍우 몰아치는 그 절벽에 올라서면……

　우산은커녕 비옷조차 뚫어버릴 기세로 몰아치는 비바람, 태평양쪽 망망대해는 어디가 하늘이고 바다인지 구별할 수 없이 회오리치듯 마구 뒤엉켜 펄쩍대고, 휘날리는 온몸, 누구랄 것 없이 올라서자마자 터져 나오는 거칠고 긴 탄성은 거의 비명, 옆 사람과의 대화는 애초부터 불능상태. 온 세상을 지배하는 하늘의 계엄령. 바다는 거대하게 압도하는 힘으로, 보라, 세상에는 위대한 것이 있다, 보라, 세상에는 높고 크고 장엄한 것이 있다, 내 온몸을 뒤흔들며 가르쳐 주었습니다. 그 신성한 폭풍우 속에서 영혼의 깊은 구석에 쌓인 먼지, 찌꺼기들이 깡그리 날아가지 않는다면 이상한 일. 열광의 도가니 속에서 우리 몇몇의 거룩한 신도들이 할 수 있는 일은 광란의 목소리로 위대한 바다를 찬미하는 것, 절벽을 부숴버릴 듯 산산이 부서지는 바다와 폭풍우와 더불어 청춘은, 팔을 껴서 스크럼을 짜고 목이 터져라 노래를 부릅니다, 쩨쩨하게 굴지 말고 가슴을 쫘악 펴라……

118. 위대한 바보들

슬라보예 지젝[12] 〈헤겔 레스토랑〉

멍청함에도 정반대의 두 가지 유형이 있다. 먼저 주체가 똑똑 바보인 경우가 있다. 당최 말귀를 알아먹지 못하고, 상황을 논리적으로 이해하지만 감추어진 맥락의 규칙을 놓치고 만다. 예를 들자면 내가 처음 뉴욕에 갔을 때의 일. 한 카페의 웨이터가 "오늘 어떠셨어요?"하고 물었다. 이 말을 진짜 질문인 줄로 착각한 나는 진지하게 대답했다("피곤해 죽겠네요. 시차 때문에. 완전히 뻗기 직전……"). 그러자 그는 나를 완전 천치처럼 바라보았다…….

문학에서는 하세크(Jaroslav Hašek)의 선량한 병사 슈베이크를 떠올리지 않을 수 없을 텐데, 병사들이 참호에서 적군 병사들을 향해 총을 쏘자 그는 무인 지대로 달려가 이렇게 외친다. "사격 중지, 저쪽에 사람들이 있어요!"

---

12 Slavoj Žižek 1949~
슬로베니아의 진보적 지식인, 철학자. 오늘날 세계 최고의 스타 지식인인 그는 류블랴나 대학교 사회학 연구소의 선임연구원, 유럽 대학원 교수이며, 시카고 대학교, 컬럼비아 대학교, 런던협회, 프린스턴 대학교, 뉴욕 대학교, 미네소타 대학교, 캘리포니아 대학교, 런던 대학교 등에서 교환 교수로 재직했다. 류블랴나에 있는 이론정신분석학회의 의장이기도 한 그는 라캉의 정신분석학, 헤겔의 철학과 마르크스의 경제비판 이론을 바탕으로 이데올로기, 자본주의, 근본주의, 인종주의, 톨레랑스, 다문화주의, 인권, 생태학, 세계화, 이라크전쟁, 혁명, 이상주의, 전체주의, 포스트모더니즘, 대중문화, 오페라, 영화, 종교 등 광범위한 주제에 걸쳐 수십 권의 책을 출간하였다.

가장 위대한 능력은 사랑입니다

◆

저 용감한 병사 슈베이크와 같은 '위대한 바보'들을 보면, 우리가 세상의 이것저것 손익계산을 모르는 순진함 혹은 순수함을 잊은 채 살아가고 있음을 생각하게 됩니다.

어떤 사람들은 저 바보 같은 순진함, 순수함을 세상 물정 모르는 유치함이라고 비웃기도 하고, 현실에 대한 치열한 고민일랑 내팽개치고 낭만적 몽상에 빠진 사람쯤으로 간단히 보아 넘기기도 합니다.

하지만 곰곰이 생각해보면, 인간성으로서나 사회적으로나 결국 우리가 이르러야 목표지점은 바로 저런 순진함, 순수함입니다.

또 생각해 보면, 정말로 위대한 일을 한 사람들, 많은 사람들로부터 존경을 받거나 사랑을 받는 사람들은 대체로 저런 바보들이었으며, 그들은 기꺼이 바보가 되고자 했고 심지어 그런 말을 듣기를 좋아하기까지 했다고 합니다. 돌아가신 우리나라 가톨릭의 어느 추기경도 그랬다고 하고, 봉하마을의 그분도 그랬다고 하지요. 러시아의 대문호[13]는 예수가 그랬다고 하고 초인의 철학자[14]도 예수의 그러한 특성을 높이 칭송했습니다.

독일의 어느 시인[15]은 이렇게 썼습니다.

"근원이 목표다."

인간성이 궁극적으로 이르러야 할 목표지점이 바로 저 순진무구함이라면 그것은 바로 우리가 떠나 온 우리의 출발점, 근원이기도 합니다. 처음과 끝이 그렇게 하나로 이어지는 것, 나는 지금 그 귀가(歸家)의 도정에 있습니다.

---

13 〈백치〉의 작가 도스토예프스키(Dostoievsky 1821~1881)를 말한다.

14 프리드리히 니체(Friedrich Nietzsche 1844~1900)를 말한다.

15 카를 크라우스(1874~1936)를 말한다.

119. 전쟁 중에도 생명의 원리는 죽지 않는다

로버트 액설로드[16] 〈협력의 진화〉

1차 세계대전 당시 서부전선에서는 몇 군데의 영토를 놓고 치열한 전투가 벌어졌다. 그런데 영국군과 독일군은 긴박하게 대치하는 와중에도 잠시 전투를 중단하기도 했고, 프랑스와 벨기에 영토의 800킬로미터에 걸친 여러 전선에서는 적군끼리 공격을 자제하는 일도 허다했다. 우리 영국군은 독일병사들이 아군의 소총 사정거리 내에서 태연하게 걸어 다니는 모습을 보고 깜짝 놀라기도 했다. 적군의 그런 모습을 보면서도 아무도 신경을 쓰지 않는 것 같았다.

매일 저녁 어둠이 깔린 뒤 보급 장교가 전투식량을 가져오곤 했다. 아마 독일군도 그렇게 하고 있었을 것이다. 며칠 밤 동안 그 시각이면 모든 것이 조용해졌다. 그러다 보니 전투식량을 나르는 병사들은 두려움이 없어졌고 나중에는 웃고 떠들면서 참호로 돌아왔다. (…)

어느 날은 차를 마시고 있는데 갑자기 바깥에서 시끄럽게 고함치는 소리가 들려서 무슨 일인가 하고 나가보았다. 우리 병사들과 독일군이 각기 자기들 진지 위에 올라가 있었다. 그런데 갑자기 일제 사격이 가해졌다. 양측 모두 내려왔고 독일군 한 명이 진지 위로 뛰어 올라가더니 이렇게 외쳤다.

"이 일에 대해서 우리는 정말 미안하게 생각한다. 아무도 다치지 않기를 바란다. 그건 우리 잘못이 아니었다. 빌어먹을 프러시아 포병 놈들 때문이다."

---

16 Robert Axelrod
미국 미시간 대학교 정치학과 교수, 게임이론, 인공지능, 진화생물학, 수학적 모델링, 복잡성 이론 등의 분야에서 세계적 권위자이다. 그의 대표 저서 《협력의 진화》는 죄수의 딜레마에 대한 획기적인 컴퓨터 모의실험으로 유명해졌으며 1984년에 초판이 나온 이후 과학, 사회, 정치, 경제, 문학 등 다양한 분야에 막대한 영향을 끼쳤다.

◆

　적을 악마나 절대적인 악으로 규정하기 일쑤인 할리우드 식 영화에 길들여지다 보면, 전쟁터에는 적개심과 증오, 분노, 살육 의지와 복수심들이 서로 팽팽히 대치하고 있을 것만 같습니다. 그러나 실제로는 그렇지 않았음을 방금 읽은 1차 대전 당시의 증언이 말해주고 있습니다. 위의 이야기는, '용감한 병사 슈베이크'와 같은 일이 소설 속의 허구에서나 가능한 '상상된 기적'이 아니라 실제에서 명백히 일어나는 '현실의 기적'임을 보여줍니다.

　전쟁터에서 병사들은 상대방, 자신의 적을 살인자로 규정할 가능성이 거의 없습니다. 왜냐하면 그렇게 되면 자신도 살인자임을 인정하는 셈이 되기 때문입니다. 만약 병사들에게 적을 그렇게 규정하도록 강요한다면 그들은 반드시 전쟁 후 정신적 고통에서 벗어나지 못하게 될 것입니다. 그보다는 병사들은 오히려 건너편의 적들과 강한 동질감을 느낄 가능성이 더 큽니다. 자기들이나 적들이나, 누군가를 죽여야 살아남을 수 있는 비참한 운명에 놓인 자들이니까요. 어쩌면 연민까지 느끼게 될지도 모르지요. 게다가 전쟁이 길어질수록 병사들에게 전쟁은 회사에 출근하는 일과 같은 단지 일상적인 업무쯤으로 여겨질 가능성도 큽니다. 그러면서 그들은 매우 역설적인 사실 한 가지를 온몸의 전율로 느끼게 될 거예요. 즉, '이게 다 먹고 살자고 하는 짓이야'라고 말입니다. 전쟁은 죽이는 일인데 하지만 그것조차도 결국엔 살자고 하는 일이라는 역설 말입니다. 이런 까닭들로 해서 죽임의 원리가 생명의 원리에 압도되기 시작합니다. 전투를 한창 하다가도 식사가 오면 서로 총 쏘기를 멈추고 "밥 먹고 합시다!"를 서로 외쳤다는 것 아닙니까.

　'용감한 병사 슈베이크'로 상징되는 순수한 인간성이란 그저 맹물처럼 아무것도 모르는 철없는 백지상태를 의미하는 것이 아니라, 바로 이것, 인간이라면 절대로 포기할 수 없는 삶의 원리, 살아 있는 한 그 어떤 상황에서도 결코 포기될 수 없는 생명의 원리를 의미한다고 나는 생각합니다.

120. 끈질기게 자기의 길을 가는 사람

빈센트 반 고흐[17] 〈반고흐, 영혼의 편지〉

인물화나 풍경화에서 내가 표현하고 싶은 것은, 감상적이고 우울한 것이 아니라 뿌리 깊은 고뇌다. (…)

다른 사람들 눈에는 내가 어떻게 비칠까. 보잘 것 없는 사람, 괴벽스러운 사람, 비위에 맞지 않는 사람, 사회적 지위도 없고 앞으로도 어떤 사회적 지위를 갖지도 못할, 한 마디로 최하 중의 최하급 사람……. 그래, 좋다. 설령 그 말이 옳다 해도 언젠가는 내 작품을 통해 그런 기이한 사람, 그런 보잘 것 없는 사람의 마음속에 무엇이 들어 있는지 보여주겠다.

그것이 나의 야망이다. 이 야망은 그 모든 일에도 불구하고 원한이 아니라 사랑에서 나왔고, 열정이 아니라 평온한 느낌에 기반을 두고 있다.

이따금 나는 참을 수 없는 고통을 느낀다. 그러나 아직도 내 안에는 평온함, 순수한 조화, 그리고 음악이 존재한다. (…)

'끈질기다'는 표현은, 일차적으로 쉼 없는 노동을 뜻하지만 다른 사람의 말에 휩쓸려 자신의 견해를 포기하지 않는 것도 포함한다.

---

17 Vincent W. van Gogh 1853~1890
    달리 설명이 필요 없는, 서양 미술사상 가장 위대한 화가 중 한사람. 그는 900여 점과 습작들 1100여점을
    정신질환을 앓고 자살을 감행하기 전의 단지 10년 동안에 모두 그려냈으며 인상파, 야수파, 초기 추상화에
    막대한 영향을 미쳤다.

◈

오늘날 위대한 화가라고 격찬해마지 않는 반 고흐는, 잘 알려져 있다시피, 생전에는 아무도 주목하지 않았던 화가였습니다. 그는 동생에게 도움을 받아 겨우 생계를 이어가며 그림을 그려야 했던 불행한 사람이었으며, 그러한 외면과 가난 속에서 고뇌하며 힘들게 길을 걸어야 했던 사람이었습니다.

그러나 그토록 불행했던 그는 스스로의 삶과 예술이 "원한이 아니라 사랑", "열정이 아니라 평온"함에 기반을 두고 있다고 밝힙니다. 그는 광기의 열정에 서로 잡힌 한 마리의 야수가 아니라, 가난한 농부들에 대한 따뜻한 사랑, 그리고 이 세계와 삶의 아름다움 때문에 잠들 수 없었던 깊고 높은 영혼의 소유자였던 것입니다. 한 마디로 말해서 그는 순수한 정신으로 가득 찬 사람이었던 것이지요.

그는 동생에게 생활비를 보내달라는 부탁을 하면서, 형으로서 동생에게 따뜻한 권고도 잊지 않으면서, 그리고 자신의 작품 근황을 이야기하며 이렇게 말합니다.

"동생아, 나에게 전혀 희망이 없는 건 아니다. 몇 해 안에, 아니 어쩌면 지금부터라도 네 모든 희생에 걸맞은 작품을 보게 될 것이다."

하지만 안타깝게도 동생에게 터놓았던 그의 마음속 기대와 희망은 끝내 이루어지지 않았습니다. 그가 생을 마치는 마지막 순간까지도 세상은 그에게 주목하지 않았습니다. 그러나……, 그로부터 거의 백 년 후인 1987년, 그의 작품 〈아이리스〉는 뉴욕의 소더비즈에서 5390만 달러에 팔립니다. 또 1990년에는 〈가셰 박사의 초상〉이 크리스티즈에서 8250만 달러(우리나라 돈으로는 약 580억 원)에 팔려 최고가 기록을 갈아엎습니다.

순수함이란 곧 끈질김입니다. 세상의 외면과 가난과 고독에 굴하지 않고 인간과 삶의 아름다움을 끝내 고수했던 고흐의 삶은, 목숨보다 꿈이 더 길 때 비로소 삶이 아름다울 수 있다고 말하는 것 같아요.

121. 그는 아무것도 쓰지 않았다
어니스트 헤밍웨이[18] 〈킬리만자로의 눈〉

　그러면서도 내심으로는 언젠가 이 사람들, 엄청난 부자들에 대한 얘기를 써 보리라고 중얼거렸다. (중략) 그러면서도 그는 결코 쓸 생각을 하지 않았다. 아무것도 쓰지 않고 안일만을 추구하며 자신이 경멸해마지 않는 그런 인간이 되어 보낸 하루하루의 생활은 그의 재능을 우둔하게 만들었고 집필에 대한 의욕마저 약화시켰다. (중략) 도대체 그의 재능이란 어떤 것인가? 그것은 하나의 재능임에 틀림없었지만, 그는 그것을 활용하는 대신 악용했던 것이다. 그의 재능이란 그가 한 번도 실제로 성취한 것이 아니라 언제든지 하면 할 수 있다는 잠재적 가능성이었다.

　그렇다. 그는 아직 파리에 대해 한 번도 써 본적이 없었다. 그가 그렇게도 좋아하던 파리에 대해서 말이다. 하지만 아직 한 번도 써 본 적 없는 다른 것들은 어떻게 할 것인가? 그 목장이며, 은회색 쑥이며, 관개용 도랑에서 빠르게 흐르던 맑은 물이며, 짙은 초록빛 자주개자리 등은 어떻게 할 것인가? (중략) 이것은 그가 작품으로 쓰려고 남겨둔 이야기 중 하나였다. 그 지방을 소재로 적어도 단편소설 스무 편쯤은 쓸 수 있다는 것을 그는 잘 알았다. 그러나 그는 이제껏 한 편도 쓴 일이 없었다. (중략)

　다른 모든 게 귀찮은 것과 마찬가지로 죽음도 귀찮아지는군, 하고 그는 생각했다.

18　Ernest Miller Hemingway 1899~1961
　　1954년에 노벨 문학상을 수상한 미국의 작가. 《노인과 바다》, 《무기여 잘 있거라》, 《킬리만자로의 눈》, 《누구를 위하여 종은 울리나》 등 많은 걸작들을 남겼고 그 대다수의 작품들이 미국 문학의 고전으로 여겨지고 있다.

　가장 위대한 능력은 사랑입니다

◆

　어려서부터 나는 이 세상을 떠나는 사람이 무슨 말을 하게 될지가 무척 궁금했습니다. 살면서 나는 몇 사람의 임종을 깊은 관심을 가지고 지켜보았습니다. 하지만 내가 지켜 본 임종의 사람들 중 단 한 명도, 영화에서 보듯이 '마지막 남기고 싶은 말'을 하는 사람이 없었습니다. 그들은 아무 말도 하지 못했습니다. 이미 그들은 무슨 말을 할 수 있는 상태가 아니었지요. 그래서 여전히 생각을 하게 됩니다. 이 세상을 떠나면서 나는, 또 우리들은 무슨 생각을 하게 될까……?

　헤밍웨이의 소설에서 주인공은 지금 죽어가고 있습니다. 그는 아직 의식이 있고 자신에게 죽음이 다가오고 있다는 것을 감지하고 있습니다. 작가인 그는, 간절히 쓰고 싶었던 것을 끝없이 떠올립니다. 이것도 쓰고 싶었고 저것도 쓰고 싶었고……, 하지만 그가 그것들 가운데 실제로 써낸 것은 아무것도 없습니다. 그는 자신이 얼마나 방탕했고 나태했는지, 자신의 재능에 대해 얼마나 자신만만했는지 후회합니다. 마음만 먹으면 뭐든 쓸 수 있다고 생각하며 급할 것 없이 보냈던 세월을 그는 처연히 되돌아봅니다.

　20세기 서양인들에게 큰 영향을 끼친 덴마크의 한 사내[19]는 이렇게 말했던 적이 있었습니다. "그렇기 때문에 실존이 아니라 실존을 향한 실존적 가능성에 불과하다. 그는 가능한 모든 것을 생각했지만, 그런데도 도무지 실존하지 않았다." 삶은 가능성을 실제의 것으로 바꾸어내는 것, 그러나 그것은 생각이 아니라 실제의 '몸으로' 살아내야만 하는 것이라는 말이었습니다.

　나는 스무 살 시절부터 대략 10년 이상 마음속으로 줄기차게 반복해야 했던 말이 있습니다. 어느 책에서 읽은 문장이었는데 출처는 잊혔지만 그 문장은 아직도 이렇게 마음에 새겨져 있습니다.

　"생활은 생활이 바꾼다."

19　실존주의 사상가 쇠렌 키르케고르(Søren A. Kierkegaard, 1813~1855)를 말한다.

122. 삶이 우리를 소유하는 게 아닌가 싶어요

로맹 가리[20] 〈내 삶의 의미〉

내 삶에 대해서 얘기를 좀 해보라고 하시는데, 난 내가 삶을 산 거라는 확신이 그다지 서지 않는군요. 오히려 삶이 우리를 갖고 소유하는 게 아닌가 싶습니다. 살았다는 느낌이 들면 우리는 마치 스스로 삶을 선택이라도 한 것처럼, 자기 삶인 양 기억하곤 하지요. 개인적으로 나는 살면서 선택권을 거의 갖지 못했습니다. 지극히 일반적이고 사적이며 일상적인 의미의 역사가 나를 이끌었고, 어떤 면에서는 나를 속여 넘겼지요.

---

20 Romain Gary 1914~1980,
튀니지 출신의 프랑스 작가, 외교관, 영화 감독, 그리고 비행사이다. 2차 대전 당시에는 레지스탕스로서 북아프리카에서 활동하였고 이후 작가로 나선 뒤에는 에밀 아자르(Émile Ajar)라는 가명으로도 알려져 있으며, 대표적인 저서로 《하늘의 뿌리》, 《새들은 페루에 가서 죽다》, 《자기 앞의 생》 등이 있다. 프랑스의 가장 권위 있는 문학상인 공쿠르 상을 한번은 본명으로, 또 한번은 가명으로 수상해 역사상 공쿠르 상을 2회 수상한 유일한 인물이 되었다.

가장 위대한 능력은 사랑입니다

◈

일찍이 윤동주 시인은 〈서시〉에서 "나에게 주어진 길을 걸어가야겠다." 라고 노래했던 적이 있습니다.

삶의 길을 걸어가는 방식에는 두 가지가 있는 것 같아요. '주어진 길'을 걸어가는 것과 '가고 싶은 길'을 걸어가는 것. 앞의 것이 어떤 사명감이랄까, 혹은 어떤 가치가 자기에게 부여하는 요청에 대한 자각과 응답이라면 뒤의 것은 그런 것보다는 자기 내부에서 나오는 욕구나 욕망을 따라 가는 것입니다. 달리 말하면, 전자가 외적 부름에 내부가 응답하는 것이라면, 후자는 내부의 요청에 외부를 그것의 수단과 대상으로 동원하는 것이라 할 수 있을 것 같습니다.

봄꽃은 봄에 피고 가을꽃은 가을에 핍니다.
봄꽃이 가을에도 피려면 비닐하우스를 만든다든지
하여간 어떤 인위적인 장치가 필요할 거예요.
하지만 그건, 뭐가 어찌됐든 간에, 억지는 억지죠.

어렸을 때에는 누구든지, 아마 나와 같은 경험이 한번쯤 있었을 거예요.

열 살이나 열한 살쯤이던 무렵, 어느 날 나는 학교에서 돌아와 피곤해서 잠이 들었습니다. 깨어나 보니 산 위에 걸린 태양이 노을을 물들이며 내 창을 비추었습니다. 나는 부리나케 일어나 책가방을 들고 학교 갈 준비를 했지요. 하지만 그런 나를 보고 어머니가 깔깔 웃으셨습니다. 아침이 아니라 저녁이 오고 있었던 거지요.

나를 넘어 삶과 세계를 강하게 사랑하며 거기에 헌신하는 사람은 아침과 저녁을 분간 못하는 혼돈에는 잘 빠지지 않습니다. 하지만 내 속에 잠들어 있다 보면, 저 열 몇 살 때와 같은 당혹스러운 일이 또 생기겠지요.

123. 놓쳐버린 출발시간들

L. A 세네카[21] 〈짧은 생에 대하여〉

그러므로 나는 노인들의 모임에 참석했을 때는 그중에 누군가를 붙잡고 이렇게 말해주고 싶을 정도이다.

"당신은 인간 수명의 궁극에 도달하여 백 살, 혹은 그 이상의 나이에 가까운 것 같군요. 이제 결산을 위해 당신의 생애를 되돌아보는 것이 좋을 것입니다. 계산해보면 어떻게 될까요? 당신의 인생 중에서 얼마만큼의 시간을 채권자에게 빼앗겼고, 얼마만큼의 시간을 애인에게 빼앗겼고, 얼마만큼의 시간을 비호자와 비호민에게 빼앗겼고, 얼마만큼의 시간을 아내와의 언쟁이나 노예의 징계와 도심을 돌아다니는 공직자들에게 빼앗겼을까요? 자업자득으로 인해 인생에 활용하지 못한 채 흘러간 시간까지 계산에 넣는 것이 좋을 것입니다. (중략) 당신이 무엇을 잃어버리고 있는지 깨닫지 못하는 사이에 얼마나 많은 사람들이 당신의 인생을 빼앗아 갔는지, 당신이 얼마나 많은 시간을 어쩔 도리 없이 슬픔과 어리석은 환희와 탐욕스러운 욕망과 아첨으로 인해 빼앗겼는지, 당신이 자신의 인생 중에서 얼마나 적은 시간만을 위해 자신을 위해 남기지 않았는지를."

---

21 Lucius Annaeus Seneca BC 47~AC 67
    고대 로마 제국의 정치인, 사상가. 네로 황제의 유년기 가정교사였고 국가법무관을 지냈으며 네로가 황제 오르자 섭정이 되었다. 스토아 사상의 대표적인 인물로서 여러 저술들을 남겼다.

가장 위대한 능력은 사랑입니다

◆

어느 날 아침 나는, 처음 가 본 낯선 도시의 시외버스 터미널에서 버스를 기다리다 그만 출발시간을 놓쳤던 적이 있습니다. 배가 고파서 출발 10여 분을 앞두고 빵집을 찾아 나선 것이 화근이었습니다. 가까이 있을 줄만 알았던 빵집은 길 건너 100미터쯤 떨어져 있었습니다. 잠시 갈등하면서 주변을 둘러봤지만 요기를 할 만한 것을 파는 곳이 눈에 띄지 않았습니다. 빠른 걸음으로 다녀오리라 마음을 먹고 빵집으로 향했지만, 계산을 끝내고 나올 즈음엔 이미 1~2분밖에 남지 않았고 결국 버스를 놓치고 말았습니다.

다시 차표를 끊고 나니, 또다시 1시간 정도의 시간을 기다려야 했습니다. 아마 낯설고 어딘지 퀭한 그 도시의 터미널 분위기 탓이었겠지만, 괜스레 스멀스멀 의기소침한 기분이 들기 시작했습니다.

마음이란 쉽사리 기울어지기 마련인가 봅니다. 나는 그동안 살아오면서 '놓쳤던 출발 시간'들이, '늦은 출발들'이 죄다 떠올랐습니다. 뒤늦게 알게 된 시험 정보, 자리를 쉽게 떨쳐버리지 못하고 앉아 있다가 놓쳐버린 다음 약속, 뒤늦은 대학원 진학, 늦은 나이로 시작한 직장생활, 우물쭈물하다 놓쳐버린 사랑, 뒤늦게 깨닫게 된 몇 년 전 어떤 일의 의미……. 그리고 나는 놓쳐버린 그 버스의 '빈 내 자리'를 생각했습니다. 내 자리가 비어 있는 채로 버스는 목적지에 도착했겠지요. 나는 내가 도착해야 할 미래의 어느 시간에 도착하지 못했던 것입니다. 삶은 그렇게 자주 늦어졌습니다…….

다음 버스에서 내릴 때쯤에야 겨우 이렇게 생각할 수 있었습니다. 그러나 무균실의 돼지가 아닌 한, 그래, 인생이란 그런 거지. 암, 그런 거야.

124. 당나귀들과 함께 천국에 가기

프랑시스 잠[22] 〈새벽 삼종에서 저녁 삼종까지〉

오, 주여, 내가 당신께로 가야 할 때에는
축제에 싸인 것 같은 들판에 먼지가 이는 날로
해주소서. (중략)
내가 이토록 사랑하는 이 짐승들 사이에서, 주여,
내가 당신 앞에 나타나도록 해주소서.
이들은 머리를 부드럽게 숙이고
더없이 부드러워 가엾기까지 한 태도
그 조그만 발들을 맞붙이며 멈춰 섭니다. (중략)
지친 발걸음을 옮기는 당나귀들이
나를 뒤따르는 가운데,
파리들이 귀찮게 둥글게 떼지어 달려드는,
피가 스미는 푸르죽죽한 상처들 때문에 조그만 바지를 입힌 당나귀들이
나를 뒤따르는 가운데,
주여, 나는 당신 앞에 이르겠나이다.
주여, 내가 이 당나귀들과 더불어 당신께 가도록 해주서. (중략)
내가 당신의 천국 시냇물에 몸을 기울일 때,
거기 겸손하고도 유순한 그들의 가난을 비추는 당나귀들과
영원한 사랑의 투명함에
내가 닮도록 해주소서.

---

22 Francis Jammes 1868-1938
    프랑스의 국민시인, 프랑시스 잠은 일생동안 남프랑스의 피레네 산록에서 살면서 소박한 농부들의 삶과 자
    연의 장엄함, 그 속에 빛나는 신의 자애로움, 그 속에서 착하고 순하게 살아가는 인간의 위대한 삶을 노래
    하였다.

가장 위대한 능력은 사랑입니다

◆

시인은 당나귀를 무척 좋아했습니다. 저 한없이 순박하고 부드럽고 겸손한 생명, 그러나 벌레들에게 뜯겨 피가 나고 그래서 반바지를 입혀 놓은 저 불쌍하고도 착한 생명, 저들을 따라, 저들과 함께 천국으로 가는 것이 허락된다면 그것이야말로 최고의 행운이 아닐까요?

흔히들 천국의 문은 좁다고 말합니다. 그러나 나는, 모르긴 몰라도, 천국으로 들어가는 데에는 또 한 가지의 비밀이 더 있는 게 분명하다고 믿습니다. 그 비밀은 바로, 혼자서는 아무도 천국으로 갈 수 없다는 것입니다. 말하자면 천국의 문은 최소한 2인 1조로만 들어갈 수 있는 문, 단수형이 아니라 복수형으로만 들어갈 수 있는 문일 것이라는 말입니다.

예수는, 헐벗고 굶주리고 감옥에 갇힌 이들에게 먹을 것과 옷을 주고 감옥으로 찾아가 보는 이들이 곧 예수와 하나님에게 자신의 것을 나누어 준 사람들이며 이들이 천국으로 갈 사람들이라고 말했습니다. 그래서 슬로베니아의 어떤 사람[23]은 "1인칭 주어로는 아무도 구원받을 수 없다"고 호언장담하기까지 했지요. 또 프랑스의 어느 노(老) 신사[24]는 신이 어디 있느냐는 물음에 "우리가 둘일 때, 셋이라는 거지요"라고 대답했습니다. 실제로 그리스도교에서 말하는 '임마누엘'이란 '우리와 함께 계시는 하나님'이라는 뜻이라고 합니다.

태어날 때 우리는 모두 홀로 태어나고 죽을 때도 혼자 죽지만, 천국으로 갈 때에는 반드시 여럿이 무리를 지어서 혹은 최소한 2인 1조로 짝을 지어 함께 가야 합니다. 그것이 바로 나와 당신이 서로를 사랑하는 까닭 아닐까요?

---

23 슬로베니아의 철학자 슬라보예 지젝(Slavoj Žižek 1949~)을 말한다.

24 프랑스의 철학자 엠마누엘 레비나스(Emmanuel Levinas, 1906~1995)를 말한다.

125. 한 영혼이 세계의 아름다움에 물들 때

에르네스트 르낭[25] 〈예수의 생애〉

　3월과 4월 두 달 동안 들에는 온갖 빛깔의 꽃이 피어 더없이 아름다운 융단을 깔아놓는다. 이곳 동물들은 몸집이 작고 무척 온순하다. 미끈하고 활발한 호도새, 풀 위에 앉아도 풀이 휘지 않을 정도로 아주 가벼운 지빠귀과의 푸른 새, 길 가는 이의 발밑에 밟힐 정도로 가까이 다가오는 모관(毛冠) 달린 제비, 생기 있고 사랑스러운 눈을 가진 개천의 작음 거북, (…) 조촐하고 근엄한 자태의 황새, 세상의 어느 고장에도 산들이 이토록 조화를 이루면서 펼쳐져 있고, 또 이토록 높은 사상을 고취하는 곳은 없다. (…)

　세상에서 가장 삭막한 곳은 아마도 예루살렘 주변일 것이다. 이에 반하여 갈릴리는 녹색으로 뒤덮인, 그늘이 많은 미소 짓는 듯한 곳이었다. (…) 예수는 특별히 이 산들을 좋아했던 것 같다. (…) 이 산들과 이 바다와 저 푸른 하늘과 지평선이 보이는 이 고원들은 그에게 자연을 살펴 자신의 운명을 점치는 한 심령의 우울한 환상이 아니라, 보이지 않는 세계와 새 하늘의 확실한 상징이요 투명한 그림자였다. (…) 그의 숭고한 생애의 가장 중요한 행위는 이 산들 위에서 일어났다. 그가 가장 깊은 영감을 받은 것도 바로 이 산들에서였다.

25　**Joseph Ernest Renan** 1823~1892
　　프랑스의 언어학자, 철학자, 종교사가, 비평가. 콜레주 드 프랑스 교수와 학장 역임. 1860년 기독교의 기원을 밝히기 위하여 시리아로 가서 학술 탐험을 하고 돌아와 20년에 걸쳐 《기독교 기원사》 7권을 완성하였다. 그 중에서 제1권 《예수의 생애》는 초자연적인 요소를 배제하고 예수를 한 사람의 인간으로 그려 큰 파장을 일으키기도 했지만 오늘날까지 전 세계적으로 가장 많이 읽히는 예수평전이 되었다.

가장 위대한 능력은 사랑입니다

◆

　몇 년에 걸쳐 예수의 발자취를 실제로 다녀보았던 위의 글쓴이, 에르네스트 르낭은 세계적으로 가장 많이 읽히는 '예수 평전'의 저자입니다. 그에 의하면 예수가 그 높고 위대한 영혼을 가지게 된 배경 중에 하나는, 그를 둘러싼 갈릴리 지방의 아름다운 대지와 그곳 사람들의 밝고 활기찬 삶의 모습이었습니다. 갈릴리의 자연은 음울하며 삭막한 예루살렘과는 대조적이었고, 그곳의 사람들은 어두운 죄의식과 무서운 종교경찰들과 완고하고 경직된 사고와 지상에 대한 허무주의가 가득한 예루살렘의 분위기와는 무척 대조되는 곳이었습니다.

　갈릴리 지방은 지상에서의 삶을 예찬하고 만끽할 수 있을 만큼 아름다웠습니다. 그곳에서 "예수의 시대는 행복과 즐거움이 넘쳐흐르고 있었"고 예수는 소년시절부터 그곳의 산과 호수, 들판을 즐겨 찾았습니다. 예수는 어려서부터 이 지상의 삶과 자연을 무척 사랑하였으며, 그것은 이 지상에 대해서 별 관심도 없고 인생을 예찬할 줄도 모르는 저 아래쪽의 삭막한 예루살렘 사람들과는 판이하게 다른 삶의 길로 그를 이끌었습니다. 예수가 부활한 뒤 곧장 "갈릴리로 가자"라고 했던 것도 이 때문이었습니다. 예수는 어렸을 때부터 예루살렘 쪽으로 가기를 끔찍이 싫어했다고 합니다. 그러나 갈릴리 지방의 사람들은, 그리스 사람들처럼 "정력적이고 용감하고 부지런한 사람들로 알려져 있었"고 "이상적인 농민의 모습을 느끼게" 하였으며, 신과 인간이 평화롭게 공존하는 그리스와 마찬가지로 그곳 사람들 역시 "생활은 지극히 청순한 꿈으로, 하늘과 땅이 함께 녹아 들어가는" 삶을 살았습니다. 포도나무와 무화과나무가 아름다운 그늘을 드리우고 있는 그곳에서는, 디오니소스 축제를 즐기던 그리스인들처럼, "포도주는 썩 좋은 것이었고, 사람들은 그것을 많이 마셨"습니다.

　그러나 어쩌면……, 그곳이 유달리 아름다웠다기보다는, 지상에서의 삶과 인간과 자연과 대지를 간절히 사랑하려는 한 영혼의 따뜻하고 밝은 눈, 아름다운 마음의 눈이 세계를 그렇게 아름답게 그려냈던 것일지도 모르지요.

126. 창공의 별빛을 따라 길을 걷던 시대

루카치 죄르지[26] 〈소설의 이론〉

별이 빛나는 창공을 보고,
갈 수 있고 또 가야만 하는 길의 지도를
읽을 수 있었던 시대는
얼마나 행복했던가?
그리고 별빛이 그 길을 훤히 밝혀 주던 시대는
얼마나 행복했던가?

---

26 Lukács György 1885~1971
     헝가리를 대표하는 현대문학 이론가이자 마르크스주의 사상가, 철학자. 《역사와 계급의식》, 《실존주의냐,
     마르크스주의냐》, 《소설의 이론》 등 철학과 현대문예이론에서 중요한 저작들을 남겼다.

가장 위대한 능력은 사랑입니다

◆

아득한 과거에, 우주 전체가 하나의 집이었던 시대가 있었습니다.

오늘 우리에게 이 세계는 낯설고 고독한 곳이지만

그때의 세계는 전체가 아버지와 어머니와 형제의 사랑으로 충만해 있는 하나의 커다란 가정이었습니다.

오늘 이 세계에서 우리는 어디서 왔는지 알지 못하는 이방인들이지만

그때의 세계에서 우리는 모두가 오랜 가족이고 형제였습니다.

오늘 우리는 나와 너로 분열되고, 정체를 알 수 없는 자들끼리 서로를 두려워하며 경계하고 눈치를 보며 다투는 사이지만

그때의 세계는 우리들 사이에 그 어떤 분열도 없고 그 어떤 항쟁도 없으며 서로의 정체에 대하여 그 어떤 의문도 없는 친숙한 공동체였습니다.

오늘 우리에게 이 세계는 천상과 지상이 분리되어 있고 현재와 미래가 단절되어 있으며 꿈과 현실이 영원히 균열되어 있지만

그때에 이 세계는, 지평선에 맞닿은 하늘과 땅처럼, 지상의 길 끝에서 천상이 시작되고, 현재에서 미래로 이어지는 길은 다시 집으로 돌아오는 평온한 귀가의 길이었으며 꿈이 현실 속에 있고 현실이 꿈속에 있었습니다.

무엇보다도, 오늘 우리에게는 삶의 길 위를 비추는 그 어떤 별빛도 없고, 설령 창공의 별빛이 길 위에 빛난다할지라도 별빛이 가리키는 그 길의 지도를 읽을 수 있는 눈마저 잃어버렸지만, 그래서 한없이 어둡고 불안한 밤길을 걷고 있지만 그때의 세계에서 우리는 창공의 별빛이 환하게 밝혀주는 길을 걸어갈 수 있었고, 별빛이 가리키는 길의 지도를 읽을 수 있었으며, 그러므로 어두운 지상의 길 위에 영롱한 별빛이 번지는 무척이나 멋진 밤길을 걸을 수 있었습니다.

사람들은 그때를 '황금시대'라고 부르고 지금을 '소외된 시대'라고 부릅니다. 그때 우리는 우주적 공동체였고 지금 우리는 모래알 개체들입니다.

127. 가을바람이 어디쯤 불어오고 있는지

유우석[27] 〈가을바람(秋風引)〉

何處秋風至   가을바람이 어디쯤 불어오고 있는지
蕭蕭送雁群   쓸쓸히 기러기 무리 떠나보내고
朝來入庭樹   아침이 와 뜰 안 나무에 드니
孤客最先聞   외로운 나그네가 가장 먼저 듣네.

27 劉禹錫 772~842
    중국 당나라 때의 시인.

가장 위대한 능력은 사랑입니다

◆

아, 이것 좀 봐요. 오늘이 입추(立秋)인데 아직 말복(末伏) 전이에요! 자연의 이치는 참 놀랍습니다. 우리의 절기는, 뒤의 것은 앞의 것이 끝나기 전에 이미 시작된다는 것을 가르쳐 줍니다. …… 그리고 문득, 누가 오래전 내 마음속을 훔쳐본 것만 같아요. 당신을 만나기로 한 날짜를 기다리던 그 며칠 동안의 내 마음 말입니다. 달력 날짜를 앞당겨놓던 정지용의 시 〈나비〉에서처럼.

말복이면 아직 여름 태양이 뜨거울 대로 뜨거운 날들이 이어질 때인데, 누가 가을이 오고 있다고 상상이나 할까요. 들판엔 이미 가을이 오기 시작했지만 나처럼 게으른 영혼에게는 여전히 뙤약볕 불타는 대지밖에 보이지 않습니다.

하지만 부지런한 농부와 외로운 나그네는 저 들판 끝에 오는 가을을 감지할 수 있습니다. 새벽같이 나가서 곡식들을 돌보는 성실한 농부는 오늘 새벽바람이 어제의 새벽바람과 달라졌음을 정확히 알지요. 보이는 것과 보이지 않는 것을 함께 볼 줄 아는 그는, 뜨거운 여름태양만이 아니라 새벽바람 끝에 실려 오는 가을 서리의 미세한 기운, 그 보이지 않는 것조차 읽어낼 수 있습니다. 멀리 들판 끝을 걷고 있는 외로운 나그네도 마찬가지입니다. 정착이 아니라 이동하는 자인 그는, 안주하지 않고 먼 길을 걷는 사람인 그는, 길섶의 밤이슬이 어제와 달라지고 이마에 닿는 새벽바람이 미세하게 차가워졌음을, 아주 짧은 시간 동안만 노출되는 그 징후들을 예리하게 파악할 것입니다.

세상을 읽는 것도 누군가를 사랑하고 그 마음을 읽는 것과 다르지 않을 거예요. 요즘처럼 불확실한 시대, 지식의 수명이 갈수록 짧아지고 기술혁신이 가속되며 세계적 대기업조차 하루아침에 무너지는 시대에 절실히 요구되는 것은, 저 성실한 농부와 외로운 나그네의 '감(感)과 촉(觸)'이라 합니다. 사랑하는 사람의 마음을 예민하게 읽어내는 것도 바로 그 감과 촉이지요.

만약 우리 인생이 영원한 스무 살이라면, 오직 이 두 구절이면 충분할 것입니다. '가을바람이 어디서 부는지, 외로운 나그네가 제일 먼저 듣네.'

128. 아득히 먼 곳을 응시하는 눈동자

공자[28] 〈논어(論語)〉

공자께서 말씀하셨다.
"사람이 아득히 멀리 생각하지 아니하면,
반드시 가까이에 근심이 생기느니라."

28 孔子 BC 551 ~ BC 479
유학의 시조(始祖)로서 중국 춘추시대의 정치가 · 사상가. 춘추시대 말기의 제후국인 노(魯)나라의 무관의
아들이로 태어났다. 이름은 구(丘), 자는 중니(仲尼)이다. 공자는 요, 순, 우 세 황제 시기의 이상적 정치와
주나라 문공의 정치 철학을 지향했다. 자신의 뜻을 펴려고 전국을 주유(周遊)하였던 것으로 유명하다. 말년
에 고향으로 돌아와 후학들을 양성하다 생을 마쳤다.

가장 위대한 능력은 사랑입니다

문득, 두 영화 〈마이웨이〉와 〈완득이〉가 떠오릅니다.

〈마이웨이〉는 3백억 원의 엄청난 제작비를 들인 대작이었죠. 장동건, 판빙빙, 오다기리조 등 한국, 중국, 일본의 톱 배우가 모두 출연했어요. 또한 아시아, 유럽, 시베리아에 이르는 광대한 스케일을 펼쳐보였습니다. 감독도 '흥행보증수표'라는 별명을 가진 경이로운 흥행기록의 보유자였고, 영화의 메시지도 높고 숭고했어요. '21세기 한중일 평화와 우정의 새 시대'라는 높은 국제정치사상적 이상을 담고 있었습니다. 그런데 놀랍게도 영화는 충격적인 흥행 실패에 빠집니다. 기대와는 달리 민망할 정도로 적은 관객 수를 기록하며 불과 2~3개월 만에 극장에서 간판을 내리고 말았죠. 어디서부터 잘못된 것이었을까요?

반면에 〈완득이〉는 대표적인 '저예산영화'로서 이 영화가 성공하리라고 예측한 사람은 없었습니다. 그러나 무려 5백만 명의 관객을 모으며 대성공을 거둡니다. 비결이 무엇이었을까요? 영화는 오늘날 사람들이 무엇을 갈망하고 있는지 정확히 짚어냈습니다. 초라하고 위태로운 다문화가정의 상황, 꿈을 잃어 가는 아이들, 그리고 그 가족을 위해 발 벗고 나서는 '거룩한 아버지'와 같은 '똥주선생', 그의 눈물겨운 사랑과 헌신을 보면서 관객들의 얼굴에는 눈물과 웃음이 함께 번집니다. 영화는, IMF 이후 비정규직과 고용불안 등으로 파괴되어 가는 오늘날 사람들의 마음속을 잔잔히 어루만지고 있었어요.

사랑하는 사람을 위해서 당신은 그 사람의 멀리까지 내다보고 그 사람의 마음속 깊은 곳까지 헤아립니다. 삽을 들고 땅을 팔 때도 깊게 파려면 넓게 파야 합니다. 마찬가지로 세상과 삶을 생각할 때에 '아득히 멀리 생각하라'는 것은 더 깊이, 더 근원적인 데에로 파고들라는 말이라고 나는 생각합니다.

감과 촉은 장돌뱅이처럼 쏘다닌다고 얻어지는 것이 아닐 것입니다. 아득히 멀리 본다는 것은, 인간과 그 삶을 깊이 헤아린다는 말일 것입니다.

129. 절집 처마 끝, 풍경 소리

윤동주[29] 〈서시〉

잎새에 이는 바람에도
나는 괴로워했다.
별을 노래하는 마음으로
모든 죽어 가는 것을 사랑해야지

---

29 尹東柱, 1917 ~ 1945
     한국의 대표적 시인이자 독립운동가. 중국 연변 용정에서 출생하여 연희전문학교를 거쳐 일본 도시샤 대학
     에 유학하였다. 일본 유학 중이던 1943년 항일운동을 했다는 혐의로 일본 경찰에 체포되어 후쿠오카 형무
     소에 투옥, 28세의 나이에 옥중에서 요절하였다. 100여 편의 시를 남겼고 사후에 그의 시집 《하늘과 바람
     과 별과 시》가 출간되었다.

가장 위대한 능력은 사랑입니다

◆

절집에 오면 늘
처마 끝에 풍경을 달아놓은 것을 한참 쳐다보곤 합니다.
아이 주먹만 한 작은 종.

방금 푸른 산그늘을 지나온 바람이
풍경의 어깨에 닿습니다.
그러면 작은 풍경은
맑은 소리로 가만히 딸랑, 딸랑
소리를 냅니다.

옛 시인은 이렇게 노래했어요.
천둥이 쳐도 알아듣지 못하는 귀머거리,
햇살이 휘황찬란해도 보지 못하는 맹목이 되지 말자

파란 하늘 아래 바람 한 줄기
금빛 풀빛 머금고서 싱그럽게 다가옵니다.

이 계절이 다 가버리기 전에
나도 처마 끝에
작고 가벼운 풍경 하나
달고 싶습니다.

가장 위대한 능력은 사랑입니다

삶을 다시 일으켜 세우는 낮고 잔잔한 불꽃들

초판 1쇄 인쇄 2017 5월 25일

지은이 송주성
편　집 강완구
발행인 강완구
디자인 임나탈리야

출판등록 | 2005년 7월 13일 제 2017-000025호

주　소 | 서울시 양천구 오목로 136, 302호

전　화 | 02-332-9384　　　**팩　스** | 0303-0006-9384

이메일 | sunestbooks@yahoo.co.kr

ISBN | 979-11-86430-47-7　03810　값 15,000원

이 도서의 국립중앙도서관 출판사도서목록(CIP)은 e-CIP 홈페이지 (http://www.nl.go.kr/ecip)에서 이용하실 수 있습니다. (CIP제어번호 : CIP2017011336)